हिन्द पॉकेट बुक्स

परमहंस योगानंद

राजवीर सिंह दार्शनिक ने अपना करियर अध्यापन को चुना और आप प्रधानाचार्य के पद से सेवानिवृत्त होने के बाद लेखन कार्य से जुड़े, इसलिए आपके लेखन में जीवन का अनुभव झलकता है। आपने विश्व की महान हस्तियों के चिंतन पर काफी कुछ लिखा है। आपने ने अपने लेखन में इस बात का ध्यान रखा है कि उससे छात्र वर्ग विशेष रूप से लाभान्वित हो। संका, मुहावरा कोश, गांधी तेरे देश में इनकी कुछ चर्चित पुस्तकें हैं।

परमहंस योगानंद

एक महान संन्यासी

(दुर्लभ चित्रों के साथ)

राजवीर सिंह 'दार्शनिक'

हिन्द पॉकेट बुक्स

पेंगुइन रैंडम हाउस इम्प्रिंट

हिन्द पॉकेट बुक्स

यूएसए। कनाडा। यूके। आयरलैंड। ऑस्ट्रेलिया। सिंगापुर
न्यू ज़ीलैंड। भारत। दक्षिण अफ्रीका। चीन

हिन्द पॉकेट बुक्स, पेंगुइन रैंडम हाउस ग्रुप ऑफ़ कम्पनीज़ का हिस्सा है,
जिसका पता www.hindpocketbooks.com पर मिलेगा

पेंगुइन रैंडम हाउस इंडिया प्रा. लि.,
चौथी मंजिल, कैपिटल टावर 1, एमजी रोड,
गुरुग्राम 122002, हरियाणा, भारत

पेंगुइन
रैंडम हाउस
इंडिया

प्रथम संस्करण 2013 में हिन्द पॉकेट बुक्स द्वारा प्रकाशित
यह संस्करण 2019 में प्रकाशित

10 9 8 7 6 5 4 3 2

इस पुस्तक में व्यक्त विचार लेखक के अपने हैं, जिनका यथासंभव तथ्यात्मक
सत्यापन किया गया है, और इस संबंध में प्रकाशक एवं सहयोगी
प्रकाशक किसी भी रूप में उत्तरदायी नहीं हैं।

ISBN 9789353490645

मुद्रकः रेप्रो इंडिया लिमिटेड

www.penguin.co.in

FSC www.fsc.org MIX Paper from responsible sources FSC® C047271

This is a legitimate digitally printed version of the book and therefore might not
have certain extra finishing on the cover.

परमहंस बने योगानंद

“बेटे योगानंद, मुझे दो दिन पूर्व परम गुरु बाबाजी से अंतःसंवेदी संकेत प्राप्त हुए हैं। वह तुमसे बहुत प्रसन्न हैं, क्योंकि तुमने उनकी योग विद्या ‘क्रिया योग’ को भारत में ही नहीं, बल्कि पाश्चात्य देशों में भी विख्यात किया है। तुम्हारे संबंध में उनकी कुछ योजना थी। उसके क्रियान्वयन के लिए मैंने तुम्हें आज यहां आमंत्रित किया है। उनकी योजना में तुम्हें ‘परमहंस” की पदवी प्रदान करनी है। यह संन्यास की उच्चतर पदवी होती है।”

गुरु युक्तेश्वर जी

—इसी पुस्तक से

अनुक्रम

जन्म और बचपन

प्राचीन काल में गुरु-शिष्य संबंध भारतीय संस्कृति की एक प्रमुख विशेषता रही है। समस्त ज्ञान-विज्ञान गुरु-शिष्य परंपरा द्वारा ही आधुनिक युग तक पहुंचा है। सभ्यता के प्रारंभिक युग में जब तक काग़ज़ और लेखन शैली का विकास नहीं हुआ था, केवल स्मरण-शक्ति के माध्यम से कंठस्थ कराकर गुरु अपने ज्ञान को शिष्यों के माध्यम से आगे बढ़ाते रहते थे। उस युग में शिक्षा की आश्रम व्यवस्था गुरु-शिष्य परंपरा द्वारा ही सम्पन्न होती थी। जनसंख्या बढ़ने के कारण जब आश्रम-शिक्षा समाज की आवश्यकताओं के अनुकूल नहीं रही तो शिक्षा का रूप बदलता चला गया। इस युग में आकर शिक्षा ने अपना व्यवस्थित रूप धारण किया, जिसमें विद्यालय, विश्वविद्यालय अस्तित्व में आए। इस व्यवस्था में गुरु-शिष्य संबंधों में कुछ शिथिलता आई, लेकिन अध्यात्म के क्षेत्र में पूर्व स्थिति ही बनी रही और वही स्थिति आधुनिक काल में भी अपने मूल रूप में बनी हुई है। आधुनिक आध्यात्मिक संत और योगाचार्य अपने ही गुरुओं के ज्ञान को आगे बढ़ाते आ रहे हैं। परमहंस योगानंद ऐसी ही गुरु-शिष्य परंपरा के चौथी पीढ़ी के गुरु हुए हैं, जिन्होंने योग के एक नव विकसित रूप क्रिया-योग के प्रचार में महत्वपूर्ण भूमिका निभाई है।

जिस रूप में क्रिया-योग आधुनिक काल में पहुंचा, सर्वप्रथम उसे

उत्तराखंड के रानीखेत नगर के पास स्थित एक गुफा में अपनी अंतःशक्तियों से श्री श्री महावतार बाबा जी ने अर्जित किया था। उन्होंने इसका ज्ञान अपने एक शिष्य श्री श्री लाहिड़ी महाशय को दिया। उन्होंने इस ज्ञान को अपने सबसे प्रिय शिष्य श्री श्रीयुक्तेश्वर गिरि को दिया। श्री श्रीयुक्तेश्वर गिरि ने यह ज्ञान परमहंस योगानंद को दिया। परमहंस योगानंद का किन परिस्थितियों में जन्म हुआ और वह किन परिस्थितियों में परमहंस बने इसकी एक मनोरंजक कहानी है, जिसे स्वयं योगानंद परमहंस ने ही चर्चित किया है।

भगवतीचरण घोष एक बंगाली क्षत्रिय थे। वह स्वभाव से तो दयालु थे, परन्तु अनुशासन के मामले में कठोर थे। वह धार्मिक तो थे, लेकिन इस तरह के धार्मिक नहीं कि तीर्थाटन करते फिरें और गुरु-शिष्य परंपरा के किसी गुरु के प्रवचन सुनने जाएं अथवा उनके दर्शन करने जाएं। वह बंगाल-नागपुर रेलवे में वरिष्ठ पद पर कार्यरत थे। एक दिन उनके एक अधीनस्थ कर्मचारी अविनाश उनके पास आए और विनम्र भाव से सात दिन की छुट्टी के लिए निवेदन किया। भगवतीचरण घोष ऐसी प्रवृत्ति के व्यक्ति थे कि जब उनसे कोई छुट्टी के लिए कहता था, तो वह झुंझला पड़ते थे और छुट्टी संबंधी अनेक प्रश्न उसके सामने खड़े कर देते थे। अविनाश के सामने भी ऐसे ही प्रश्न खड़े करने शुरू कर दिए, "अविनाश बाबू! कर्म में विश्वास करो अवकाश में नहीं। आपको पता है कि आपका काम कितना पिछड़ा हुआ है और इसके उपरांत भी सात दिन का अवकाश? ऐसे कैसे काम चलेगा?"

"सर! मेरे लिए ये छुट्टीयां बहुत ज़रूरी हैं।"

"ऐसा कौन-सा ज़रूरी काम है?"

"सर! मुझे अपने गुरु का दर्शन करने बनारस जाना है।"

"यह तो कोई ज़रूरी काम नहीं हुआ। इन गुरु-वुरु के चक्कर छोड़ो, ये लोग सब ऐसे ही होते हैं।"

"नहीं सर! वह ऐसे-वैसे नहीं हैं। वह तो साक्षात् अवतार हैं।"

"छोड़ो इन व्यर्थ की बातों को। अपने काम पर ध्यान दो। यदि आगे बढ़ना चाहते हो तो कर्म की पूजा करो, इन गुरुओं की नहीं।"

अविनाश बांबू निराश लौट गए, लेकिन एक गहरी व्यथा के साथ। उस समय इतना विकास नहीं हुआ था कि सभी छोटे-बड़े मार्ग पक्की सड़क का रूप ग्रहण कर लेते हैं, अतः छोटे-छोटे रास्ते कच्चे ही थे और पगडंडियों का रूप लिए हुए थे। उन पगडंडियों के इधर-उधर झाड़-झंखाड खड़े रहना कोई अप्रिय घटना नहीं समझी जाती थी। अविनाश बाबू उन झाड़-झंखाड़ों से घिरी पगडंडी से गुज़र रहे थे। घर अभी काफी दूर था अतः मन में उत्पन्न टेढ़े-मेढ़े विचार उसके साथी बन चुके थे, "कितना कट्टर है यह भगवतीचरण घोष! इसे क्या पता गुरु के महत्त्व का! नास्तिक है न, कोरा नास्तिक! किसी गुरु का आशीर्वाद लिया होता, तो आदमी बन जाता।"

तभी उसने देखा कि एक पालकी उसके पास आकर रुक गई। और उसमें से भगवतीचरण घोष बाहर आ गए। उन्होंने पालकी और नौकरों को विदा कर दिया तथा अविनाश बाबू के साथ चल पड़े। उनके इस व्यवहार को देखकर अविनाश चकित रह गए। उसके लिए यह विस्मय की बात थी कि रेलवे के उपप्रबंधक अपने एक कनिष्ठ कर्मचारी के साथ इस झाड़-झंखाड़ से ढकी पगडंडी पर चल रहे हैं।

भगवतीचरण घोष भले ही कार्यालय में कट्टरता के व्यवहार के कारण कुख्यात थे, लेकिन वह कर्मचारियों को अपने व्यवहार से रुष्ट करना नहीं चाहते थे। उन्हें आभास हो चला था कि छुट्टी न मिलने से अविनाश संभवतः रुष्ट हो गए हैं। अतः उसके मन को संतुष्टि देने के लिए उन्होंने वार्तालाप शुरू कर दिया, "अविनाश बाबू! हमारा देश इस लिए पिछड़ता जा रहा है कि हम अपने कर्म पर ध्यान न देकर व्यर्थ के धर्माडंबरों पर ध्यान दे रहे हैं।"

"अपनी-अपनी आस्थाएं हैं सर!"

"क्या तुम नहीं मानते कि धर्म से पहले कर्म का क्रमांक है?"

"सर! धर्म जिसके प्राण हों, उसके आगे कर्म कहां ठहर पाता है।"

"आस्थाओं पर चलकर ही तो यह देश गुलाम हुआ था और तुम उसी आस्था का गुणगान कर रहे हो?"

"यह तो सर आपका तर्क है, लेकिन आस्था किसी भी तर्क को

स्वीकार नहीं कर सकती।"

"क्या आपकी आस्था यह कहती है कि काम को भूलकर पहले धार्मिक पाखंड़ों में रम जाना चाहिए।"

"काश ! आप उस गुरु को एक बार देख पाते !"

"कौन हैं वह गुरु ?"

"उनका नाम लाहिड़ी महाशय हैं।"

"क्या उनके दर्शन तुम्हारे लिए ज़रूरी थे ?"

"मैं उनके दर्शन के बिना जी नहीं सकता।"

"कितना बड़ा सम्मोहन इन गुरुओं ने समाज के मन-मस्तिष्क पर किया हुआ है। काश ! समाज वास्तविक धर्म को समझ सकता !"

अब दोनों के मध्य मौन स्थापित हो चुका था। वे चलते-चलते एक सुनसान मैदान के किनारे पहुंच गए। सूर्य छिपने ही वाला था कि अचानक बिजली-सी चमकी और अगले ही क्षण एक दिव्य-पुरुष प्रकट हो गया। इस दृश्य को देखकर भगवतीचरण घोष स्तब्ध रह गए। उस दिव्य-पुरुष का स्वर वातावरण में गूंज उठा, "भगवती ! तुम अपने कर्मचारी के प्रति कठोर हो। इससे पहले कि भगवतीचरण कुछ समझ पाता, वह दिव्य-पुरुष तुरन्त अन्तर्धान हो गया। अविनाश बाबू ने ज़मीन पर घुटने टेके और करबद्ध मुद्रा में पुकारना शुरू कर दिया, "लाहिड़ी महाशय ! लहाड़ी महाशय ! ! लाहिड़ी महाशय ! ! !"

भगवतीचरण घोष के जीवन का यह प्रथम चमत्कार था। वह अब तक ऐसे चमत्कारों को अविश्वसनीय और पाखंड़ों की श्रेणी में रखते आ रहे थे, लेकिन इस चमत्कार से वह अभिभूत होकर रह गए और एक अज्ञात भय की सिहरन-सी उसके मन को जकड़ती चली आई। उन्होंने साहस एकत्रित किया और विस्मित स्वर से बोलने लगे, "अविनाश बाबू क्या ये ही आपके गुरु थे ?"

"हां सर ! ये ही लाहिड़ी महाशय थे।"

"क्या गुरु इस प्रकार से कहीं भी प्रकट हो सकते हैं ?"

"यदि गुरु योगी हो, तो यह संभव है।"

"इन्हें कैसे पता चला कि मैं कठोर हूं।"

"जो मेरी अनुभूति है, वह उनकी भी अनुभूति है और मैं मानसिक रूप से उनसे जुड़ा हूं, फिर वह मेरी व्यथा को कैसे नहीं जान सकते?"

"आपको सात दिन की छुट्टी चाहिए!"

"यदि आपकी करुणा हो जाए, तो मैं स्वयं को भाग्यशाली समझूंगा।"

"करुणा तो अब मुझे गुरुदेव की चाहिए। मैं आपको छुट्टी ही नहीं दूंगा, अपितु आपके साथ-साथ मैं भी गुरुदेव के दर्शन करने वाराणसी चलूंगा और साथ में मेरी पत्नी भी होगी।"

"आप धन्य हो जाएंगे सर!"

अगले दिन वे तीनों शाम को रेलगाड़ी से बनारस के लिए चल पड़े। एक दिन बाद वे बनारस पहुंचे। गुरु का आवास कुछ दूर था, अतः वे घोड़ा-गाड़ी से उस दिशा में चल पड़े। तंग गलियों से चलते हुए अन्त में वे गुरु के आवास पर पहुंच ही गए। उनका घर आसानी से दिखाई नहीं देता था। घर कोई ज़्यादा बड़ा नहीं था, वे अविनाश बाबू के पीछे-पीछे चल रहे थे। अविनाश ने एक छोटी-सी बैठक में प्रवेश किया। वहां भगवतीचरण को वही दिव्य-पुरुष पद्मासन में बैठे दिखाई दिए। उन सबने गुरुदेव को प्रणाम किया। उन्होंने अपनी दृष्टि भगवतीचरण पर केंद्रित कर दी और अगले ही क्षण बोल उठे, "भगवती! तुम अपने कर्मचारी के प्रति कठोर हो।" दो दिन पहले कहे हुए शब्द गुरुदेव ने फिर दोहरा दिए। भगवतीचरण इन शब्दों के प्रहार से झेंप-से गए। लेकिन तुरन्त ही गुरुदेव ने उन्हें सामान्य करने के लिए अपनी मुद्रा बदल दी, "भगवती! मुझे प्रसन्नता है कि तुमने अविनाश को आने की अनुमति प्रदान कर दी और अपनी पत्नी के साथ स्वयं यहां आकर अपनी मनःस्थिति भी बदल डाली। अब आपके हाथ में है कि इस परिवर्तन का कितना लाभ उठा सकते हो।"

भगवतीचरण घोष ने उस परिवर्तन के लाभ उठाए और गुरुदेव से नियमित संपर्क स्थापित कर लिया तथा एक दिन उनसे क्रिया-योग की दीक्षा लेकर योगी बन गए। इसके बाद उनका अविनाश के साथ वरिष्ठ और कनिष्ठ का संबंध न रहकर, मित्रता का संबंध बन गया।

उन दोनों मित्रों का अब समय-समय पर गुरुदेव के दर्शन का क्रम

बन गया। इसी प्रक्रिया के अन्तर्गत एक दिन गुरुदेव ने भगवतीचरण को यह आशीर्वाद देकर चौंका दिया कि तुम अपने होने वाले पुत्र में मेरी छवि देख सकोगे। इस आशीर्वाद से भगंवतीचरण बहुत प्रसन्न हुए, लेकिन तुरन्त उदास भी। वह नहीं समझ पा रहे थे कि क्या अपने पुत्र को वह एक योगी के रूप में स्वीकार कर सकेंगे। उन्होंने इसका परिणाम भविष्य पर छोड़ दिया।

समय उड़ता गया और अपने साथ कुछ स्मृतियों को विस्मृति में बदलता भी गया, लेकिन भगवतीचरण गुरुदेव के आशीर्वाद को कैसे विस्मृति में धकेल सकते थे। वह उनके जीवन की एक महत्वपूर्ण घटना थी, जो अभी घटनी शेष थी। आख़िर 5 जनवरी, 1893 ई. को उनके यहां एक पुत्र ने जन्म लिया। उस समय वह गोरखपुर में थे। उनके जन्म के कुछ दिन पश्चात् लाहिड़ी महाशय भी निर्वाण को प्राप्त हो गए।

पिता भगवतीचरण घोष और माता ज्ञानप्रभा घोष ने अपने इस पुत्र का नाम मुकुंदलांल घोष रख दिया। यही मुकुंदलाल घोष आगे चलकर परमहंस योगानंद के नाम से विख्यात हुए। मुकुंदलाल घोष भाइयों में दूसरे क्रम पर पैदा हुए थे और माता-पिता की चौथी संतान थे। उनके आठ भाई-बहन थे, जिनमें चार भाई और चार बहनें थीं। गोरखपुर में ही मुकुंदलाल के बचपन के आठ वर्ष व्यतीत हुए।

भगवतीचरण घोष एक अनुशासन प्रिय व्यक्ति थे। घर हो या कार्यालय वह अनुशासन के मामले में समझौता नहीं करते थे। इसलिए उनके बच्चे उनसे कुछ दूरी बनाकर ही अपना व्यवहार निश्चित करते थे। उनकी माता कोमल स्वभाव – की थीं। दान में आस्था रखती थीं और ग़रीबों की सहायता के लिए सदैव तैयार रहती थीं। वह अपने बच्चों को आन्तरिक अनुशासन सिखाने के लिए रामायण और महाभारत से प्रसंगोचित कहानियां सुनाया करती थीं।

लाहिड़ी महाशय के निर्वाण के बाद भगवतीचरण घोष का उनसे भौतिक संबंध तो भंग होना ही था, लेकिन उनसे भावनात्मक संबंध कभी नहीं टूटा। अपने इस संबंध को अपने जीवन में स्थायी बनाने के लिए वह लाहिड़ी महाशय का फ्रेम में जड़ा एक फोटो अपने पास रखते थे। वह

स्थानांतरित होकर जहां भी जाते, अपनें साथ वह फोटो ले जाना नहीं भूलते थे। उनकी वह फोटो पूजा घर में देवी-देवताओं के चित्रों और मूर्तियों के बीच में विराजमान रहती थी। मां प्रभावती घोष और बालक मुकुंदलाल घोष उस पूजा वेदी के सामने बैठते थे और चन्दनसिक्त पुष्प अर्पण करते थे। धूप और गुग्गुल के साथ-साथ अपनी भक्ति द्वारा उस ईश्वरत्व की पूजा करते थे, जो लाहिड़ी महाशय में पूर्णतः अभिव्यक्त हुआ था।

बालक मुकुंदलाल के जीवन में उस फोटो का ज़बरदस्त प्रभाव पड़ा। जैसे-जैसे वह बड़ा होता गया, वैसे-वैसे उसके मन में उस महान गुरु का विचार दृढ़ होता गया। बालक मुकुंदलाल को भी उसके पिता ने ध्यान लगाने की प्रक्रिया सिखा दी थी। वह कुछ समय तक ध्यान लगाना सीख चुके थे। जब लाहिड़ी महाशय के फ्रेम में जड़े हुए फोटो के समक्ष बैठकर वह अपने ध्यान में उतरते थे, तो उन्हें ऐसा आभास होता था कि मानो उनकी छवि फ्रेम से निकलकर बाहर आ गई हो और अपना जीवित रूप धारण करके उसके समक्ष बैठ गई हों। जब वह उनके चरण स्पर्श करने की कोशिश करते, तब वह उस फ्रेम में फोटो बन कर बैठ जाते थे।

जब तक मुकुंदलाल घोष का बाल्यकाल चलता रहा, उस फ्रेम में रखी हुई उस फोटो का व्यवहार ऐसा ही रहा। जब उन्होंने किशोर काल में प्रवेश किया तो फ्रेम में जड़ी लाहिड़ी महाशय की छवि उनके मन में जीवित ज्ञान-प्रदायिनी की उपस्थिति बनकर विराजमान हो चुकी थी। किसी उलझन या परीक्षा की घड़ी में प्रांयः उनसे जब वह प्रार्थना करता तो कर्म-पथ में उनका सांत्वनादायक मार्गदर्शन पाता।

लगभग आठ वर्ष की आयु में मुकुंदलाल घोष को फोटो के माध्यम से चमत्कारी स्वास्थ्य लाभ का आशीर्वाद प्राप्त हुआ। इस अनुभव ने उनके मन को और अधिक लाहिड़ी महाशय की ओर झुका दिया। जब वह अपने बाल्यकाल में बंगाल के इच्छापुर में अपने पारिवारिक घर में रह रहे थे, तब वह अचानक हैजे के शिकार हो गए। उन दिनों चिकित्सा क्षेत्र में हैजे की बीमारी प्राणघातक मानी जाती थी। परिवार को उनके बचने की कोई आशा नहीं दिख रही थी। उनकी माता अत्यंत घबरा चुकी थीं। जब

उन्हें और कोई विकल्प नहीं सुझाई दिया तो उन्होंने चिकित्सा विज्ञान से हटकर मुकुंद को लाहिड़ी महाशय के उसी फोटो की ओर देखने का संकेत किया और कहा, "बेटे, इन्हें मन-ही-मन प्रणाम करो।" उन्होंने एक बार अपनी माता की ओर देखा। उनकी स्थिति अत्यंत दयनीय हो चुकी थी। माता ने मुकुंदलाल घोष को पुनः कहा, "बेटे, ये तुम्हारे गुरु हैं। इनके आशीर्वाद से ही तुमने जन्म पाया है। अब ये ही तुम्हारी रक्षा कर सकेंगे। इनके प्रति अपनी भक्ति प्रकट करो और अपने अन्तर में उनके चरण स्पर्श करो।"

उन्होंने जैसे ही फोटो की ओर देखा तो लाहिड़ी महाशय के चेहरे के चारों ओर प्रभामंडल दिखाई दिया और उसमें से इतना तीव्र प्रकाश निकलने लगा कि उनकी आंखें चुंधिया गईं। उन्होंने अनुभव किया कि वह तीव्र प्रकाश उनके शरीर में प्रवेश कर रहा है। कुछ ही क्षणों बाद उनके मिचलाहट और अन्य अनियंत्रित लक्षण समाप्त होते चले गए।

यह उनके जीवन की एक ऐसी अलौकिक घटना थी, जिसके प्रभाव से उनके अन्दर गांभीर्य उत्पन्न होने लगा। अभी तो उनके ये बाल-सुलभ क्रीड़ाओं में व्यस्त होने के दिन थे, परन्तु वे अध्यात्म के नवीन अनुभवों से गुज़रने लगे थे। ये अनुभव समय के साथ-साथ और प्रगाढ़ होते चले गए।

गुरुदेव के चित्र की महिमा से स्वास्थ्य लाभ करने के थोड़े दिन बाद उनके बाल्यजीवन में एक अलौकिक अनुभव और जुड़ गया। एक दिन प्रातः वे अपने बिस्तर पर बैठे हुए एक गहन दिवास्वप्न में डूब गए। उन्होंने अपनी आंखें बंद किए हुए थीं। बंद आंखों के अंधकार में वह कुछ खोजना चाह रहे थे। उनके बालमन की जिज्ञासा यह पता लगाना चाह रही थी कि इस अंधकार के मूल में क्या है। उन्होंने अपना अनुसंधानात्मक चिंतन उस अंधकार पर केंद्रित कर दिया। कुछ ही क्षणों के बाद उनकी अन्तर्दृष्टि के सामने प्रखर प्रकाश कौंध गया और उनके अन्तर्मन के पट पर चलचित्र की भांति कुछ आकृतियां गुज़रने लगीं। उन्होंने उन आकृतियों को ध्यान से देखा : वे पर्वत की गुफाओं में ध्यानस्थ बैठे सन्तों की आकृतियां थीं। वह विस्मय में डूबते चले गए। उन्हें अनुभव हुआ कि

मानो वह उन आकृतियों के अत्यंत निकट पहुंच गए हैं। उन्होंने उच्च स्वर में उन आकृतियों से बातें करनी शुरू कर दीं :

"आप लोग कौन हैं?"

"हम हिमालय के योगी हैं।"

"यहां क्या कर रहे हो?"

"जिस संसार में तुम रह रहे हो, वह एक भौतिक संसार है, लेकिन यह मौलिक नहीं है, बल्कि किसी अन्य संसार की एक छाया मात्र है। मूल संसार कहीं और है। वही एक आनंदमय दिव्य संसार है। प्रत्येक योगी अपने योगबल से उसी संसार में जाना चाहता है। हम सब उसी संसार में जाने के लिए योग में रमे हुए हैं।"

"क्या उस आनंदमय दिव्य जगत में मैं नहीं जा सकता?"

"क्यों नहीं जा सकते? तुमने जन्म ही उस जगत में जाने के लिए लिया है।"

"वहां जाकर मुझे क्या करना होगा?"

"वह ब्रह्मलोक है। वहां जाकर तुम ब्रह्म से एकाकार हो जाओगे और वही आनंद भोगोगे जो ब्रह्म भोगता है।"

"अहा! मैं वही आनंद भोगूंगा!" उनकी इस दिव्य अनुभूति के तुरन्त बाद वह दृश्य अन्तर्धान हो गया। लेकिन उनके अन्तर्मन में एक उद्घोष होने लगा, "मैं ईश्वर हूं। मैं प्रकाश हूं।"

यद्यपि वह ईश्वरीय आनंद क्रमशः क्षीण होता चला गया, पर उससे मुकुंदलाल घोष को ब्रह्म की खोज की प्रस्तावना मिल गई।

"ईश्वर शाश्वत नित्य-नवीन आनंद है।" यह स्मृति उनके हृदयपटल पर इस अनुभव के बाद लम्बे समय तक बनी रही।

मां का निधन और अलौकिक ताबीज

विवाह के बाद हर लड़की की यह स्वाभाविक प्रवृत्ति है कि वह पुत्र की इच्छा करे और प्रौढ़ावस्था में जाकर उसके विवाह की। मुकुंद-लाल घोष की मां औरत के इसी प्रारूप में ढलकर अपने पुत्र के विवाह की इच्छा का प्रकाशन करने लगी थीं, लेकिन मुकुंदलाल के विवाह का नहीं, अपितु सबसे बड़े पुत्र अनन्त के विवाह का। "अहा! जब मैं अनन्त की पत्नी का मुख देखूंगी, तब मुझे इस धरती पर ही स्वर्ग मिल जाएगा!" उनकी मां ज्ञानप्रभा घोष न यह कहना शुरू कर दिया था। जब वह इन उद्गारों को प्रकट करती तो एक अनिवर्चनीय आनंद का अनुभव करती। ज्ञानप्रभा की यह कल्पना अब साकार होने की स्थिति में आ चुकी थी और विवाह की तैयारियों में उसका जुटना उसे असीम प्रसन्नता प्रदान कर रहा था।

विवाह की तैयारियां कोलकाता में चल रही थी, जबकि मुकुंदलाल घोष और उनके पिता उत्तरी भारत में स्थित बरेली नगर में अपने घर में रह रहे थे। यद्यपि इससे पूर्व मुकुंदलाल की दो बहनों की शादी हो चुकी थी, लेकिन बड़े पुत्र की शादी का यह प्रथम अवसर था, अतः स्वाभाविक था कि इस विवाह की तैयारी बड़े स्तर पर हो। उनकी मां विवाह की तैयारी में कोई कमी छोड़ना नहीं चाहती थी। विवाह में सम्मिलित होने

के लिए दूर-दूर से सगे संबंधी कोलकाता पहुंचने शुरू हो चुके थे। विवाह भोज के लिए नाना-विधि व्यंजन, बारात के साथ अनन्त को ले जाने के लिए पालकी, रंग-बिरंगी बत्तियों की कतारें, गत्ते के विशालकाय हाथी और ऊंट, अंग्रेज़ी, स्कॉटिश और हिन्दुस्तानी बैंड-बाजे, पेशेवर गायक तथा नर्तक, विवाह-विधि सम्पन्न कराने के लिए पंडित–पुरोड़ित सब कुछ तैयार था। केवल शेष था मुकुंदलाल और उनके पिता का वहां पहुंचना।

मनुष्य अपने विधि-विधान रचते हैं और ईश्वर अपने। लेकिन ईश्वर के विधि-विधान को कौन चुनौती देने वाला है। वे अन्तिम हैं और मानवीय विधि-विधानों को ध्वस्त करने वाले हैं। इस मंगलोत्सव के उत्साह से भरे हुए भगवतीचरण घोष और ग्यारह वर्षीय बालक मुकुंदलाल घोष समय पर विवाह में सम्मिलित होने का विचार कर रहे थे। अगले दिन उन्हें कोलकाता पहुंचना था। इस विचार-विनिमय में मुकुंदलाल सो गया, लेकिन अर्द्धरात्रि के समय अचानक उनकी नींद खुल गई। उन्हें अचानक उनकी मां वहां दिखाई दीं और तुरन्त बोलने लगीं, "अपने पिता जी को जगाओ। आज ही भोर के चार बजे यहां से चलने वाली पहली गाड़ी पकड़ो। यदि मुझे देखना चाहते हो तो जल्दी करो।" इतना कहती हुईं वे अदृश्य हो गईं।

उन्होंने तुरन्त भगवतीचरण को जगाने के लिए आवाज़ लगाई, "पिता जी! पिता जी!! मां प्राण त्याग रही हैं।"

"नींद में क्या बड़बड़ा रहे हो, मुकुंद! अभी तो आधी रात ही हुई है, सो जाओ।"

"यह बड़बड़ाहट नहीं है पिता जी! मां ने हमें तुरन्त बुलाया है।"

"कोई स्वप्न देखा होगा? सो जाओ।"

"यह स्वप्न नहीं था। मां ने सचमुच ही अभी-अभी यहां प्रकट होकर मुझझे कहा है।"

"यह तुम्हारा भ्रम है मुकुंद! हमें कल तो जाना ही है। निश्चित होकर सो जाओ।"

"आप समझने की कोशिश करो पिता जी! जो मैं कह रहा हूं वह सत्य है। यदि आप तुरन्त नहीं चले तो अपने आपको कभी क्षमा नहीं कर

पाएंगे और न ही मैं आपको कभी क्षमा कर पाऊंगा।"

"यदि ऐसा है तो सुबह तक कोई संदेश मिल ही जाएगा। हम तुरन्त घर के लिए प्रस्थान कर लेंगे।"

सुबह यह अमंगल-सूचक संदेश मिल ही गया, "मां गंभीर रूप से अस्वस्थ, विवाह स्थगित, तुरन्त आइए।"

वे कोलकाता पहुंच गए, लेकिन उनकी प्रतीक्षा करने वाला अब कोई नहीं था। वहां जाकर उन्हें उस अटल सत्य का सामना करना पड़ा, जो सर्वाधिक भयानक होता है। ज्ञानप्रभा के शव को ज़मीन पर लेटा दिया गया था और परिजन विलाप कर रहे थे।

मुकुंदलाल अपनी मां के शव को देखकर ठगे से रहे गए। उन्होंने प्रथम बार किसी के शव को देखा था और वह भी अपनी प्रिय मां के। उन्हें विश्वास नहीं हो रहा था कि उनकी मां मर चुकी हैं। उन्हें लग रहा था कि वह ज़मीन पर लेटी हुई हैं और यदि वह उन्हें पुकारेंगे तो वह उठ खड़ी होंगी। लेकिन उन्होंने अपनी मां को पुकार कर नहीं देखा, क्योंकि वहां कुछ महिलाएं बैठी हुई विलाप कर रही थीं। घर का गहराता शोक उनके मन पर प्रहार करने लगा। अपने मौन उद्गारों से वह व्यथित होते चले गए, "किसने छीना है मेरी मां को मुझसे? कौन है इतना अकरुण! जिसने भी मेरी मां को छीना है, उसे वापिस लौटाना होगा। मैं अपनी मां को उनसे छीनकर ही दम लूंगा।"

जब उनकी मां का अन्तिम संस्कार पूर्ण हो गया, तो मुकुंदलाल अपने पिता के साथ बरेली लौट आए। समय बीतने लगा और समय के साथ उनकी मां की स्मृति धुंधली हो जानी चाहिए थी, लेकिन हो न सकी। काल उनकी मां की स्मृति उनसे न छीन सका। मां के वियोग की वही व्यथा उसी रूप में सुलगती रही। वह बंगले के सामने खड़े एक पारिजात वृक्ष की परिक्रमा करते और अपनी मां को पुकारते जाते। अन्ततः एक दिन उनकी पुकार ने स्वर्ग के द्वारों को हिला दिया। आख़िर जगन्जननी को आना पड़ा। उनके स्नेह-स्निग्ध शब्दों ने मुकुंदलाल के रिसते घावों को भर दिया :

"वह मैं ही थी जिसने जन्म जन्मांतर में अनेक माताओं की

स्नेहवत्सलता के माध्यम से तुम्हारी देखभाल की। खोए हुए जिन दो सुंदर काले नयनों को तुम ढूंढ रहे हो, उन्हें मेरी आंखों में देखो।"

इस घटना से मुकुंदलाल के ज्ञान-चक्षु खुल गए। उसके व्यथित मन को सांत्वना तो मिली, परन्तु उस लोक को जानने की विकलता मन में जाग उठी जहां जगन्जननी रहती है। उन्हें यह अनुभव होते विलंब न हुआ कि जिस संसार में वह रह रहे हैं, वह वास्तविक संसार नहीं है! यह तो किसी अन्य लोक की छाया-मात्र है। मूल संसार तो कहीं अन्यत्र है और जिसे खोजना ही मानव का मुख्य लक्ष्य है। "क्यों न उस लोक को खोजा जाए! जहां न शोक है, न मृत्यु और न दुःख केवल आनंद ही आनंद है!" मुकुंदलाल के मन में यह विचार कौंध उठा।

मुकुंदलाल ने किस्से-कहानियों में सुना था कि संत लोग हिमालय पर जाकर साधना करते हैं और उस लोक को प्राप्त हो जाते हैं। अब उनके मन में हिमालय पर जाने की योजना बनने लगी। हिमालय की पावन पर्वत श्रृंखला और कहीं एकांत में उसकी कोई कन्दरा उनके आकर्षण का केन्द्र बनने लगी। उन्होंने हिमालय का नाम सुना ज़रूर था, लेकिन हिमालय देखा तो नहीं था। "हिमालय की कन्दरा में कैसे पहुंचा जाए!" अब यह समस्या उनको घेरने लगी थी। उनके किशोर मन ने यह योजना बना डाली कि अपने मकान-मालिक के पुत्र को भी वहां चलने के लिए प्रेरित किया जाए और दोनों एक दूसरे के सहयोग से वहां पहुंच जाएं। उन्होंने यह योजना अपने समवयस्क द्वारका प्रसाद के समक्ष रखी, परन्तु वह इस योजना से सहमत नहीं हो सका। द्वारका प्रसाद उनकी योजना में सहायक तो क्या बनता और विघ्न ही सिद्ध हुआ। उसने मुकुंदलाल के बड़े भाई को जो अपने पिता जी से मिलने वहां आए हुए थे, उनकी योजना से अवगत करा दिया। उनके बड़े भाई ने इस योजना पर गंभीरता से विचार न करके हास्य के रूप में ले लिया और उनसे प्रश्न कर डाला, "स्वामी मुकुंदलाल जी! तुम्हारे गेरूए कपड़े कहां हैं? उनके बिना तो तुम स्वामी नहीं बन सकते!"

यह वाक्य उनके बड़े भ्राता का हास्य-वाक्य था, लेकिन मुकुंदलाल के लिए यह एक मार्गदर्शन-वाक्य सिद्ध हुआ। उन्होंने इस हास्य का कोई

उत्तर नहीं दिया, बल्कि अपने अन्तर्मन में पहुंचकर किसी गेरूए वस्त्र धारण की हुई मानवीय आकृति पर स्थित हो गए। तुरन्त उनके मन में पूर्वजन्म की घटनाएं चल-चित्र की भांति चल पड़ीं। उन घटनाओं में उन्होंने देखा कि वे गेरूए वस्त्र धारण किए हुए एक संत की भांति अपना व्यवहार प्रदर्शित कर रहे हैं। वह तुरन्त अपनी सामान्य स्थिति में लौट आए, लेकिन एक बड़े परिवर्तन के साथ कि अब मैं गेरूए वस्त्र सहजता से धारण कर सकूंगा और अपने लक्ष्य को प्राप्त कर सकूंगा।

उनके बड़े भाई अनन्त ने जो वाक्य हास्य में कहा था अब वह वाक्य मुकुंदलाल के जीवन का आधार बन चुका था। लेकिन अब उस वाक्य से अनन्त के लिए हास्य का पुट गायब हो चुका था और उसके स्थान पर चिंता विराजमान हो चुकी थी। मुकुंदलाल के चेहरे पर हर समय छाए हुए गांभीर्य और उनके परिवर्तित व्यवहार से अनन्त समझ चुका था कि इनके मन में संसार से विरक्ति की भावना प्रवेश कर गई है और यह कभी भी घर से भाग सकता है। इस स्थिति में अनन्त की दृष्टि उनकी हर गतिविधि का पीछा करने लगी थी।

अब मुकुंदलाल के मन में उस जगन्जननी के लोक का आकर्षण सर्वोच्च स्थिति में पहुंच चुका था। हर पल वह लोक मानो उन्हें अपने रहस्य को जानने के लिए आमंत्रित कर रहा था। अंततः एक दिन उन्हें वह आमंत्रण स्वीकार करना ही पड़ा। वह एक दिन दोपहर को हिमालय की तलहटी में स्थित पहाड़ियों में बसे नैतीताल की ओर भाग गए। अनन्त की दृष्टि से वह कैसे बच सकते थे। उसने दृढ़-संकल्प के साथ उनका पीछा किया और नैनीताल से उन्हें पकड़ कर वापिस बरेली ले आए। अपने इस असफल प्रयास से वह दुःखी तो हुए ही, लेकिन उनके अन्दर अपनी खोई हुई दोनों माताओं के प्रति मूक रुदन बढ़ता ही चला गया। एक मानवी माता, दूसरी जगन्माता। अब वह पुनः ऐसे ही अवसर की प्रतीक्षा करने लगे। उनकी गतिविधियों से अनन्त को यह आभास होने लगा था कि वह पुनः घर त्याग कर कहीं अन्यत्र प्रस्थान कर सकते हैं। अतः उसनें मुकुंदलाल को कुछ आवश्यक जानकारी देनी चाही। एक दिन उचित समय देखकर अनन्त उनके कक्ष में गया और गंभीर स्वर से कहने

लगा, "मुकुंदलाल, तुम्हारी असामान्य चेष्टाओं से मुझे आभास होने लगा है कि तुम कभी-न-कभी घर छोड़ सकते हो। यदि मेरा अनुमान सत्य है तो मुझे कुछ मां की इच्छा पूर्ण करनी होगी।"

"आपका अनुमान सत्य है। मैं कभी का यह घर त्याग चुका होता, लेकिन आप मेरे इस महान कार्य में विघ्न बनते जा रहे हैं।"

"क्या मेरा विघ्न तुम्हारे उस वैराग्य के पथ को बाधित नहीं कर सकेगा?"

"विघ्न अस्थायी होते हैं, जो किसी के संकल्प को कुछ ही समय के लिए स्थगित कर सकते हैं। मेरा यह संकल्प कुछ ही समय के लिए स्थगित हुआ है।"

"मैं तुम्हारे इन विचारों से सहमत हूं, क्योंकि मेरा विघ्न निश्चय ही अस्थायी है। अब मुझे यहां से कोलकाता प्रस्थान करना है। उस स्थिति में यह अस्थायी विघ्न स्वतः ही समाप्त हो जाएगा।"

"आप कोलकाता क्यों जाना चाह रहे हैं?"

"मां की इच्छा पूरी करने के लिए। मां ने मेरे लिए एक कन्या पसंद की थी। वह अपने जीवन-काल में मेरे विवाह को न देख सकी। लेकिन अब मैं उनकी वह इच्छा पूरी करना चाहूंगा।"

"मैं इस मंगल कार्य में आपकी क्या सहायता कर सकता हूं।"

"विवाह एक सांसारिक कर्म है, लेकिन जिसने वैराग्य धारण करने का मन बना लिया हो, वह सांसारिक झमेलों में क्यों पड़ना चाहेगा? मैं तुम्हें ऐसी सहायता से मुक्त करता हूं, लेकिन मैं भी एक दायित्व से मुक्त होना चाहता हूं।"

"कैसा दायित्व?"

"मां की मृत्यु के समय तुम घर नहीं पहुंच पाए थे। तुम्हारी अनुपस्थिति में मां ने तुम्हारे लिए एक संदेश मेरे पास छोड़ा था और मुझे आदेशित किया था कि एक वर्ष के तुरन्त बाद यह संदेश मैं तुम्हें दूं, लेकिन कुछ विलंब हो गया। आज 14 महीने बाद वह संदेश मैं तुम्हें देना चाह रहा हूं। दो महीने के विलंब के लिए क्षमा करें।"

"लेकिन विलंब के पीछे क्या कारण रहे?"

"तुम्हारे वैराग्य के पथ में विघ्न उत्पन्न करना, क्योंकि उस संदेश से तुम उस पथ पर चलने के लिए और अधिक उतावले हो सकते थे और मैं नहीं चाहता था कि तुम वैराग्य-पथ के पथिक बनो।"

"क्या संदेश था?"

"स्वयं पढ़ो, इस पत्र में सब कुछ अंकित है। और इसके साथ ही यह एक डिबिया है, जिसे मां ने तुम्हें देने के लिए कहा था।"

मुकुंदलाल ने वह पत्र खोला और पढ़ना शुरू कर दिया, "मेरे प्रिय पुत्र मुकुंद! मेरे ये शब्द तुम्हारे लिए मेरा अन्तिम आशीर्वाद है! अब समय आ गया है कि मुझे उन अलौकिक घटनाओं से तुम्हें अवगत करा देना चाहिए जो तुम्हारे जन्म के पश्चात् घटी थीं। जब तुम मेरी गोद में एक नन्हे शिशु मात्र थे तभी मुझे तुम्हारे भावी मार्ग का पता चल गया था। तुम्हारे जन्म से पूर्व मुझे यह भी पता चल गया था कि तुम गुरु लाहिड़ी महाशय के आशीर्वाद से ही मेरे गर्भ से जन्म लेने वाले हो। अतः जन्म के कुछ समय बाद तुम्हें गुरु जी का आशीर्वाद दिलाने के लिए उनके पास ले जाना उचित समझा था। मैं तब तुम्हें वाराणसी में अपने गुरु के घर ले गई थी। वहां शिष्यों की भीड़ की ओट में लगभग छिपे हुए ध्यानस्थ लाहिड़ी महाशय को मैं कठिनता से देख पा रही थी, लेकिन गुरु जी का ध्यान हम तक पहुंचना भी असंभव-सा दिखाई दे रहा था।

"तुम्हें थपकियां देते-देते मैं मन-ही-मन प्रार्थना करती जा रही थी कि किसी भी तरह से गुरुदेव को वहां हमारी उपस्थिति का आभास हो जाए और वह तुम्हें आशीर्वाद प्रदान कर दें। जब मेरी मूक भक्तिपूर्ण प्रार्थना तीव्र हो गई, तब उन्होंने आंखें खोलीं और मुझे पास आने का संकेत किया। यद्यपि वहां बहुत भीड़ थी, किन्तु शिष्यों ने गुरुदेव का संकेत समझकर रास्ता दे दिया। मैंने वहां जाकर उनके पवित्र चरणों में अपना सिर रख दिया। लाहिड़ी महाशय ने मुझे आशीर्वाद दिया और तुम्हें अपनी गोद में ले लिया। उन्होंने कुछ क्षणों तक तुम्हारे चेहरे को देखा और आध्यात्मिक दीक्षा के रूप में तुम्हारे ललाट पर अपना हाथ रख दिया।

"उन्होंने फिर मेरी ओर देखा और कहने लगे कि हे छोटी मां, तुम्हारा यह पुत्र एक योगी होगा। एक आध्यात्मिक इंजन बनकर वह अनेक

आत्माओं को ईश्वर के साम्राज्य में ले जाएगा।

"सर्वज्ञ गुरुदेव ने मेरी गुप्त प्रार्थना स्वीकार कर ली। यह देखकर मेरा हृदय आनंद से झूम उठा। तुम्हारे जन्म के कुछ समय पहले उन्होंने मुझे बताया था कि तुम उनके ही मार्ग पर चलोगे।

"मेरे प्रिय पुत्र! बाद में जब तुम्हें अद्‌भुत आलोक के दर्शन हुए थे, उसका पता भी मुझे और तुम्हारी बड़ी बहन रमा को चल गया था, क्योंकि हम दोनों उस समय साथ वाले कमरे में तुम्हें अपनी शैया पर निश्चल बैठा देख रही थीं। हमने देखा था कि तुम्हारे छोटे-से मुखमंडल पर तेज प्रकट हुआ था। जब तुम भगवान को खोजने के लिए हिमालय पर जाने की बात कर रहे थे, तब तुम्हारी आवाज़ में अत्यंत दृढ़ निश्चय ध्वनित हो रहा था।

"इन सब माध्यमों से मेरे पुत्र! मैं समझ गई थी कि तुम्हारा मार्ग सांसारिक महत्वाकांक्षाओं से दूर है। मेरे जीवन की एक अद्वितीय घटना ने तो इस पर निश्चितता की मोहर लगा दी। वही घटना आज मुझे मृत्यु शैया से यह संदेश तुम्हें देने के लिए विवश कर रही है।

"यह घटना उस समय की है जब हमारा परिवार लाहौर (पंजाब) में रहता था। एक दिन प्रातःकाल नौकर मेरे कमरे में आया और मुझसे कहा, 'मालकिन! एक अजीब साधु द्वार पर आया है, कहता है कि मुझे मुकुंद की मां से मिलना है। मैं तुरन्त साधु से मिलने बाहर गई। उनके चरणों में प्रणाम करते समय मैं समझ गई कि मेरे समक्ष कोई सच्चा सिद्ध-पुरुष खड़ा है।'

"उन्होंने कहा, 'माता! महान गुरुजन तुम्हें यह बताना चाहते हैं कि इस पृथ्वी पर तुम्हारा वास अब अधिक दिनों तक के लिए नहीं रहेगा। तुम्हारी आने वाली बीमारी तुम्हारे लिए अन्तिम सिद्ध होगी। इससे चिंतित मत हो जाना, क्योंकि यह ईश्वर की लीला है। ईश्वर की लीला में मानव का हस्तक्षेप नहीं है। फिर भी ईश्वर तुम्हें नाराज़ करना नहीं चाहेगा। उसके लिए तुम्हें अमानत के रूप में अपने पास रखने के लिए चांदी का एक ताबीज दिया जाएगा। वह आज मैं तुम्हें नहीं दूंगा। मेरे कथन को सत्य प्रमाणित करने के लिए कल जब तुम ध्यान कर रही होंगी,

तब वह तुम्हारे हाथों में मूर्त रूप धारण कर लेगा। जब तुम्हारी मृत्यु की घड़ी निकट आएगी तब तुम्हें वह ताबीज अपने बड़े बेटे अनन्त को देकर उसे बताना होगा कि एक वर्ष तक वह उस ताबीज को अपने पास रखे, तत्पश्चात् उसे तुम्हारे द्वितीय पुत्र को सौंप दे। महापुरुषों से प्राप्त उस ताबीज के रहस्य को तुम्हारा द्वितीय पुत्र मुकुंद समझ लेगा! उसे वह ताबीज तब मिलना चाहिए जब वह समस्त सांसारिक महत्त्वाकांक्षाओं को त्याग कर मनोयोग से ईश्वर की खोज के लिए प्रस्तुत हो रहा हो। वह ताबीज उसका उद्देश्य पूरा होने तक उसके पास रहेगा और फिर वह अपने-आप अदृश्य हो जाएगा।'

"मैंने उस साधु को भिक्षा देनी चाही, लेकिन उसने भिक्षा ग्रहण नहीं की, बल्कि मुझे आशीर्वाद देकर चला गया। अगले दिन संध्या को जब में हाथ जोड़कर ध्यान में बैठी थी, तब यह चांदी का ताबीज मेरी हथेलियों के बीच में स्वतः प्रकट हो गया। अब मैं इस ताबीज को अनन्त के पास छोड़े जा रही हूं। मेरे लिए शोक मत करना, क्योंकि मुझे मेरे गुरुदेव ईश्वर की गोद में पहुंचा देंगे। अच्छा, मेरे बच्चे! अब मैं चलती हूं। जगन्माता तेरी रक्षा करेंगी।"

मुकुंदलाल ने वह डिबिया खोली। उसमें ही वह ताबीज सुरक्षित रखा हुआ था। जैसे ही वह ताबीज उन्होंने अपने हाथ में लिया, ज्ञान का एक उज्ज्वल प्रकाश उनके मन-मस्तिष्क में कौंध गया। ताबीज गोल आकृति का था। देखने में कुछ विचित्र-सा और प्राचीन लगता था। उस पर संस्कृत के कुछ अक्षर खुदे हुए थे। ताबीज को देखकर वह समझ गए कि उनके मार्गदर्शन के लिए यह ताबीज उनके पूर्वजन्मों के गुरुओं ने भेजा है।

इस ताबीज में एक अदृश्य शक्ति छिपी हुई थी, जिसका प्रयोग मुकुंदलाल आवश्यकता पड़ने पर करने लगे थे। जब हिमालय पर जाने की उनकी चेष्टाओं को बार-बार विफल कर दिया जाता था, तो वह इस ताबीज के पंखों पर सवार होकर प्रतिदिन दूर-दूर तक यात्रा कर लेते थे।

हिमालय की ओर विफल पलायन

भगवतीचरण घोष का स्थानान्तरण अब कोलकाता में ही हो गया था। अनन्त भी विवाह के उपरांत अपने परिवार के साथ ही रहने लगा था। भगवतीचरण नहीं चाहते थे कि किशोर काल में ही मुकुंदलाल योगी बन जाए। उनकी इच्छा थी कि वह उच्च शिक्षा ग्रहण करें और तब अपने भावी जीवन की रूपरेखा बनाएं। अतः उन्होंने अनन्त को मुकुंदलाल पर कड़ी दृष्टि रखने के लिए निर्देशित किया हुआ था।

मुकुंदलाल अभी उच्च माध्यमिक विद्यालय का ही छात्र था। उनका एक सहपांठी अमर मित्तर पूर्णरूप से उनके प्रभाव में आया हुआ था। उसके अन्दर भी उन्होंने योगी जीवन के प्रति आकर्षण उत्पन्न किया हुआ था। एक दिन मुकुंदलाल ने उसे अपने सम्मोहन में बांध ही लिया, "अमर मित्तर! क्या तुमने कभी ध्यान किया है?"

"मैंने यह कला सीखी नहीं है।"

"सीखना चाहते हो?"

"लेकिन इससे लाभ क्या है?"

"उस लोक में अवतरित हो जाना जो वास्तविक लोक है।"

"यह संसार वास्तविक लोक नहीं है?"

"नहीं, यह तो उसकी छाया मात्र है।"

"वास्तविक लोक कैसा होता है?"

"जहां न मृत्यु है, न शोक और न दुःख, केवल आनंद ही आनंद है। उस लोक को ईश्वर-लोक भी कहते हैं।"

"वहां कैसे जाया जा सकता है?"

"उसकी छवि को अभी हम केवल देख सकते हैं, वहां जाने की प्रक्रिया बहुत लम्बी है।"

"क्या तुम मुझे दिखा सकते हो?"

"उसका पहला पायदान ध्यान है।"

"फिर तो मुझे ध्यान सीखना ही पड़ेगा।"

"लेकिन इसके आगे दो पायदान और भी हैं, 'धारणा' और "समाधि' तब तुम योगी बन सकोगे और योगी के लिए हर असंभव वस्तु संभव होती है।"

"फिर तो धारणा और समाधि ही सिखाइए।"

"ये मैंने भी नहीं सीखी हैं।"

"क्यों नहीं सीखी!"

"इन्हें कोई गुरु ही सिखा सकते हैं। इसके लिए गुरु को खोजना पड़ता है।"

"फिर विलंब किस बात का?"

"गुरु की खोज घर बैठे संभव नहीं है। इसके लिए हिमालय पर जाना पड़ता है। हिमालय की श्रृंखलाओं में ऐसे सिद्ध गुरु मिल सकते हैं, लेकिन इतनी दूर मैं अकेला कैसे जा सकता हूं।"

"मैं आपके साथ चलूंगा। मुझे भी योग का ज्ञान चाहिए।"

"ठीक है, इसकी व्यवस्था तुम्हें ही करनी होगी। तुम किसी बहाने से कक्षा से बाहर निकल जाना और ऐसे स्थान पर एक किराए की घोड़ा गाड़ी खड़ी कर देना, जहां हमारे दोनों परिवार के किसी भी सदस्य के पहुंचने की संभावना न हो।"

"ठीक है, यह व्यवस्था कल हो जाएगी।"

मुकुंदलाल मकान की अन्तिम मंजिल पर स्थित एक कक्ष में बैठा

ध्यान कर रहा था, तभी वर्षा शुरू हो गई। वर्षा के कारण प्रत्तिकूल परिस्थिति उत्पन्न हो जाने से वह चिंतित हो उठे। वर्षा अचानक बंद हो गई। उन्होंने नीचे झांककर देखा अमर की घोड़ा-गाड़ी कुछ ही दूरी पर खड़ी थी। उन्होंने जल्दी-जल्दी एक कम्बल में एक जोड़ी खड़ाऊं, दो कौपीन, एक जप माला, लाहिड़ी महाशय की फोटो और भगवद्‌गीता की एक प्रति बांध ली। इस पोटली को उसने तीसरी मंजिल की खिड़की से नीचे फेंक दिया। और तेज़ी से सीढ़ियों द्वारा नीचे उतरने लगे। नीचे पहुंचकर जैसे ही वह अपने चाचा के बराबर से गुज़रे तो उसने इन्हें टोक दिया, लेकिन वह उनकी बराबर से ऐसी सामान्य मुस्कराहट के साथ निकल गए, मानो दैनिक क्रम के अनुसार कहीं घूमने जा रहे हों। आगे बढ़कर उन्होंने अपनी पोटली उठाई और घोड़ा-गाड़ी में जा बैठे।

घोड़ा-गाड़ी तेज़ गति से शहर के अन्दर सड़कों पर दौड़ रही थी, लेकिन उसी तीव्र गति से मुकुंदलाल के मन में शंकाएं दौड़ रही थीं। सबसे बड़ी शंका यह थी कि हमारे हिमालय की ओर भागने का जब अनन्त को पता चलेगा तो हमें पकड़ने के लिए सभी हथकंडों का प्रयोग करेगा। उससे बचने का केवल एक ही रास्ता है कि अपनी यह देशी पोशाक उतार कर इसके स्थान पर विदेशी पोशाक धारण कर ली जाए। विदेशी पोशाक से संभवतः वह हमें पहचान न सकें। इसी विचार के क्रियान्वयन के लिए वे बाज़ार क्षेत्र के चांदनी चौक में पहुंच गए। वहां से उन्होंने यूरोपियन पोशाक ख़रीद ली। अभी उनकी तैयारियां अपूर्ण ही थीं। मुकुंदलाल ने अपने चचेरे भाई जतिन को भी वहां जाने के लिए तैयार कर लिया था। यद्यपि वह डरपोक प्रवृत्ति का किशोर था, परन्तु मुकुंदलाल के ज़ोर देने पर वह अनिच्छापूर्वक उनके साथ चलने को तैयार हो गया था।

स्टेशन जाते-जाते रास्ते में उन्हें चचेरे भाई जतिन के लिए रुकना पड़ा। उन दोनों ने जतिन के लिए भी यूरोपियन पोशाक ख़रीद ली थी। स्टेशन पर जाते ही तीनों ने यूरोपियन पोशाक धारण कर ली थी। अब तीनों इस बात से प्रसन्न थे कि उन्हें कोई नहीं पहचान सकेगा।

स्टेशन से उन तीनों ने बर्दवान के टिकट ख़रीदे। गाड़ी चलने पर

मुकुंदलाल ने उन्हें योगियों की महिमा-गाथा सुनानी शुरू कर दी, "हम तीनों ऐसे महान कार्य के लिए हिमालय की कंदराओं में जा रहे हैं, जिन्हें बड़े-बड़े ऋषि और योगियों ने ही सम्पन्न किया है। जो संसार एक अज्ञान और माया का मूर्त रूप है, वह हमने सदा के लिए त्याग दिया है। अब हम महान गुरुओं से दीक्षा लेकर ब्रह्मचैतन्य की समाधि का अनुभव करेंगे। हमारे शरीरों में ऐसी चुम्बकीय शक्ति पैदा हो जाएगी कि हिमालय के वन्य पशु, पालतु जानवरों की भांति हमारे पास आएंगे। बाघ हमारा दुलार पाने की प्रतीक्षा में बैठी रहने वाली घरेलू निरीह बिल्लियों से अधिक कुछ नहीं होंगे।"

इस महिमा मंडन में अमर तो पूर्ण रुचि दिखा रहा था, लेकिन जतिन इस ओर से उदासीन होकर गाड़ी की खिड़की से झांककर बाहर दौड़ते हुए प्राकृतिक दृश्यों को देखने लगा था। सूर्यास्त के समय उनकी ट्रेन बर्दमान जाकर रुक गई थी। अब उन्हें वहां से हरिद्वार के लिए ट्रेन बदलनी थी, अतः जतिन को उन्होंने टिकट लेने के लिए स्टेशन के अन्दर भेज दिया और वे दोनों प्लेटफार्म पर बैठकर उसकी प्रतीक्षा करने लगे, लेकिन पन्द्रह मिनट की अवधि में भी वह प्लेटफार्म पर नहीं पहुंच सका। इस घटना से उनका चिंचित होना भी स्वाभाविक था। चिंतित मुद्रा में दोनों उसे स्टेशन के अन्दर खोजते रहे, लेकिन वह उन्हें कहीं भी न मिल सका। मुकुंदलाल ने उसके नाम को ऊंचे स्वर से भी पुकारा, लेकिन परिणाम शून्य निकला।

मुकुंदलाल इस घटना से घबरा गए। जतिन के गुम होने के आघात से उनके हाथ-पांव फूलने लगे और हिमालय में गुरु को खोजने का रोमांच धरा-का-धरा रह गया। मुकुंदलाल ने मन-ही-मन निर्णय लिया कि जतिन के गुम होने से यात्रा पर गहरे अमंगल का साया पड़ चुका है, अतः अब वापिस लौटने में ही भलाई है। उन्होंने अपना यह प्रस्ताव अमर के सामने रखा, लेकिन वह इस प्रस्ताव से सहमत न हो सका। इसके विपरीत अमर ने उसे खरी-खोटी सुनानी शुरू कर दी, "क्या यही था तुम्हारा ईश्वर प्रेम? एक छोटी-सी घटना से ही संकल्प टूट गया? कहां बाघों को बिल्लियां बनाने की बड़ी-बड़ी डींगें हांक रहे थे और कहां एक विश्वासघाती साथी

के वियोग का ग़म भी सहन न कर सके।"

"उसके गुम होने को आप विश्वासघात बता रहे हैं?"

"वह गुम नहीं हुआ है, बल्कि घर लौटने की इच्छा से वह हमसे दूरी बनाकर कहीं छिपा हुआ है। हमें उसे खोजने की अब कोई ज़रूरत नहीं है।"

"आपकी बातों में मुझे कोई सशक्त आधार दिखाई नहीं दे रहा है।"

"यह आपकी दृष्टि की कमी है। मैं तो पहले से ही जांच चुका था कि इसे हिमालय क्षेत्र में जाने की कोई इच्छा नहीं है, क्योंकि जब आप योगियों को महिमा मंडित कर रहे थे, वह खिड़की से बाहर झांककर अपनी पलायन प्रवृत्ति का प्रदर्शन कर रहा था। यदि इसके बाद भी आपके अन्दर जतिन के प्रति संवेदनशीलता है तो ईश्वर की भक्ति को भूल जाओ, क्योंकि तुम ईश्वर की परीक्षा में फेल हो चुके हो। ईश्वर अपने भक्तों की पहले परीक्षा लेता है। लेकिन मैं फेल नहीं हूं! मैं गुरु की खोज में जा रहा हूं और तुम जतिन की खोज में निकल जाओ।"

"यदि यह ईश्वर की परीक्षा है तो मुझसे फेल होने की आशा मत करो। तुरन्त टिकट की व्यवस्था करो। बरेली होकर हरिद्वार जाने वाली ट्रेन आने वाली है। लेकिन अभी भी मेरा मन शान्त नहीं है।"

"अब यह अशान्ति कैसी?"

"अनन्त हमें खोजने के प्रयास में लग चुका होगा। उसने पिता जी के सहयोग से रेलवे अधिकारियों को सूचित कर दिया होगा कि यदि तीन किशोर हरिद्वार की ट्रेन में जाते हुए मिलें तो उन्हें रोक लिया जाए। संभवतः हमारे तीनों के नाम भी अधिकारियों को बता दिए गए हों। यदि कोई अधिकारी पूछताछ करे, तो उससे कैसे बचा जाए?"

"असत्य का सहारा लेना होगा। अपने नाम बदलकर बताने होंगे।"

"लेकिन मैं असत्य नहीं बोल सकता।"

"मैं तो बोल सकता हूं। तुम्हें मौन रहना है। जो कुछ कहना है मुझे ही कहने देना।"

"ठीक है, मैं इस काम के लिए तुम्हें अधिकृत करता हूं। अगले दिन हमें मुगलसराय से गाड़ी बदलनी होगी, तब संभवतः हम पूछताछ की

प्रक्रिया के अन्तर्गत हो सकते हैं।"

"कोई चिंता की बात नहीं, मेरा कौशल देखना।"

मुगलसराय में गाड़ी बदलते हुए जब वे प्लेटफार्म पर हरिद्वार की गाड़ी की प्रतीक्षा कर रहे थे तो एक यूरोपियन रेलवे अधिकारी उंनके पास पहुंच गया। वह अपने हाथ में एक तार-पत्र लिए हुए था। वह तार-पत्र को हिलाते हुए उनसे पूछने लगा, "क्या तुम लोग गुस्से में घर से भाग रहे हो?"

अमर ने अपनी चतुराई का कौशल दिखाते हुए कहा, "जी नहीं!"

"तुम झूठ बोल रहे हो। तीसरा लड़का कहां है? चलो, सच बोलो!"

"साहब! आपने चश्मा पहना हुआ है, क्या फिर भी आपको दिखाई नहीं देता कि हम केवल दो ही हैं?"

"तुम्हारा नाम क्या है?"

"मुझे टॉमस कहते हैं। मैं अंग्रेज़ माता और भारतीय धर्मान्तरित ईसाई पिता की संतान हूं।"

"तुम्हारे मित्र का क्या नाम है?"

"मैं उसे टॉमसन कहता हूं।"

उस यूरोपियन अधिकारी ने पुनः तार-पत्र खोलकर पढ़ना चाहा। इस प्रक्रिया में मुकुंदलाल की दृष्टि भी उस पर पड़ गई। उसमें लिखा था, "यूरोपियन पोशाक पहने तीन बंगाली लड़के घर से भागकर मुगलसराय के मार्ग से हरिद्वार की ओर जा रहे हैं। मेरे पहुंचने तक कृपा उन्हें रोके रखें।"

यूरोपियन अधिकारी उनके झांसे में आ गया और उसने उन दोनों को मुक्त कर दिया। इस तरह से अनन्त का प्रथम प्रयास विफल हो गया, परन्तु अनन्त का जाल बहुत दूर तक फैला हुआ था। जब वे बरेली रुके तो उनका द्वारका प्रसाद नाम का एक मित्र उनकी प्रतीक्षा कर रहा था। यह वही युवक था जिसे कभी पहले मुकुंदलाल ने अपने साथ हिमालय पर भागने के लिए सहमत करना चाहा था, लेकिन वह सहमत नहीं हुआ था। उसके पास भी उन्हें रोकने के लिए अनन्त का तार-पत्र आया हुआ था। उसने उन्हें रोकना चाहा, लेकिन वे रुकने के लिए सहमत नहीं हुए।

उन्होंने उसे स्पष्ट बता दिया कि वे योग विद्या सीखने हिमालय पर जा रहे हैं, अतः यहां रुकने या वापिस घर लौटने का प्रश्न ही नहीं है। उन्होंने द्वारका प्रसाद को अपने साथ योगी बनने के लिए बाध्य किया और हिमालय पर ले जाना चाहा, किन्तु वह उनकी योजना से सहमत न हो सका। इस प्रकार से अनन्त का दूसरा प्रयास भी विफल हो गया।

भोर होते-होते गाड़ी हरिद्वार पहुंच चुकी थी। वहां से वह पर्वतमाला अभी कुछ अस्पष्ट ही दिखाई दे रही थी। वे तेज़ी से भागकर स्टेशन से बाहर निकल गए। उन्होंने सोचा कि अब यह विदेशी पोशाक बदलकर देशी धारण कर लेनी चाहिए, क्योंकि संभवतः अनन्त को इस विदेशी पोशाक का पता चल गया होगा।

उन्होंने हरिद्वार अधिक समय तक रुकना उचित नहीं समझा, क्योंकि उन्हें आशंका थी कि अनन्त की सूचना के आधार पर यहां वे पकड़े जा सकते हैं। उन्होंने ऋषिकेश की टिकट ली और गाड़ी में जा बैठे। तभी एक पुलिस वाला उन्हें ध्यान से देखता हुआ उनकी ओर बढ़ता चला गया। उन्होंने अपने हाव-भाव को सामान्य बनाने की कोशिश की, लेकिन वह पुलिसकर्मी संभवतः मनोविज्ञान का ज्ञाता था। उसने बिना विलंब किए उन्हें पकड़ लिया और गाड़ी से उतार कर पुलिस स्टेशन ले गया। उसने शिष्टतापूर्वक यह स्पष्ट कर दिया कि तुम्हें अनन्त के आने तक यहीं बैठा रहना पड़ेगा। तब तक तुम्हारे पास जो धनराशि है, वह भी यहीं जमा करनी होगी।

अनन्त का यह प्रयास सफल रहा। तीन दिन बाद अनन्त और अमर का भाई उन्हें लेने आ गए। अमर वापिस लौटने के लिए सहर्ष तैयार हो गया। वह इस उबाऊ यात्रा से थक गया था और परिवारजनों की याद भी अब उसे सताने लगी थी। वह अब एहसास कर रहा था कि उसने भावुकता में आकर यह कदम उठाया था और वह भविष्य में कभी इस उद्देश्य से हरिद्वार नहीं आएगा। लेकिन मुकुंदलाल की मनःस्थिति इसके विपरीत थी। उन्होंने अनन्त को स्पष्ट बता दिया कि हिमालय पर गुरु की खोज उनका निकटतम लक्ष्य है। भले ही उसे अब घर ले जाया जाए, लेकिन अवसर पाते ही वह पुनः इस खोज के लिए आने से नहीं चूकेंगे।

अनन्त उनके लक्ष्य को जानता था। उसने मुकुंद के प्रति सहानुभूति प्रकट करते हुए कहा, "तुम्हारे मन की भावना मैं समझता हूं। मैं तुम्हारी भावनाओं के विपरीत तुम्हारी मनःस्थिति को बदलने के लिए दबाव नहीं डालना चाहता। मैं तुमसे केवल इतना चाहता हूं कि तुम एक बार मेरे साथ बनारस चलो। वहां एक विशिष्ट संत से मिल लो और वहां से फिर कुछ दिनों के लिए दुःखित पिता जी से मिलने कोलकाता चले जाओ। उसके बाद तुम यहां अपने गुरु की खोज पुनः कर सकते हो।"

अनन्त की इस योजना के प्रति मुकुंद ने अपनी सहमति व्यक्त कर दी। इसके बाद वे चारों बनारस के लिए चल पड़े। अनन्त ने गाड़ी में बैठे-बैठे अपने ध्यान और प्रार्थना से बनारस के सत्य को जान लिया। अनन्त ने पहले से ही वहां एक कौशलपूर्ण व्यूह-रचना कर रखी थी। वे हरिद्वार पहुंचने से पूर्व बनारस में उतर गए थे और वहां उन्होंने एक शास्त्र पंडित से मिलकर मुकुंद को उससे उपदेश दिलाने की व्यवस्था की थी। पंडित और इसके पुत्र ने अनन्त को इस बात से आश्वस्त कर दिया था कि वे मुकुंद के मन से संन्यासी बनने के विचार को पूर्णतया निकाल देंगे।

अनन्त उन्हें बनारस में पंडित के घर ले गए। पंडित और उसके पुत्र ने मुकुंद का पूर्ण उत्साह के साथ स्वागत किया। मुकुंद को श्रोता का सम्मान देते हुए पंडित के पुत्र ने अपना प्रवचन शुरू कर दिया, "प्रिय मुकुंद! मैंने आपकी मस्तक रेखाओं से जान लिया है कि तुम एक भावुक किशोर हो। तुम्हारी संन्यास लेने की इच्छा केवल भावुकता पर आधारित है। भावुक व्यक्ति का निर्णय कभी भी तर्क युक्त नहीं होता। वह यथार्थ से कोसों दूर होता है। मैंने अपनी अतींद्रिय दृष्टि से यह भी जान लिया है कि तुम संन्यासी नहीं बन सकोगे, अतः संन्यासी बनने की चेष्टा मत करो।"

"आपकी अतींद्रिय दृष्टि में मेरा भविष्य कैसा है।"

"उज्ज्वल है। तुम ऊपर उठोगे : संन्यास से भी ऊपर।"

"संन्यास से ऊपर क्या अवस्था है?"

"पूर्णता प्राप्त करना। मानव का लक्ष्य संन्यास ग्रहण करना नहीं है, अपितु पूर्णता प्राप्त करना है।"

"यह पूर्णता कैसे प्राप्त की जा सकती है?"

"वेदानुकूल जीवन पद्धति से।"

"वेदानुकूल जीवन पद्धति का प्रारूप क्या है?"

"चार पुरुषार्थों का पालन करना : धर्म, अर्थ, काम और मोक्ष। लेकिन संन्यास केवल एक पुरुषार्थ मोक्ष पर आधारित है। अतः यह अपूर्णता है और मानव का लक्ष्य से भटकना है। एक मुमुक्षु को पहले धर्म, फिर अर्थ, फिर काम का सेवन करते हुए मोक्ष पर पहुंचना होता है। यही मोक्ष मानव को पूर्णता प्रदान करता है। अतः चारों पुरुषार्थों से गुज़र-गुज़रकर पूर्णता प्राप्त करो। यही वेदानुकूल मानव का लक्ष्य है। ये पुरुषार्थ तो हैं ही, ये मानव के दायित्व भी हैं। यदि तुम अपने साधारण दायित्वों को त्याग देने का हठ करोगे तो निरंतर दुर्भाग्य का शिकार बनोगे और ईश्वर को पाने में पूर्णताः असमर्थ रहोगे। सांसारिक अनुभव के बिना तुम अपने पूर्ण कर्मों को समाप्त नहीं कर सकोगे।"

पंडित के पुत्र के इस प्रवचन से मुकुंद का विश्वास हिल गया। मानव के लिए पुरुषार्थों द्वारा जीवन की पूर्णता कल्याणकारी है या संन्यास? उनका मन इन दो अवस्थाओं के बीच दोलन करने लगा। वह अनिर्णय की स्थिति में ईश्वर से प्रार्थना करने लगा, "हे प्रभु! अभी यहीं, इसी क्षण मेरी सम्पूर्ण व्यग्रता को दूर कर मुझे उत्तर दो, तुम क्या चाहते हो, मैं संन्यासी का जीवन व्यतीत करूं या संसारी मनुष्य का?"

पंडित जी के घर की चारदीवारी के निकट ही बाहर उन्होंने एक उदात्त बदन साधु को खड़े देखा। उन्हें लगा, शायद इस साधु ने उनकी और स्वघोषित दिव्य द्रष्टा के बीच का वार्तालाप सुन लिया हो, क्योंकि उस साधु ने अपरिचित होते हुए भी मुकुंद को अपने पास बुलाया। उसके प्रशांत नेत्रों से मुकुंद को एक प्रचण्ड शक्ति प्रवाहित होती दिखाई दी। उसने गंभीर मुद्रा में कहा, "वत्स! उस मूढ की बातें मत सुनो। तुम्हारी प्रार्थना के प्रत्युत्तर स्वरूप ईश्वर मुझे तुम्हें यह आश्वासन देने का निर्देश दे रहे हैं कि तुम्हरे जीवन का एकमेव मार्ग संन्यास ही है।"

ईश्वर के इस मार्गदर्शन के प्रति मुकुंद ने कृतज्ञता प्रकट की और उस साधु को धन्यवाद दिया। वह उनसे कुछ और पूछना चाहते थे, लेकिन

तुरन्त पंडित के पुत्र ने उन्हें बुला लिया, "मुकुंद! इस व्यक्ति से बातें करके अपना समय नष्ट मत करो, तुरन्त इधर आओ।" उस साधु ने आशीर्वाद मुद्रा में हाथ उठाया और तुरन्त वहां से प्रस्थान कर गया।

मुकुंद के मन में पुनः संन्यास की इच्छा दृढ़ हो चली थी। उन्हें अब पंडित के पुत्र की बातें निरर्थक लगने लगी थी। उन्होंने वहां से चलने की इच्छा व्यक्त की, लेकिन अब पंडित ने अपने प्रवचनों में उसे उलझाना चाहा, किन्तु मुकुंद को अब उसका कोई भी तर्क संतुष्ट न कर सका। वह तुरन्त खड़े हो गए और इसके साथ ही अनन्त का वह चक्रव्यूह मुकुंद को घेरने में विफल हो गया।

कोलकाता पहुंचने पर भगवतीचरण घोष ने मुकुंदलाल के प्रति कोई आक्रोश प्रदर्शित नहीं किया। उन्हें पता था कि इसका विपरीत परिणाम हो सकता है। उन्होंने मुकुंद से अत्यंत मर्मस्पर्शी ढंग से अनुरोध किया कि व्यक्ति चाहे संसारी हो या फिर संन्यासी उसके लिए उच्च शिक्षा बहुत ज़रूरी है। यदि वह संसारी है तो अपनी उच्च शिक्षा के बल पर वह अच्छी नौकरी पा सकता है और यदि उसका लक्ष्य संन्यासी बनना है तो उच्च शिक्षा से प्राप्त ज्ञान के आधार पर वह अपने श्रद्धालुओं को अपने सिद्धांतों में अच्छी प्रकार दीक्षित कर सकता है।

यह भगवतीचरण का अपने पुत्र के लिए केवल परामर्श ही नहीं था, बल्कि एक व्यवस्था का प्रारूप था। क्योंकि उन्होंने मुकुंद के वहां पहुंचने से पहले ही उनके पढ़ाने के लिए एक महात्मा पंडित स्वामी केवलानंद जी की नियुक्ति कर दी थी। वह ऋषितुल्य महात्मा संस्कृत के शिक्षक थे और दार्शनिक ज्ञान से भी परिपूर्ण थे। भगवतीचरण को आशा थी कि स्वामी जी अपने दार्शनिक तर्कों से मुकुंद के मन से संन्यास का आकर्षण समाप्त कर देंगे। लेकिन परिणाम रहस्यपूर्ण ढंग से उलटा हुआ। वह नवनियुक्त शिक्षक उन्हें शुष्क बौद्धिक ज्ञान देने के स्थान पर उनके अन्दर उत्पन्न ईश्वराकांक्षा के अंगारों को और हवा देने लगे। भगवतीचरण को यह ज्ञान नहीं था कि स्वामी केवलानंद जी लाहिड़ी महाशय के एक प्रमुख शिष्य थे। लाहिड़ी महाशय केवलानंद जी को ऋषि कहकर पुकारते थे, अतः वह ऋषि के नाम से विख्यात हो चुके थे।

केवलानंद जी प्राचीन शास्त्रों के सुप्रतिष्ठित पंडित थे। उनके इस अगाध ज्ञान के कारण ही उन्हें शास्त्री महाशय की उपाधि मिली थी, जिसके द्वारा वह प्रायः संबोधित किए जाते थे। वह संस्कृत के प्रकांड पंडित थे। अपने शिक्षण से वह मुकुंद को संस्कृत का विद्वान बनाना चाहते थे, परन्तु उनकी संस्कृत पढ़ने में कोई विशेष रुचि नहीं थी। संस्कृत व्याकरण से उन्हें विशेष चिढ़ हो गई थी। उनकी रुचि केवल लाहिड़ी महाशय से संबंधित उनसे संस्मरण सुनने की रहती थी। उनकी इच्छा को देखते हुए केवलानंद जी उन्हें लाहिड़ी महाशय के साथ बिताए गए अपने जीवन के संबंध में बताना शुरू कर देते थे। एक दिन उन्होंने व्यवस्थित रूप से अपने अनुभव बताने शुरू कर ही दिए :

"मुझे दस वर्ष तक लाहिड़ी महाशय के संपर्क में रहने का दुर्लभ सौभाग्य प्राप्त हुआ था। उनका घर मेरे लिए एक तीर्थ-स्थल था। अपने भवन के नीचे के तल पर एक छोटी-सी बैठक में वह सदा विराजमान रहते थे। लकड़ी की चौकी पर पद्मासन में बैठे हुए वह अपने शिष्यों द्वारा एक माला की भांति अर्धवृत्ताकार में घिरे रहते थे। उनकी आंखें चमकती हुई तथा ईश्वरीय आनंद से नाचती रहती थीं। उनकी सदैव अर्द्धोन्मीलित रहने वाली आंखें अन्दर के दूरदर्शी गोलक में से सदा शाश्वत, आनंद के लोक में झांकती रहती थीं। वह बहुत कम बोलते थे। कभी-कभी उनकी दृष्टि किसी ऐसे शिष्य पर केंद्रित हो जाती थी, जिसे सहायता की आवश्यकता हो जाती थी, तब उनके मन से प्रवचन फूट पड़ते थे।

"गुरुदेव के एक दृष्टिपात मात्र से मेरे अन्दर एक अवर्णनीय शांति खिल उठती थी। उनके साथ अनेकानेक दिनों तक मौन धारण करने का ऐसा अनुभव था, जो मेरे संपूर्ण अस्तित्त्व को परिवर्तित कर देता था। यदि मेरी एकाग्रता में कोई अदृश्य बाधा आ खड़ी होती तो गुरु के चरणों में बैठ जाता। वहां सबसे सूक्ष्म अवस्थाओं का भी मुझे सहज बोध हो जाता। गुरुदेव ईश्वर के सजीव मन्दिर थे, जिनके गुप्तद्वार भक्ति के माध्यम से सब शिष्यों के लिए खुले रहते थे।

"लाहिड़ी महाशय शास्त्रों के टीकाकार नहीं थे। वह सहज ही दैवी पुस्तकालय में डुबकी लगा लेते थे। वेदों में जो गहन दर्शन और विज्ञान

के रहस्य छिपे हुए हैं, उन्हें खोलने का अद्भुत कौशल उन्हें प्राप्त था। प्राचीन शास्त्रों में उल्लेखित अध्यात्म ज्ञान को समझाने का अनुरोध करने पर वह मुस्कराकर स्वीकार कर लेते थे।

"उनके पास किसी शास्त्र का कंठस्थ ज्ञान नहीं था। वह किसी विषय में प्रवेश करके वहां से अर्जित की हुई अनुभूतियों का ही वर्णन करते थे।

"किसी विषय पर आंख बंदकर विश्वास कर लेने की सलाह गुरुदेव कभी नहीं देते थे। वह कहते थे कि शब्द खोखले हैं, अतः ईश्वर की उपस्थिति के दृढ़-विश्वास को ध्यान में अपने परमानंद संपर्क से प्राप्त करो।

"शिष्य की समस्या चाहे जो भी हो, उसके समाधान के लिए गुरुदेव क्रिया योग के अभ्यास का ही परामर्श देते थे।

"वह प्रायः कहा करते थे कि तुम्हारा मार्गदर्शन करने के लिए जब मैं इस शरीर में नहीं रहूंगा, तब भी क्रिया योग की इस यौगिक कुंजी का महत्त्व कम नहीं होगा। यह भूलने वाली वस्तु नहीं है। इसके माध्यम से अनवरत अपने मुक्तिपथ पर तुम्हें बढ़ते रहना है।"

केवलानंद जी अपने अनुभवों को बताते-बताते मुकुंद के समक्ष क्रिया योग की महिमा भी बताते गए। उन्होंने बताया कि मानव द्वारा अनन्त ईश्वर की खोज के अब तक जितने प्रयास हुए हैं, क्रिया योग उनमें सबसे शक्तिशाली साधन है।

मुकुंदलाल की जिज्ञासा को शांत करने के लिए एक दिन केवलानंद जी ने लाहिड़ी महाशय द्वारा प्रकट किए गए एक चमत्कार की कहानी भी सुनाई। उस कहानी से उन्होंने यह सिद्ध करना चाहा कि लाहिड़ी महाशय ईसामसीह की तरह चमत्कार दिखाने में दक्ष थे। यह कहानी नहीं बल्कि एक सत्य घटना थी, जो केवलानंद के समक्ष घटी थी। उसी का वर्णन उन्होंने इस प्रकार किया :

"एक दृष्टिहीन शिष्य रामू गुरुदेव की सेवा में निरंतर लगा हुआ था। मेरी पूर्ण सहानुभूति उस अन्धत्व से दुःखी शिष्य के साथ थी। एक दिन मेरे मन में विचार आया कि यदि वह शिष्य लाहिड़ी महाशय से अपना

अन्धत्व समाप्त कराने की विनती करें, तो संभवतः गुरुदेव उनकी आंखों में रोशनी लौटा सकते हैं। "क्यों न मैं यह परामर्श रामू को दूं" इस विचार के सांथ मैंने रामू से बात करनी चाही। जैसे ही वह धीरे-धीरे कमरे से बाहर निकला तो मैंने उससे पूछ ही लिया कि रामू! तुम कब से अन्धे हो?

"जन्म से ही, मेरी आंखों को कभी भी सूर्य दर्शन का सौभाग्य प्राप्त नहीं हुआ।"

"हमारे गुरु तुम्हारी सहायता कर सकते हैं। एक बार उनसे प्रार्थना तो करो! यदि उनकी कृपा हो गई तो तुम सूर्य के दर्शन कर सकोगे।"

अगले दिन उन्होंने गुरुदेव के चरण स्पर्श करते हुए कहना प्रारंभ कर दिया कि "हे गुरुदेव! सारे ब्रह्मांड को प्रकाश देने वाला ईश्वर आपमें विद्यमान है। क्या उनसे कुछ किरणें मुझे नहीं मिल सकेंगी? गुरुदेव! मैं अपनी भौतिक आंखों से आपके दर्शन करना चाहता हूं।"

"रामू बेटे! किसी ने मुझे कठिन परिस्थिति में डालने की योजना बनाई है। मेरे पास किसी को स्वस्थ करने की कोई शक्ति नहीं है।"

"गुरुदेव! यदि आपकी करुणा हो, तो आपके अन्दर विराजमान अनन्त ईश्वर निश्चय ही मुझे स्वस्थ कर सकते हैं।"

"रामू! यह सत्य है कि ईश्वर की कोई सीमा नहीं है। वह असंख्य तारों को चमक देता है और प्राणियों की शरीर-कोशिकाओं में प्राण शक्ति संचारित करता है। निश्चय ही वह तुम्हारे नेत्रों को भी ज्योति प्रदान कर सकता है। तत्पश्चात् गुरुदेव ने रामू के माथे पर दोनों भौंहों के बीच में स्पर्श किया। इसी के साथ उन्होंने रामू को यह भी निर्देश दिया कि अपने मन को इस स्पर्श बिन्दु पर केंद्रित रखो और सात दिनों तक बारंबार राम नाम का जाप करो। सूर्य का वैभव तुम्हारे लिए विशेष उषाकाल का दृश्य प्रस्तुत करेगा।"

और एक सप्ताह बाद ठीक ऐसा ही हुआ। रामू ने सूर्य के प्रकाश को प्रथम बार देखा। सर्वज्ञ गुरुदेव ने अपने शिष्य को राम नाम जपने का आदेश दिया, क्योंकि राम ही उसके इष्ट देवता थे। रामू के विश्वास ने भक्ति से जोती हुई ज़मीन का काम किया और उसमें गुरुदेव का स्थायी रूप से स्वस्थ कर देने वाला शक्तिशाली बीज अंकुरित हो गया।

मुकुंदलाल ने केवलानंद जी से ये अनुभव सुनने के बाद संस्कृत भाषा सीखने में कोई रुचि नहीं दिखाई, जिसका परिणाम यह हुआ कि वह संस्कृत के पंडित नहीं बन सके। इसके विपरीत वह लाहिड़ी महाशय की भक्ति में और अधिक डूबते चले गए। अब उन्होंने दृढ़ निश्चय कर लिया कि वह किसी सक्षम गुरु की खोज करेंगे, जिसके शिष्यत्व में रहकर क्रिया योग की दीक्षा ले सकेंगे।

गुरु युक्तेश्वर जी से प्रथम भेंट

मुकुंदलाल घोष के मन में वैराग्य की भावना गहराई तक पहुंच चुकी थी, लेकिन उनकी पितृभक्ति उनके वैराग्य लेने में बाधा बन चुकी थी। वह अपनी किसी भी गतिविधि से अपने पिता जी को रुष्ट करना नहीं चाहते थे। पिता जी ने उन्हें उच्च शिक्षा ग्रहण करने के लिए आदेशित किया था, अतः उनके आदेश का पालन करते हुए उन्होंने हाई स्कूल में प्रवेश ले लिया था। वह इससे पूर्व भी कभी अच्छे छात्र सिद्ध नहीं हो सके थे और हाई स्कूल में भी वही स्थिति चल रही थी।

पढ़ने का समय बीतता जा रहा था, परन्तु पढ़ाई में वह पिछड़ते जा रहे थे। उनकी दिनचर्या एक छात्र की दिनचर्या के समान नहीं थी। वह कभी-कभी ही कक्षा में उपस्थित होते थे; बाकी समय में कोलकाता के स्नान-घाटों के आस-पास सुनसान जगहों पर अपने भावी जीवन के चिह्न खोजते फिरते थे। उन घाटों के पास स्थित श्मशान जो रात में और भी अधिक भयावह बन जाते हैं, उन्हें आकर्षित करने लगे। उन्हें कहीं से यह पता चला था कि एक योग को उसकी योग-साधना की सिद्धि के लिए श्मशान भूमि अधिक अनुकूल रहती है। वह अपने-आपको एक सिद्ध योगी बनाना चाहते थे, अतः श्मशान की भयावहता में विचरण उनके लिए

एक स्वाभाविक कर्म बन चुका था। इस प्रकार से उनका रात्रि जागरण अन्य छात्रों के रात्रि जागरण से भिन्न था।

हाई स्कूल की परीक्षा निकट आ चुकी थी, लेकिन वह इस वार्षिक परीक्षा के प्रति भी गंभीर नहीं थे। उनका अध्ययन अपूर्ण था, लेकिन वह बिना अध्ययन के ही परीक्षा उत्तीर्ण कर सकेंगे, इस बात से वह पूर्ण आश्वस्त थे। उनकी आश्वस्ति का कारण था ईश्वर में अगाध श्रद्धा। उन्हें विश्वास था कि परीक्षाएं ही नहीं, जीवन की प्रत्येक प्रतिकूल परिस्थिति में ईश्वर उनकी सहायता करने के लिए वचन-बद्ध है। वह ईश्वर के अनन्य भक्त हैं, अतः ईश्वर उन्हें ऐसे रास्ते से चलाएंगे कि समस्याओं का समाधान स्वतः होता चला जाएगा।

एक दिन वह श्मशान भूमि की ओर जा रहे थे। रास्ते में उनकी एक कक्षा-सहपाठी से भेंट हो गई। उसने मुकुंद को रोकते हुए पूछा, "अरे मुकुंद! तुम्हें हो क्या गया है?"

"मैं ठीक हूं और अपने लक्ष्य की ओर बढ़ रहा हूं।"

"कहां बढ़ रहे हो? परीक्षा सिर पर है और तुम कक्षा से गायब रहते हो। परीक्षा में पास होने का विचार नहीं है?"

"क्या यह ईश्वरीय नियम है कि पढ़कर ही पास हुआ जा सकता है?"

"ईश्वर के नियम को तो मैं जानता नहीं हूं, लेकिन यह सांसारिक नियम तो है ही कि बिना पढ़े पास नहीं हो सकते।"

"मुझ पर संसार के नियम लागू नहीं होते।"

"अभी से योगी मत बनो! आओ मेरे साथ, घर चलते हैं। लगता है मुझे तुम्हारी सहायता करनी ही पड़ेगी।"

. "हां, मैं भी ऐसा ही मानता हूं कि आपको मेरी सहायता करनी ही पड़ेगी?"

"मैं आपके मानने से नहीं कर रहा हूं।"

"हां, मैं यह भी जानता हूं कि मेरी मान्यता के आधार पर तुम मेरी सहायता नहीं कर रहे हो, बल्कि ईश्वर की व्यवस्था के आधार पर ऐसा हो रहा है।"

"यह भी असत्य है, मैं केवल अपनी व्यवस्था के अन्तर्गत आपकी सहायता कर रहा हूं।"

"ठीक है, मैं तुम्हारे घर चल रहा हूं, लेकिन वहां जाकर मुझे क्या करना होगा।"

"तुम्हें उन प्रश्नों के उत्तर याद करने होंगे, जिन्हें मैं बताऊंगा। परीक्षा में जिन प्रश्नों के पूछे जाने की संभावना है, उनके उत्तर मैं आपको समझा दूंगा।"

जब मुकुंद अपने मित्र के घर से निकला तो उसके मित्र द्वारा बताए हुए प्रश्न उन्होंने कंठस्थ कर लिए थे। वह अपने घर पहुंचने वाले ही थे कि उन्हें याद आया : संस्कृत का प्रश्न-पत्र भी तो आना है, लेकिन मित्र ने संस्कृत की कोई तैयारी नहीं करायी है। इस स्थिति में संस्कृत में उत्तीर्ण होना संभव नहीं हो सकेगा। 'क्यों न वापिस मित्र के पास लौटा जाए और संस्कृत के संभावित श्लोकों का अर्थ कठंस्थ कर लिया जाए।' वह वापिस मुड़ना चाहते थे, लेकिन नहीं मुड़े। सीधे अपने घर आ गए और ईश्वर को अपनी यह भूल याद दिला दी।

दूसरे दिन वह प्रातःकाल भ्रमण के लिए निकले। जैसे-जैसे वह अपने कदम आगे बढ़ाते जाते थे, परीक्षा से संबंधित प्रश्नों के उत्तर को पुनः दोहराते जाते थे। जैसे ही वह मैदान के अन्तिम छोर पर पहुंचे, अचानक उनकी दृष्टि घास में उलझे कुछ काग़ज़ों पर पड़ी। उन्होंने वे उठा लिए। उन काग़ज़ों पर संस्कृत के कुछ श्लोक अंकित थे। वह उन्हें लेकर एक विद्वान पंडित के पास गए और उन श्लोकों का अर्थ जानना चाहा, लेकिन पंडित ने उन्हें निराश करते हुए कहा कि ऐसे श्लोक अब तक हाई स्कूल की परीक्षा में नहीं पूछे गए हैं, यह परिश्रम व्यर्थ समझो। मुकुंद निराश मन से घर लौट आए।

परीक्षा सम्पन्न हुई। परीक्षा में वही प्रश्न पूछे गए थे, जिनकी तैयारी उनके मित्र ने करा दी थी और संस्कृत के भी वही श्लोक पूछे गए थे, जिनकी तैयारी उस विद्वान पंडित ने सम्पन्न करा दी थी। परिक्षा का परिणाम घोषित हुआ और सभी विषयों में उत्तीर्ण मिले।

पिता जी की आज्ञा का सम्मान रखते हुए मुकुंद ने हाईस्कूल की

परीक्षा उत्तीर्ण कर ली थी। इस परीक्षा के माध्यम से उन्हें यह विश्वास हो चला था कि ईश्वर हर परिस्थिति में उनकी सहायता कर रहा है। इस सहायता के मूल में ईश्वर का क्या उद्देश्य है? इसके उत्तर में वह इतना ही समझ पाए थे कि अब वैराग्य का सही समय आ चुका है। अब इसमें विलंब का अर्थ ईश्वर के अनुग्रह को निष्प्रभावी करना है। अब उन्होंने गृह-त्याग का दृढ़ निश्चय कर लिया, लेकिन वह पहले की तरह से लुक-छिपकर जाना नहीं चाहते थे। अपने पिता की सहमति से ही वह वैराग्य पथ में बढ़ना चाहते थे। एक दिन वह अपने पिता के पास इस प्रस्ताव को लेकर चले ही गए :

"पिता जी! मैंने उच्च शिक्षा तो नहीं, परन्तु इतनी ज़रूर अर्जित कर ली जो मेरे अभियान के लिए पर्याप्त रहेगी, अतः अब आप मुझे गृह-त्याग की सहर्ष अनुमति प्रदान करें।"

"क्या योग सीखने के लिए गृह त्यागना ज़रूरी है?"

"गृह नहीं त्यागूंगा तो सांसारिक व्यक्ति बनकर रह जाऊंगा, लेकिन क्या कभी सांसारिक व्यक्ति ने सत्य कां अनुसंधान किया है?"

"वैदिक ऋषि सांसारिक व्यक्ति थे और वेदों में जो ज्ञान है उसका अनुसंधान उनके द्वारा ही सम्पन्न हुआ है।"

"वे सांसारिक नहीं थे, गृहस्थी ज़रूर थे, लेकिन सांसारिक व्यक्ति की तरह बस्ती में निवास नहीं करते थे, बल्कि बस्ती से दूर वन्य-क्षेत्रों में आश्रम बनाकर रहते थे।"

"क्या तुम भी आश्रम बनाकर रहना चाहते हो?"

"यह मेरा दूरस्थ लक्ष्य हो सकता है, लेकिन अब मेरा निकटतम लक्ष्य किसी गुरु के आश्रम जाकर ज्ञान प्राप्त करना है।"

"क्या यह तुम्हारा अन्तिम निर्णय है?"

"यह मेरे जीवन का लक्ष्य है।"

"मैं तुमसे आख़िरी बार अनुरोध करता हूं कि मेरा और अपने शोकाकुल भाइयों का त्याग मत कर।"

"पूज्य पिता जी! मैं आपके प्रति अपने प्रेम को किन शब्दों में व्यक्त कर सकता हूं? परन्तु उस परमपिता के लिए मेरा प्रेम उससे भी बढ़कर

है, जिसने मुझे इस लोक में आप जैसा आदर्श पिता प्रदान किया। मुझे जाने दीजिए, ताकि मैं किसी दिन अधिक दिव्य ज्ञान के साथ आपके पास लौट सकूं।"

अपने पिता की अनिच्छापूर्ण स्वीकृति के साथ वह वाराणसी आश्रम में पहुंच गए। उनके एक मित्र जितेन्द्र पहले ही वहां पहुंच चुके थे। वहां पहुंचकर आश्रम के युवा अधिपति स्वामी दयानंद ने उनका स्वागत किया। स्वामी दयानंद लम्बे छरहरे बदन के व्यक्ति थे। ऐसे चिंतनशील मुखाकृति वाले स्वामी जी के प्रति उनके मन में अनुकूल धारणा उत्पन्न हुई। उनकी गौरवर्ण मुखाकृति पर बुद्ध समान भाव था। 'निश्चय ही गुरु दयानंद मुझे ईश्वर के समक्ष ले जा सकेंगे।' उन्होंने इस धारणा के साथ आश्रम में रहना शुरू कर दिया। लेकिन यह धारणा अधिक दिनों तक कायम न रह सकी।

कल्पनाओं में आश्रम का जीवन जितना आकर्षक लगता था, यथार्थ में उसके विपरीत निकला। वहां शिष्यों की भीड़ अवश्य थी, लेकिन अनुशासन नाम की कोई चीज़ नहीं थी। मुकुंद अपना अधिक समय ध्यान में व्यतीत करते थे, जब कि अन्य शिष्य ध्यान प्रक्रिया को अच्छी तरह से जानते तक नहीं थे। वे अपना अधिक समय आश्रम के प्रबंधात्मक कार्यों में लगाया करते थे और मुकुंद से भी यह आशा करते थे कि वह भी अपना अधिक समय इसी कार्य में लगाएं, लेकिन मुकुंद को इस कार्य में कोई आकर्षण दिखाई नहीं देता था। उनकी इस ईश्वरमुखी प्रवृत्ति के कारण आश्रम के शिष्य उनका उपहास करने लगे थे। वे प्रायः कहते थे, "ईश्वर को इतनी जल्दी पकड़ने का प्रयास मत करो।"

एक दिन उन्होंने अपने मन की व्यथा स्वामी जी के समक्ष रख ही दी, "स्वामी जी! मेरी समझ में नहीं आ रहा है कि यहां मुझसे क्या अपेक्षा की जाती है। मुझे ईश्वर की प्रत्यक्ष अनुभूति की जिज्ञासा है। ईश्वर के अतिरिक्त मैं किसी और से संतुष्ट नहीं हो सकता : न अच्छे कार्यों के साथ जुड़ने से, न उनके सिद्धांत से, न उन्हें करने से। यहां के छात्र मेरा सहयोग न करके मेरा उपहास करते हैं।"

गेरूए वस्त्रधारी स्वामी जी ने स्नेहपूर्वक उनका कंधा थपथपाया और

निकट खड़े कुछ शिष्यों को नकली फटकार का ढोंग रचाते हुए उन्हें डांटा, "मुकुंद को परेशान मत करो। वह धीरे-धीरे हमारे तोर-तरीके सीख लेगा।"

स्वामी जी की डांट का उन शिष्यों पर कोई प्रभाव नहीं पड़ा था। मुकुंद पहले ही समझ गए थे कि ऐसी दिखावटी डांट का कोई अर्थ होता भी नहीं है, फिर प्रभाव का प्रश्न कहां रह जाता है। स्वामी जी की उपेक्षा और उनके शिष्यों के ग़लत व्यवहार से मुकुंद का उस आश्रम से आकर्षण समाप्त हो गया। उन्होंने विचार किया कि जिस आदर्श के लिए उन्होंने घर छोड़ा था, जब उस आदर्श को प्राप्त करने की उनकी निष्ठा पर चारों ओर से व्यंगात्मक तानाकसी होने लगी है तो अब उस आश्रम में रहने का क्या औचित्य रह जाता है। जो गुरु अपने शिष्य का उचित मार्गदर्शन नहीं कर सकता, वह गुरु कहलाने का अधिकारी भी कहां रह जाता है!

दारुण आत्मिक दुःख से व्यथित होकर एक दिन भोर में ही उन्होंने यह निश्चय करके अपने ऊपर की मंजिल के कक्ष में प्रवेश किया कि जब तक उत्तर नहीं मिलेगा तब तक प्रार्थना चलती ही रहेगी। इसी चिंतन के साथ उन्होंने प्रार्थना करनी शुरू कर दी :

"हे करुणामयी जगन्माते! या तो तुम ही दिव्य दर्शनों के माध्यम से मुझे सिखाओ, या फिर जिसके माध्यम से सिखाओगी उस गुरु को भेज दो।"

कई घंटे व्यतीत हो गए पर सुबक-सुबक कर की जा रही उनकी प्रार्थाओं का कोई उत्तर नहीं आया। उनके अन्दर निराशा प्रवेश कर ही रही थी कि अचानक उन्हें ऐसा लगा, मानो वह सशरीर ऊपर उठते हुए असीम महाशून्य में पहुंच गए हो।

"तुम्हारे गुरु आज आएंगे।" महाशून्य में चारों ओर से यह दिव्य नारी स्वर गूंज उठा। यह जगन्माता का स्वर था। वह और भी कुछ सुनना चाहते थे, तभी एक चीख ने यह सब कुछ छिन्न-भिन्न कर दिया। यह चीख नीचे रसोई में काम करने वाले एक पुजारी की थी। वह पुजारी मुकुंद को पुकार रहा था। उसे मुकुंद को साथ लेकर बाज़ार से कुछ सामान लाना था। वह अब भी चिल्ला रहा था, "मुकुंद बहुत हो गया

ध्यान! नीचे आओ! तुम्हें मेरे साथ तुरन्त एक काम पर जाना है; मुकुंद अपने चेहरे की मुद्रा सामान्य करके नीचे उतरे और पुजारी के साथ आश्रम से कुछ दूर स्थित बंगाली टोले के बाज़ार की ओर चल दिए।

वे दोनों बाज़ार में सामान ख़रीदने में व्यस्त हो चुके थे। सूर्य तप तो रहा था, लेकिन मध्याह्न नहीं हुआ था, अतः बाज़ार में ख़रीददारों की भीड़ बढ़ती जा रही थी। बनारस की गृहणियों, गाइडों, पंडे-पुरोहितों, श्वेत वस्त्र धारण किए विधवाओं, सम्माननीय ब्राह्मणों और वहां सर्वत्र विचारशील सांड़ों की रंग-बिरंगी भीड़ में से रास्ता बनाते हुए वे आगे बढ़ रहे थे। उस बाज़ार में ऐसी अनेक वस्तुएं थीं जिनकी ओर आसानी से ध्यान आकर्षित हो जाता था, लेकिन यह भी एक आश्चर्य ही था कि मुकुंद का ध्यान एक ऐसी उपेक्षित-सी संकरी गली पर केंद्रित हो गया, जहां सामान्यतया होना नहीं चाहिए था। वहां कोई आकर्षण न होते हुए भी वह उस गली के अन्दर काफी दूर तक देखते ही रहे। गली के छोर पर स्वामियों का गेरूआ परिधान धारण किए एक महापुरुष निश्चल खड़े थे। जैसे ही उनकी दृष्टि उन पर पड़ी, यह उपेक्षित-सी गली मुकुंद के लिए अपेक्षित हो गई। उन्हें लगा मानो युग-युगान्तर से वह उन्हें जानते-पहचानते आ रहे हैं। उनके अन्तर्मन ने अनुभव किया कि उनकी दृष्टि उनके ऊपर से हटाएं से भी नहीं हट रही है। ऐसा क्यों हो रहा है? वह इसकी व्याख्या नहीं कर पा रहे थे। मन में एक प्रश्न रह-रहकर अपना वर्चस्व बढ़ा रहा था कि यह महापुरुष वह तो नहीं, जिनकी मैं गुरु रूप में खोज कर रहा हूं। उनके पुजारी साथी ने उनसे आगे चलने को कहा, लेकिन उनसे आगे नहीं चला गया। उन्हें लगा मानो उनके पैर वहीं स्थिर हो गए हों। जैसे ही वह, उस गली की ओर मुड़े, उनके पैर सामान्य हो गए। उन्हें लगा मानो वह महापुरुष उन्हें अपनी ओर खींच रहा हो। उन्होंने सामान का थैला पुजारी को सौंप दिया और पुजारी के विरोध के पश्चात् वह गली में आगे बढ़ते चले गए।

वह आगे बढ़ते जा रहे थे और उस महापुरुष को भी देख रहे थे। उन्हें लग रहा था जैसे वह महापुरुष भी निरंतर उनकी ओर देख रहा है। कुछ ही उत्कंठापूर्ण कदम उन्होंने तेज़ी से उठाए और कुछ ही क्षणों में

उनके चरणों में पहुंच गए। उन्होंने क्षण-भर के लिए उनके चेहरे को देखा और तुरन्त मुख से उद्‌गार निकलने लगे, "गुरुदेव! मुझे अपने चरणों में स्थान दीजिए।"

उस महापुरुष का हाथ आशीर्वाद मुद्रा में उनकी ओर बढ़ चला, "ओ मेरे प्रिय, तुम मेरे पास आ गए! कितने वर्षों से मैं तुम्हारी प्रतीक्षा कर रहा था।"

निःशब्दता की एकता में वे दोनों एक हो गए। शब्दों का प्रयोजन निकृष्टतम प्रतीत होने लगा। अभिभूत करने वाला संवाद गुरु के हृदय से शब्दरहित सांत्वना बनकर शिष्य के हृदय में समाता चला गया। मुकुंद को लगा कि उसके अन्तर्मन का अंधकार इस महापुरुष के आशीर्वाद के अरुणोदय से अदृश्य हो गया है। उनके अन्तर्मन ने स्वीकार किया कि गुरुदेव ईश्वर को जानते हैं और उसे भी ईश्वर तक पहुंचा सकते हैं। अब उनकी सब आशंकाएं अदृश्य हो चुकी थीं और उन्होंने गुरुदेव के चरणों में पूर्ण समर्पण कर दिया था।

गुरुदेव उनका हाथ पकड़कर उन्हें काशी के राणामहल क्षेत्र में स्थित अपने डेरे पर ले गए। उनके साथ चलते हुए मुकुंद ने अनुभव किया कि उनकी आयु लगभग पचपन वर्ष की हो सकती है, लेकिन उनकी गति में एक युवक जैसी तीव्रता थी। उनके हल्के-से घुंधराले केश उनके उर्जस्वित मुख को सौम्यता प्रदान कर रहे थे। उनमें शक्ति और सौम्यता का अद्‌भुत संगम था। चलते समय उन्होंने मुकुंद को कहा, "अब तुम्हें अपनी सब अन्तःव्यथा भूल जानी चाहिए और चिंता को मन से दूर भगा देनी चाहिए।"

"गुरुदेव! क्या मैं इस बात से पूर्ण आश्वस्त हो सकूं कि मुझे आपके चरणों में शरण मिल चुकी है।"

"यह सब कुछ पूर्व निश्चित था। किसी अदृश्य शक्ति ने यह व्यवस्था की हुई थी। मैं अपने आश्रम और जो कुछ भी मेरा है, यह सब तुम्हें दे दूंगा।"

"गुरुदेव! मैं केवल ज्ञान और ईश्वर प्राप्ति के लिए आपके पास आया हूं। मुझे केवल आपका वही गुप्त धन चाहिए।"

"मैं तुम्हें अपना निःस्वार्थ प्रेम प्रदान करता हूं और तुम इस प्रेम से वह सब कुछ पा सकोगे जो तुम प्राप्त करना चाहते हो, लेकिन क्या तुम भी मुझे वैसा ही निःस्वार्थ प्रेम दोगे?"

"मैं आपसे सदा-सर्वदा के लिए प्रेम करूंगा गुरुदेव!"

"मैं तुम्हारे कथन पर विश्वास कर सकता हूं और यह भी आशा कर सकता हूं कि तुम निष्काम प्रेम करोगे, साधारण प्रेम नहीं। साधारण प्रेम का मूल कामनाओं और तृप्तियों के दलदल में होता है। वह स्वार्थ के आवरण से भी अवगुंठित रहता है। ऐसा प्रेम सांसारिक प्रेम तो होता है, लेकिन दिव्य नहीं। तुम प्रेम की दिव्य ज्योति अपने मन में जलाना। इसकी रश्मियों में ही मैं तुम्हें ईश्वर के मार्ग पर ले चलूंगा।"

आश्रम के बाहर कुछ अंधकार फैलने लगा था। गुरुदेव उठकर खड़े हो गए और मुकुंद को लेकर अन्दर चले गए। मुकुंद ने देखा कि वहां पहले से ही जल-पान की व्यवस्था की हुई थी। वहां दोनों बैठकर आम और बादाम की मिठाई खाने लगे। साथ-साथ वार्तालाप भी चलता रहा। गुरुदेव कहने लगे, "मुकुंद! शायद तुम स्वामी दयानंद के आश्रम में कुछ असहजता अनुभव कर रहे थे। अब ऐसा नहीं होगा। धीरे-धीरे सब कुछ तुम्हारे अनुकूल होता चला जाएगा। यदि वहां आप लौटना चाहो तो एक बहुत बड़ा परिवर्तन पाओगे।"

"मैं वहां सहज नहीं हो सकूंगा गुरुदेव! वहां मैं अपना लक्ष्य ही भूलने लगा था। यहां आकर मैं चिंतामुक्त हो गया हूं।"

"यह तुमने ठीक किया कि चिंता का परित्याग कर दिया। अब तुम्हें यहां चिंता-मुक्त ही रहना है। उस ताबीज की डिबिया से भी।"

"वह ताबीज मेरे पास सुरक्षित है, लेकिन आपको कैसे पता चला कि मेरे पास कोई ताबीज भी है।"

"मैं तुम्हें ईश्वर के मार्ग पर ले जाऊंगा, लेकिन तभी तो ले जा सकता हूं, जब कि मैं उस मार्ग से गुज़र चुका हूंगा। जो ईश्वर के मार्ग से गुज़र चुका हूं, उसमें कुछ तो ईश्वर की शक्ति आ जाती है। क्या उस शक्ति से मैं उस ताबीज के रहस्य को जान नहीं सकता? लेकिन वत्स, चिंतित मत होना, वह ताबीज अब तुम्हारे पास सुरक्षित नहीं है, वह जहां

से आया था वहां जा चुका है, लेकिन अपना कार्य पूरा करके।"

मुकुंद ने तुरन्त वह लिफाफा देखा जिसके अन्दर डिबिया में वह ताबीज रखा था। लिफाफा बंद था। जैसे ही उन्होंने लिफाफा खोला और फिर वह डिबिया, तो उनके आश्चर्य का ठिकाना न रहा। डिबिया से वह ताबीज गायब हो चुका था।

मुकुंद ने अपने जीवन की किसी भी घटना का गुरुदेव के समक्ष उल्लेख नहीं किया था, लेकिन उन्होंने अपनी दिव्य दृष्टि से मुकुंद के जीवन की सभी घटनाओं को जान लिया था। वह समझ चुके थे कि जो साधारण व्यक्ति के लिए विस्मय की बात है, वह इन दिव्य दृष्टि युक्त महापुरुषों के लिए सामान्य घटनाएं हैं। वह उनके दिव्य ज्ञान से अभिभूत होकर कहने लगे, "गुरुदेव! आपके चरणों में मुझे वह सब कुछ मिल चुका है, जिसकी आकांक्षा लिए मैंने गृह-त्याग किया था। अब मुझे आज्ञा दीजिए किस रूप में आपकी सेवा करूं?"

"मेरी सेवा करने की सामर्थ्य है?"

"आपके आदेश की प्रतीक्षा है गुरुदेव!"

"तुम्हें अभी कोलकाता लौटना होगा।"

"गुरुदेव! यह आदेश कैसा? इसको सम्मान देने में मैंने जो अर्जित किया है, वह सब छिन जाएगा।"

"याद करो वत्स! तुमने कहा था कि मैं निष्काम प्रेम करूंगा। निष्काम प्रेम स्वार्थ से परे होता है, लेकिन तुम्हारा मन अब स्वार्थ-प्रधान हो चुका है। जो तुमने पाया वह तुम्हारा स्वार्थ है और उसके छिनने के डर से उसकी रक्षा करने पर तुल गए हो।"

"मेरी ऐसी कठिन परीक्षा मत लो गुरुदेव! मैंने बहुत दुर्दिन देखकर सच्चे गुरु को पाया है। अब मैं उन्हें खोना नहीं चाहता। मैं लौटने के लिए आपके पास नहीं आया हूं। मैं लौटकर जाऊंगा भी नहीं। आपके साथ कहीं भी जाने के लिए तैयार हूं। आपने मेरे संबंध में अपनी दिव्य-दृष्टि से सब कुछ जान लिया है, लेकिन मेरे पास दिव्य-दृष्टि नहीं है। मैं अब तक भी आपके संबंध में कुछ भी नहीं जान सका हूं।"

"मुझे स्वामी युक्तेश्वर गिरि कहते हैं। मेरा मुख्य आश्रम श्रीरामपुर

में रायघाट लेन में है। यहां मैं केवल थोड़े दिन के लिए ही अपनी मां से मिलने आया हूं।"

"कोलकाता से केवल 12 मील दूर और मैं आपको खोजने बनारस तक आ गया? ईश्वर की क्या विचित्र लीला है? मैं श्रीरामपुर तक अनेक बार घूमा हूं, लेकिन आश्चर्य! वहां गुरुदेव के दर्शन न हो सके।"

"किसी घटना के घटने का एक निश्चित समय होता है। वह निश्चित सत्य तब नहीं था और अब भी नहीं है, क्योंकि अभी तुम्हें कोलकाता लौटना है। उससे पूर्व यदि चाहो, स्वामी दयानंद के आश्रम में लौट जाओ।"

"मैं लौटकर नहीं जाऊंगा।"

"मैं तुम्हें स्थायी रूप से लौटने के लिए नहीं कह रहा हूं। तुम चार सप्ताहों में मेरे पास आ जाओगे।" युक्तेश्वर गिरि के शब्दों में प्रथम बार कठोरता आ गई थी। उन्होंने पुनः कहना शुरू किया, "अब जब कि मैंने तुम्हें अपने चिरंतन प्रेम के बारे में बता दिया है और तुम्हें पाने पर हर्ष प्रकट कर दिया है, फिर भी तुम मेरे अनुरोध की अह्वेलना करने पर तुले हुए हो? अगली बार जब हम मिलेंगे, तब तुम्हें अपने में मेरी रुचि को पुनः जाग्रत करना होगा। मैं आसानी से तुम्हें शिष्य रूप में स्वीकार नहीं करूंगा। मेरी कठोर शिक्षा के आज्ञा-पालन द्वारा संपूर्ण समर्पण तुम्हें करना होगा।"

मुकुंद अपने गुरुदेव की इस कठोरता से हतप्रभ दिखाई दिए। गुरुदेव ने उनकी समस्या को पहचान लिया और परिवर्तित मुद्रा में कहने लगे, "मैं समझता हूं वत्स, तुम घर लौटने से क्यों डर रहे हो! तुम अपने पिता व भाई-बहन की अनिच्छा से वैराग्य धारण करने के लिए यहां तक आए हो। तुम समझते हो कि जब तुम उनके पास लौटोगे, तो वे तुम पर हंसेंगे?"

"मैं लौटकर नहीं जाऊंगा।"

"तुम तीस दिन में लौट जाओगे।"

"कदापि नहीं।"

यह वाद-विवाद बढ़ता ही चला गया। गुरुदेव उनके व्यवहार से

खिन्न दिखाई दिए। मुकुंद ने उनकी आवेशित मुद्रा को देखा और उनके चरणों में आदरपूर्वक प्रणाम करके वहां से चल दिए। अर्द्धरात्रि के अंधकार में आश्रम की ओर चलते हुए वह व्यथित मन से इस बात पर चिंतन कर रहे थे कि इसे भेंट का अन्त निश्चय ही अशुभ रहा।

वह आधे-अधूरे मन से स्वामी दयानंद के आश्रम में पहुंचे, लेकिन पूरी रात प्रिय-अप्रिय चिंतन में ही व्यतीत हुई। अगले दिन सुबह उन्होंने देखा कि आश्रमवासियों का व्यवहार उनके प्रति और अधिक द्वेषपूर्ण हो चुका था। अपना व्यवहार विनम्र करने पर भी आश्रमवासियों का व्यवहार उनके प्रति विनम्र न हो सका। रात-दिन की तानाकसी से वे उन्हें उद्विग्न करने लगे थे। तीन सप्ताह इसी तनाव में व्यतीत हो गए। फिर दयानंद जी एक सम्मेलन में भाग लेने के लिए मुम्बई चले गए। उनके जाने के बाद मुकुंद को लगा, मानो उनके सिर से एक बहुत बड़ा पहाड़ हट गया हो।

मुकुंद पर आश्रमवासियों की टीका-टिप्पणी अब भी निरंतर जारी थी। कुछ टीका-टिप्पणी उनकी आर्थिक भागीदारी के ऊपर भी थी। आश्रमवासी उन्हें परजीवी के नाम से पुकारने लगे थे। परजीवी वह होता है, जो दूसरों के संसाधनों से अपनी जीविका चलाता है। आश्रमवासी मानते थे कि मुकुंद आश्रम को देता कुछ नहीं है जब कि यहां की सुविधाओं का लाभ पूरा उठाता है। वह इस परजीवी के आरोप को स्वीकार करने की स्थिति में नहीं थे, क्योंकि उनके पिताजी प्रतिमाह आश्रम के लिए एक निश्चित धनराशि भेजते थे, परन्तु स्वामी दयानंद ने स्वयं ही उसे रुकवा दिया था। निर्दोष होते हुए ऐसे निराधार आरोप के प्रहार से वह तिलमिला उठे और अपने एकमात्र मित्र जितेन्द्र के पास पहुंच गए। जितेन्द्र के समक्ष उन्होंने अपनी व्यथा उड़ेल दी, "मैं आश्रम छोड़कर जा रहा हूं। जब दयानंद जी लौटें, तो उनके चरणों में मेरा प्रमाण कहकर मेरी ओर से क्षमा मांग लेना। मैं एक ईश्वर प्राप्त संत से मिला हूं। उनका आश्रम श्रीरामपुर में है। यदि आप चाहो मेरे साथ चल सकते हो।"

कुछ विचार-विमर्श के बाद दोनों ने यह आश्रम छोड़कर युक्तेश्वर गिरि के आश्रम श्रीरामपुर में जाने का निश्चय कर लिया।

बनारस से कोलकाता के लिए प्रस्थान

दयानंद के आश्रम से निराश होकर मुकुंद अपने मित्र जितेन्द्र के साथ आगे की ओर प्रस्थान कर गए। वे रेलगाड़ी से यात्रा करते हुए अपने बड़े भाई अनन्त के पास आगरा पहुंच गए। अनन्त हाल ही में कोलकाता से स्थानान्तरित होकर आगरा में आए थे। वह सरकारी लोक निर्माण विभाग (PWD) में सुपरवाइजिंग एकाउंटेंट थे। अनन्त को मुकुंद का इस प्रकार से संन्यासियों के आश्रमों का चक्कर लगाना पसंद नहीं था। वह पहले भी उन्हें समझा चुके थे, लेकिन उनकी इच्छा के विरुद्ध ही वह बनारस चले गए थे। अब उन्हें मुकुंद को समझाने का पुनः अवसर मिल गया। वह समय का सदुपयोग करते हुए कहने लगे, "मुकुंद! जो अपने पिता की आज्ञा का पालन नहीं कर सकता क्या वह अपने जीवन में सफल हो सकता है?"

मुकुंद को उत्तर देना ही था, "सफल जीवन किसे कहते हैं।"

महापुरुषों ने जीवन का जो प्रारूप दिया उसके अनुसार जीवन व्यतीत करना, अर्थात् पहले शिक्षा ग्रहण, फिर गृहस्थ, वानप्रस्थ और फिर संन्यास, लेकिन तुम उलटे चल रहे हों, जो अन्तिम सोपान था, उसे पहले उठा लाए हो।"

"वह भी महापुरुषों का एक अनुसंधान था और मेरा यह प्रारूप भी एक अनुसंधान है। कौन सा अनुसंधान श्रेष्ठ है, इसे भविष्य बताएगा।"

"तुम्हारा तो भविष्य अंधकार में है। इस अंधकार में कोई क्या देख लेगा और क्या बताएगा?"

"अंधकार में क्यों है?"

"पिता जी आपकी इन अवांछित गतिविधियों के कारण तुम्हें अपनी सम्पत्ति से वंचित कर सकते हैं। अब भी समय है घर लौट जाओ। पहले अपनी शिक्षा पूरी करो, फिर एक कोई अन्य काम।"

"आपको भली-भांति मालूम है कि मैं पिता जी से नहीं, बल्कि परमपिता से अपना उत्तराधिकार प्राप्त करना चाहता हूं।"

"जीवन परमपिता के उत्तराधिकार से नहीं चलता, बल्कि धन से चलता है। पहले पैसा फिर भगवान! कौन जाने जीवन में कब क्या समस्या आ जाए! सांसारिक समस्याएं धन से ही हल होती हैं।"

"पहले भगवान, लक्ष्मी तो उनके अधीन है।"

"लगता है आश्रम में बड़ा ज्ञान पा लिया है।"

"हां, इसमें कोई संदेह नहीं!"

"फिर बनारस क्यों छोड़ दिया? ज्ञानी लोग तो बनारस में ही रहते आए हैं।"

"बनारस में मेरा अल्पवास व्यर्थ नहीं हुआ है। मेरा हृदय जिसके लिए तड़प रहा था उसे मैंने वहां पा लिया है?"

"तो अब तुम्हारा क्या विचार है?"

"मैं अपने मित्र जितेन्द्र की इच्छानुसार आगरा आया हूं। यहां हम पहले ताजमहल देखेंगे और फिर अपने नए गुरु के पास चले जाएंगे, जिनका आश्रम श्रीरामपुर में है।"

"तो अभी भी संन्यासी बनने का भूत सिर पर सवार है?"

"यह भूत नहीं है, मेरे जीवन का लक्ष्य है।"

"तो तुम्हें पिता जी की सम्पत्ति के आधार की कोई आवश्यकता नहीं है?"

"मुझे यह बोध है कि मैं ईश्वर पर निर्भर हूं।"

“बातें बनाना बहुत आसान है, लेकिन जीवन की समस्याओं से लड़ना आसान नहीं है। यदि अब तक पिता जी अपने साधनों से तुम्हारा पालन-पोषण नहीं करते, तो क्या ईश्वर तुम्हें इस स्थिति तक ला सकता था? तुम सड़कों पर भीख मांगते नहीं फिरते?”

“कदापि नहीं! ईश्वर को छोड़कर किसी पथिक से कोई आशा मैं कदापि न करता! भगवान अपने भक्त के लिए भिक्षापात्र के अलावा भी हज़ार अन्य उपाय कर सकते हैं।”

“जिस ईश्वर के संबंध में इतनी डींग मार रहे हो, क्या जीवन में कभी उसे आजमाया भी है।”

“उसे आजमाता हुआ ही यहां तक आ चुका हूं। मेरे जीवन की हर समस्याएं जगन्जननी की कृपा से दूर होती जा रही हैं, यह ईश्वर की ही तो व्यवस्था है।”

“क्या इसका कोई चमत्कार दिखा सकते हो?”

“क्या चमत्कार देखना चाहते हो?”

“यदि मैं तुम्हें कहूं कि तुम दोनों वृंदावन घूम आओ और तुम्हारे सब पैसे अपने पास रख लूं तो तुम भीख मांगने के लिए विवश नहीं हो जाओगे?”

“चुनौती स्वीकार है। हम दोनों अभी वृंदावन के लिए प्रस्थान करते हैं।”

वे दोनों वृंदावन के लिए प्रस्थान कर गए, अब उनके पास एक भी पैसा नहीं था, लेकिन वे जहां-जहां भी गए उन्हें ऐसे व्यक्ति मिलते चले गए, जिन्होंने इनकी खाने-पीने और रहने की व्यवस्था की। यह ईश्वर की ही अनुकंपा थी कि इनके पास कुछ धन भी संग्रहित हो गया। वे अपनी यात्रा पूर्ण करके अनन्त के पास आगरा आ गए।

मध्यरात्रि होने को थी जब इन दोनों ने अनन्त के शयनकक्ष में प्रवेश किया। अनन्त उन्हें देखकर विस्मय से भर उठा। उन दोनों के चेहरों पर विजय की प्रसन्नता थी, लेकिन अनन्त पराजय की मुद्रा में उनकी ओर देख रहा था। कुछ क्षण रुककर अनन्त ने ही वार्तालाप प्रारंभ की, “वृंदावन की यात्रा कैसी रही?”

मुकुंद ने मुस्कराते हुए कहा, "बहुत अच्छी! हमें तनिक भी कष्ट नहीं हुआ। जैसे-जैसे आगे बढ़ते रहे, सभी व्यवस्था स्वतः ही होती चली गई। खाने-पीने और रहने की कोई समस्या आई ही नहीं।"

"कितनों से भीख मांगी?"

"जिसके साथ ईश्वर का आकूत भंडार हो, उसे भिक्षा की क्या आवश्यकता है? भिक्षा की आवश्यकता उन्हें होती है, जिन्हें ईश्वर पर विश्वास नहीं है।"

"ईश्वर के भंडार में से कुछ हमें भी तो दो।"

"क्यों नहीं, लेकिन शर्त यह है कि तुम्हें ईश्वर में विश्वास व्यक्त करना पड़ेगा। यह लीजिए ईश्वर का अनुग्रह।" कहते हुए मुकुंद ने मेज़ पर पैसों की वर्षा कर दी। अनन्त की आंखें विस्मय से फटी-की-फटी रह गईं। लेकिन वह इतनी शीघ्रता से पराजय स्वीकार करने वाले कहां थे। उन्होंने हास्य मुद्रा में कहना शुरू कर दिया, "सच-सच बताओ, यात्रा में किसे-किसे लूटा है?"

"केवल ईश्वर को, और वह भी उनकी अनुमति से।"

अनन्त विस्मय से उनकी ओर देखता ही रह गया। उन्होंने अनन्त को अपनी यात्रा का संपूर्ण वृतांत सुना दिया कि किस प्रकार से उनकी यात्रा की व्यवस्था स्वतः ही होती चली गई। अब अनन्त के पास एक ही विकल्प था कि वह इस बात को स्वीकार करले कि मुकुंद के अन्दर अलौकिक शक्तियों को विकास हो चुका है और अब यह सांसारिक व्यक्तियों से कहीं ऊपर उठ चुका है। वह गंभीर मुद्रा में कहने के लिए विवश हो ही गया, "मुकुंद! मैं जहां तक पहुंचा था वही मेरे चिंतन की अन्तिम सीमा थी, लेकिन तुम्हारे चिंतन को सीमा में नहीं बांधा जा सकता। मैं विस्मय के साथ स्वीकार कर रह हूं कि तुम्हारी उपलब्धि तुम्हें हमारी तुलना में कहीं अधिक सम्मानित स्थान प्रदान कर रही है, लेकिन इतने अल्प समय में इतनी बड़ी उपलब्धि कैसे प्राप्त की, कुछ बता सकोगे?

"क्रिया योग द्वारा।"

"क्या हमें यह योग सिखा सकोगे?"

"जितना आता है उतना सिखाने के लिए सक्षम हूं, लेकिन अभी पूर्ण दक्षता प्राप्त नहीं की है।"

"जितना सिखा सकते हो, उतना ही सीख लेंगे।"

रात बहुत बीत गई थी, फिर भी मुकुंद ने अपने मित्र जितेन्द्र और अनन्त को क्रिया योग का प्रशिक्षण दिया।

दूसरे दिन प्रातःकाल का जलपान ऐसे मधुर और मिलनसार वातावरण में सम्पन्न हुआ, जिसका पहले दिन नितांत अभाव था। क्योंकि इन बदली हुई परिस्थितियों में अनन्त के मन में मुकुंद के प्रति पूर्ण आस्था जाग्रत हो चुकी थी।

अनन्त से विदा लेकर दोनों ने फिर ताजमहल देखा, लेकिन मुकुंद का मन अब ऐसी वस्तुओं में रमने वाला कहां था, अब उन्हें संसार का कोई भी सौंदर्य अपनी ओर आकर्षित नहीं कर सकता था। उनके मन में तो अपने नए गुरु युक्तेश्वर गिरि के श्रीरामपुर स्थित आश्रम में पहुंचने का ही आकर्षण था, अतः वे तुरन्त कोलकाता के लिए प्रस्थान कर गए। कोलकाता पहुंचने पर जितेन्द्र का मन बदल गया। उनके मन से वैराग्य की भावनाओं का तिरोहन हो गया और उनके स्थान पर सांसारिकता का सौंदर्य जाग उठा। आख़िर उन्हें आगरा में स्थित ताजमहल ने शाहजहां और मुमताज बेगम के प्यार ने प्रेमातुर कर दिया था। अब उसके मन में गृहस्थ में प्रवेश की इच्छा बलवती हो उठी थी। अतः उसने मुकुंद से अपने मन का यथार्थ कह सुनाया और अपने घर लौट गया। अब आगे के पथ में चलने के लिए मुकुंद अकेला ही रह गया। वह अपने घर न जाकर सीधे श्रीरामपुर के आश्रम की ओर बढ़ चले और कुछ ही समय में श्रीरामपुर पहुंच गए।

"तुम आ गए!" युक्तेश्वर गिरि ने उन्हें देखते ही कहा।

"जी गुरुदेव! मैं आपकी सेवा के लिए आ गया हूं।" झुककर उन्होंने युक्तेश्वर गिरि के चरण स्पर्श किए।

"परन्तु यह कैसे हो सकता है? तुम तो मेरी इच्छाओं की अह्वेलना करते हो।"

"अब ऐसा नहीं होगा गुरुदेव! आपकी इच्छा ही मेरा धर्म होगा।"

"तब ठीक है! मैं तुम्हारे जीवन का उत्तरदायित्व ले सकता हूं।"

"मैं स्वेच्छा से अपना सारा भार आपको सौंपता हूं।"

"यह तुम्हारा ठीक तरह से सोचा-समझा निर्णय है?"

"अब यह मेरे जीवन का निकटतम लक्ष्य है।"

"तो अब मेरा अनुरोध यह है कि तुम अपने परिवार के पास घर लौट जाओ। मैं चाहता हूं कि तुम कोलकाता जाकर कॉलेज में प्रवेश ले लो। तुम्हारी आगे की पढ़ाई चलती रहनी चाहिए।"

"ठीक है गुरुदेव!" बड़ी व्याकुलता के साथ मुकुंद ने अपने गुरु का यह आदेश मान लिया। यद्यपि उन्हें पुस्तकीय ज्ञान से घृणा हो चुकी थी, लेकिन पहले उनके पिता जी और अब गुरु जी के आदेश ने उन्हें फिर पुस्तकों का भार ढोने के लिए विवश कर ही दिया। अनिच्छा से गुरु जी का निर्णय स्वीकार करने में उनकी व्याकुलता तो बढ़ ही गई थी, जो गुरुदेव से भला कैसे छिप सकती थी। गुरुदेव को उन्हें सहज मुद्रा में लाने के लिए कहना ही पड़ा, "किसी दिन तुम्हें पाश्चात्य जगत में जाना होगा। वहां के लोग भारत के प्राचीन ज्ञान के प्रति अधिक ग्रहणशील होंगे। यदि तुम्हारे पास किसी विश्वविद्यालय की डिग्री होगी तो वे तुम्हारी विद्वता से संतुष्ट हो सकेंगे।"

"मैं आपकी आज्ञा का पालन करूंगा गुरुदेव!" मुकुंद ने यह स्वीकृति दे तो दी, लेकिन उन्हें विदेश जाने वाली बात विह्लल करने लगी। वह विदेश जाने के औचित्य को समझ नहीं पा रहे थे। लेकिन उन्होंने समय की संवेदनशीलता को देखते हुए अपनी ओर से कोई आपत्ति प्रकट नहीं की। गुरुदेव ने पुनः कहना शुरू कर दिया, "तुम कोलकाता में पास ही रहोगे। जब भी तुम्हें समय मिले यहां आ जाना।"

"संभव हुआ तो प्रतिदिन आऊंगा गुरुदेव! अपने जीवन के प्रत्येक पहलू पर मैं आपको अधिकार कृतज्ञता पूर्वक स्वीकार करता हूं, लेकिन एक शर्त पर।"

"क्या?"

"कि आप मुझे भगवत्साक्षात्कार कराने का वचन दें।"

"यह संभव नहीं है वत्स!"

"क्यों संभव नहीं है?"

"यह गुरु और शिष्य दोनों के संयुक्त प्रयास से ही संभव हो पाता है। गुरु यदि पूर्ण प्रयास करे और शिष्य इस ओर से उदासीन हो, फिर यह कैसे संभव हो सकता है?"

"मैं पूर्ण प्रयास करने का वचन देता हूं।"

"प्रयास के उपरांत भी यह शिष्य की सामर्थ्य पर निर्भर करता है। वैयक्तिक भिन्नता के कारण शिष्यों की सामर्थ्य भिन्न-भिन्न होती है। संभव है तुम्हारी सामर्थ्य और मेरे प्रयास का अनुपात सही न हो।"

"गुरुदेव! मुझे शब्दों में मत उलझाइए। मैं यह वचन आपसे लेकर ही रहूंगा।"

"तुम बहुत हठी हो।"

"आप बिना हठ के मुझे कुछ देंगे भी नहीं।"

"ठीक है, तुम्हारी इच्छा ही अब मेरी इच्छा है।"

गुरुदेव की स्वीकृति से मुकुंद का मन खिल उठा और इसी के साथ उनकी खोज का अंत हो गया। उन्हें पूर्ण विश्वास हो गया कि सद्‌गुरु के चरणों में चिरंतन आश्रय मिल गया है।

"आओ, मैं तुम्हें आश्रम दिखाता हूं।" गुरुदेव अपने व्याघ्रचर्म के आसन से उठ खड़े हुए और मुकुंद को लेकर अन्दर आश्रम में चले गए। मुकुंद ने देखा कि एक सुसज्जित कक्ष की दीवार पर एक तस्वीर टंगी हुई है, जिसे चमेली का हार पहनाया हुआ है।"

"लाहिड़ी महाशय!" मुकुंद ने साश्चर्य कहा।

"हां, मेरे ईश्वरतुल्य गुरु", युक्तेश्वर गिरि का स्वर आदर से कंपित था। वह निरंतर बोलते ही गए, "वे उन सब गुरुओं में कहीं महान थे–एक मनुष्य के रूप में और एक योगी के रूप में भी, जिनका सान्निध्य मैंने पाया है।"

मुकुंद का अवधान लाहिड़ी महाशय की तस्वीर पर ही केंद्रित हो गया। उन्होंने मन-ही-मन उस महान योगी को प्रमाण किया और चिंतन किया कि बचपन काल में इन्हीं योगी का आशीर्वाद उन्हें प्राप्त हुआ था और इन्हीं का मार्गदर्शन अब तक मिलता आ रहा है।

श्रीयुक्तेश्वर गिरि ने उन्हें आश्रम के भवन और व्यवस्था से अवगत कराया। अंत में मुकुंद ने उनके जीवन के संबंध में जानने की इच्छा प्रकट की। गुरुदेव ने उन्हें बताया, "मेरा पारिवारिक नाम प्रियनाथ कड़ार था। मेरा जन्म 10 मई, 1855 को श्रीरामपुर में ही हुआ था। मेरे पिता जी एक धनाढ्य व्यापारी थे। वह ही यह पैतृक मकान छोड़ गए जो अब मेरा आश्रम है। मेरी स्कूल की पढ़ाई बहुत कम हुई। इसे मैंने अपने जीवन का एक बहुत बड़ा अभाव माना। तुम्हारे जीवन में यह अभाव न रह सके, इसलिए मैं तुम्हें उच्च शिक्षा के लिए आदेशित करता रहता हूं। हमारे देश की प्राचीन संस्कृति कितनी महान है अपनी संस्कृति का अपने-आप महिमा-मंडन करने से कोई संस्कृति महान नहीं हो जाती। विदेशी और विशेषकर पाश्चात्य विद्वान जब तक हमारी धारणा को मान्यता न दें, तब तक महिमा-मंडन एक पाखंड ही माना जाएगा। पाश्चात्य विद्वानों की मान्यता के लिए हमें अपनी संस्कृति को पाश्चात्य भाषा में ही उनके समक्ष रखना होता है। इस कार्य के लिए उच्च शिक्षा अति अनिवार्य है। आशा है इस कार्य को आगे चलकर तुम कर सकोगे।"

"अपने संबंध में कुछ और बताओ गुरुदेव !"

"योगी बनने के लिए ब्रह्मचर्य का पालन करना ज़रूरी नहीं है। युवास्था के आरंभ में मैंने गृहस्थ धर्म का उत्तरदायित्व स्वीकार कर लिया और मेरी एक बेटी है, जिसका विवाह हो चुका है। इसलिए मैं कहता हूं कि योगी बनने के लिए घर से मत भागो। मेरा प्रौढ़ जीवन लाहिड़ी महाशय के मार्गदर्शन से धन्य हुआ। पत्नी की मृत्यु के पश्चात् मैंने स्वामी परंपरा के अन्तर्गत संन्यास ग्रहण कर लिया और मुझे नया नाम मिला श्रीयुक्तेश्वर गिरि। 'युक्तेश्वर' का अर्थ है ईश्वर से युक्त अर्थात् एकाकार होना। 'गिरि' प्राचीन दशनामी स्वामी परंपरा में से एक पदवी है। यही मेरा सरल वृतांत है।"

"अब मेरे लिए क्या आदेश है गुरुदेव !"

"अपना वचन पूरा करो, जिससे कि मैं अपना वचन पूरा कर सकूं।"

"ठीक है गुरुदेव, मैं आपके आश्रम में एक रात गुज़ारकर कल प्रातः अपने पिता के घर कोलकाता पहुंच जाऊंगा।"

जैसे ही मुकुंद ने कोलकाता के अपने घर में प्रवेश किया तो उनके मन में अपने बड़े भ्राता का वह व्यंग बाण कौंध गया, "उड़ते पक्षी, कहीं तक भी उड़ले, अंत में तुझे घर के पिंजरे में ही आना पड़ेगा।" वह चिंतित हो उठा कि अब बड़ा भ्राता ही नहीं, बल्कि अन्य रिश्तेदार भी उस पर व्यंगबाण कसेंगे, लेकिन गुरुदेव के वे शब्द, "तुम्हारे घर लौटने पर कोई तुझ पर व्यंग नहीं कसेगा।" उसे सांत्वना देने के लिए पर्याप्त थे। गुरुदेव की भविष्यवाणी सत्य निकली। किसी भी रिश्तेदार ने उनके ऊपर किसी भी प्रकार का व्यंग नहीं किया। वह सीधे ऊपर की मंजिल के अपने उस कक्ष में पहुंच गए, जहां वह ध्यान का अभ्यास किया करते थे। वह उस कक्ष में जाकर भावुक हो उठे, "हे मेरे सबसे निकटतम मित्र! तुम मेरे ध्यान के साक्षी हो और मेरी साधना के अश्रुपात और आंधी-तूफ़ानों के भी। मैं तुझे यह शुभ संदेश देना चाहता हूं कि अब मैं अपने दिव्य गुरु के आश्रय में पहुंच गया हूं।"

संध्याकाल में वह अपने पिता के पास गए। उन्हें भय था कि शायद पिता जी कुछ रुष्ट मिलेंगे, लेकिन उन्हें प्रसन्नता हुई कि ऐसा कुछ भी नहीं था। उन्हें सब कुछ पता चल ही गया था, अतः उन्होंने सहानुभूति की मुद्रा में कहना शुरू कर दिया, "बेटा! तुम्हें अपने पास पाकर मैं आज बहुत खुश हूं और यह जानकर और भी अधिक प्रसन्नता हुई कि तुम्हें तुम्हारे गुरु मिल गए हैं, बिल्कुल उसी चमत्कारी ढंग से जैसे मुझे मेरे गुरु लाहिड़ी महाशय मिले थे। लाहिड़ी महाशय का वरदहस्त हमारे जीवन की रक्षा कर रहा है। यह जानकर और भी राहत मिली कि तुम्हारे गुरु कोई दुर्गम हिमालय के संत नहीं, बल्कि निकट के ही निकले। मैं चिंतित था कि तुम ईश्वर की खोज में मेरी दृष्टि से ओझल हो सकते हो, लेकिन मेरी प्रार्थना ने चमत्कार दिखाया और मेरी चिंता दूर हुई।

"अब तुम्हें अपनी पढ़ाई पर ध्यान देना है। उच्च शिक्षा बहुत ज़रूरी है और भी कुछ नहीं तो इससे ज्ञान के सब द्वार खुल जाते हैं। मैं स्कॉटिश चर्च कॉलेज में तुम्हें दाखिला दिला देता हूं।"

गुरु युक्तेश्वर गिरि के सान्निध्य में

मुकुंदलाल घोष स्कॉटिश चर्च कॉलेज के छात्र भले ही बन गए, लेकिन उनका मन शिक्षा की ओर आकर्षित न हो सका। पुस्तकीय ज्ञान उसे कभी भी नहीं भाया था, फिर अब क्यों भाता! उनका आकर्षण श्रीयुक्तेश्वर गिरि के आश्रम की ओर दिन प्रतिदिन बढ़ता चला गया। वह कक्षा में कम और आश्रम में अधिक उपस्थित रहते थे। आश्रम में अधिक उपस्थिति के संबंध में गुरुदेव ने उनसे कभी कुछ नहीं कहा और उनकी पढ़ाई के संबंध में भी कभी कोई पूछताछ नहीं की। उनकी पढ़ाई के संबंध में सबको यह पता था कि वह विद्वान बनने के लिए नहीं पढ़ रहे हैं। फिर भी वह हर कक्षा में न्यूनतम उत्तीर्णांक प्राप्त कर लेते थे। अपनी पढ़ाई के प्रति वह इतने लापरवाह थे कि निरंतर कई दिनों तक आश्रम में रह जाते थे।

मुकुंद को आश्रम का वातावरण विशेषरूप से आकर्षित करता था। आश्रम में दैनिक जीवन शांत, सरल रूप से चलता था। उसमें शायद ही कभी कोई परिवर्तन होता था। श्रीयुक्तेश्वर ब्रह्मवेला में ही जाग जाते थे। वह कब जागते थे यह उनके खर्राटों से पता चल जाता था। जब खर्राटे रुक जाते थे तो शिष्य समझ लेते थे कि गुरुदेव जाग गए हैं। जब कभी वह गहरी समाधि में होते थे तो भी उनके खर्राटे बंद हो जाते थे।

जागने के बाद गुरुदेव का गंगा के किनारे-किनारे लम्बा भ्रमण होता था। उस भ्रमण में उनके शिष्य और मुकुंद भी भागीदारी करते थे। फिर स्नान ध्यान और मध्याह्न भोजन। गुरुदेव के निर्देशानुसार भोजन तैयार करने का कार्य युवा शिष्य करते थे। गुरुदेव शाकाहारी थे। संन्यास लेने से पूर्व वह अंडे और मछली खाते थे। शिष्यों के लिए उनका उपदेश यही होता था कि अपनी शरीर-प्रकृति के अनुसार कोई भी सादा आहार लें।

युक्तेश्वर गिरि बहुत कम खाते थे, प्रायः हल्दी या चुकन्दर अथवा पालक के रस में बने चावल और इस पर थोड़ा शुद्ध देशी घी या पिघला हुआ मक्खन। किसी दिन केवल मसूर की दाल या पनीर की रस्सेदार सब्जी और उनके साथ कोई तरकारी लेते थे। भोजन के अंत में वह चावल की खीर के साथ आम, संतरा या फिर कटहल का रस लेते थे।

अपराह में दर्शनार्थी आया करते थे। उनमें सम्पन्न, विपन्न सभी तरह के होते थे, परन्तु उनके यहां सबके साथ समान व्यवहार होता था। यदि कोई बच्चा ज्ञान की बात कहता था तो वह बड़े ध्यान से सुनते थे और यदि कोई विद्वान अज्ञान की बात करता था तो वह उसकी उपेक्षा कर देते थे। जो व्यक्ति अपनी सत्ता या शक्ति के अंहकार में रहते थे, वह उन्हें तनिक भी महत्त्व नहीं देते थे।

सायंकाल के शांत समय में गुरुदेव प्रवचन करते थे। उनका प्रत्येक शब्द सारगर्भित और ज्ञान से तरासा होता था। उनके प्रवचनों को श्रोता मंत्रमुग्ध होकर सुनते थे। उनका धारावाही प्रवचन ऐसा लगता था कि मानो ज्ञान की देवी सरस्वती उनके कंठ में निवास कर रही हो। उनका आत्मविश्वास उनके निरुपण में झलकता था।

आठ बजे रात्रि भोज का समय होता था। वह केवल शिष्यों के लिए ही नहीं होता था, अपितु देर तक ठहरे हुए अतिथि भी उसमें सम्मिलित होते थे, वह कभी भी अकेले भोजन करने नहीं बैठते थे, अपने शिष्यों के या फिर अतिथियों के साथ भोजन करना उन्हें अच्छा लगता था। वह मितव्ययी थे, लेकिन कितने भी अतिथि क्यों न आ जाए, वह कभी व्यग्र नहीं होते थे। शांत चित्त से सभी को भोजन आदि से तृप्त करते थे।

मध्यरात्रि होते-होते वह बच्चों की भांति कहीं भी निद्राधीन हो जाते

थे। ज़रूरी नहीं कि वह अपने बिस्तर पर ही सोएं। जहां जिस अवस्था में होते थे, यहां तक कि यदि वह किसी मेज़ पर बैठे हों, तो मेज़ पर ही सो जाते थे। कभी-कभी तत्वज्ञान की चर्चा में पूरी रात कट जाती थी। अपनी जिज्ञासा की तीव्रता से कोई भी शिष्य ऐसी चर्चा का आरंभ कर देता था। जब तक शिष्य संतुष्ट नहीं होता था, तब तक वाद-विवाद चलता ही रहता था। इस प्रक्रिया में जब भोर हो जाती थी तो इस कथन के साथ वाद-विवाद समाप्त हो जाता था कि अब भोर हो चली है क्यों न सभी गंगा के किनारे भ्रमण के लिए निकल पड़ें।

श्रीयुक्तेश्वर गिरि चमत्कार करने में विश्वास नहीं करते थे, यद्यपि उनमें ये सामर्थ्य थी। उनका विश्वास था कि आत्मदर्शी पुरुष कभी कोई चमत्कार नहीं करता, जब तक उसे अपने अन्तर से उसके लिए आज्ञा नहीं मिलती। उनका मत था कि ईश्वर नहीं चाहता कि उनकी सृष्टि के रहस्य को यत्र-तत्र प्रकट कर दिया जाए और फिर कोई सच्चा योगी भी नहीं चाहेगा कि वह अपनी यौगिक शक्ति को इन चमत्कारों में नष्ट करे, क्योंकि ये चमत्कार पतंजलि योग दर्शन के विभूतिपाद से संबंधित हैं, जिनके संबंध में महर्षि पतंजलि ने योगियों को सावधान किया है कि वे ऐसे चमत्कार न करें, क्योंकि ये समाधि की ओर बढ़ने में विघ्न उत्पन्न कर सकते हैं।

भविष्यवाणी करना भी चमत्कार ही है। श्रीयुक्तेश्वर गिरि कभी नहीं कहते थे कि मैं भविष्यवाणी करता हूं कि अमुक-अमुक घटना होगी, बल्कि वह संकेत मात्र से कहते थे कि तुम्हें नहीं लगता कि ऐसा हो सकता है? उनके ऐसे सादे वाक्यों के पीछे भविष्य द्रष्टा की शक्ति छिपी रहती थी। वह एक बार कही हुई बात कभी वापिस नहीं लेते थे, न उसमें परिवर्तन करते थे। उनकी इन साधारण वाक्यों से ढकी हुई भविष्यवाणी कभी असत्य सिद्ध नहीं होती थी।

वह स्वभाव से मितभाषी, स्पष्टवादी और पूर्णतः आडंबर रहित थे। उनके विचारों में न तो कहीं अस्पष्टता थी और न अहंकार का कोई अंश। वह साधारण व्यक्तियों की तरह दिखाई देते थे। उनके पांव ज़मीन पर होते थे, लेकिन मस्तक स्वर्ग की शांति में स्थिर था। सादगीपूर्ण व्यवहार

करने वाले लोगों से वह प्रभावित रहते थे। उनका मत था, "साधुता का अर्थ भोंदुपन या अकर्मण्यता नहीं है। ईश्वरानुभूतियां किसी को अक्षम नहीं बनातीं! चरित्रबल की सक्रिय अभिव्यक्ति तीक्ष्णतम बुद्धि को विकसित करती हैं।"

श्रीयुक्तेश्वर जी शायद ही कभी किसी को अपना कोई व्यक्तिगत काम करने को कहते, न ही वह कभी किसी शिष्य से कोई सेवा स्वीकार करते। वह शिष्यों को भी कहते थे, अपना निजी कार्य स्वयं करो। इससे आत्मनिर्भरता आएगी स्वास्थ्य ठीक बना रहेगा। स्वयं भी उनका स्वास्थ्य उत्तम था। वह शायद ही कभी अस्वस्थ रहे हों। खाने-पीने का उनका संयम उनके स्वास्थ्य को बनाए रखता था। वह शिष्यों को कहते थे, "शरीर एक कपटी मित्र है, उसे उतना ही दो जितना ज़रूरी है, उससे अधिक नहीं। जगत के सभी द्वंद्वों को शांतिपूर्वक सहन करो और साथ ही उनके प्रभाव से परे जाने का प्रयास करते रहो। कल्पना ही वह द्वार है, जिसमें रोग भी प्रवेश करते हैं और रोग-निवारण भी। बीमार होने पर भी बीमारी के अस्तित्व में विश्वास मत करो, उपेक्षित अतिथि अपने-आप भाग जाएगा।" डॉक्टर भी उनके शिष्य थे। उनके लिए भी उनका परामर्श था, "शरीर विज्ञान का अध्ययन ज़रूरी है, जिससे कि शरीर में विकार आने से उसकी औषधि का अनुसंधान हो सके, लेकिन सभी बीमारियों की औषधियों का अनुसंधान अभी तक संभव नहीं हो पाया है। ऐसी बीमारियों के निदान के लिए औषधियों से अलग भी अच्छे विकल्प हो सकते हैं। उनके लिए डॉक्टरों को शरीर विज्ञान से आगे बढ़कर आत्म-विज्ञान का अनुसंधान करना चाहिए। शरीर की यंत्रावली के पीछे एक सूक्ष्म आध्यात्मिक संरचना छिपी हुई है।"

डॉक्टर उनके इस परामर्श को दबे मन से ही स्वीकार करते थे, लेकिन एक दिन ऐसा अवसर आ ही गया कि डॉक्टर उस सूक्ष्म आध्यात्मिक संरचना की वास्तविकता को मान्यता देने के लिए तैयार हो ही गए। युक्तेश्वर गिरि ने अपनी इस मान्यता का सफल परीक्षण करके दिखाया। हुआ यूं कि एक दिन मुकुंदलाल घोष उनके पास आए और अपनी व्यथा उनके समक्ष रखने लगे, "गुरुदेव मैं इतना दुबला-पतला हूं

कि कहीं जाने से भी संकोच करता हूं। मेरी धंसी हुईं आंखें और कृश देह मुझे अच्छी नहीं लगती। मुझे बचपन से ही अजीर्ण की शिकायत थी, वह अब तक भी चली आ रही है। मेरे स्वास्थ्य के लिए कुछ तो करो।"

"वत्स! मैं शरीर-विज्ञान से अनभिज्ञ हूं। यह समस्या किसी डॉक्टर के सामने रखते तो वह कुछ निदान बता सकता था। मेरे पास इसका क्या निदान हो सकता है?"

"मैं बचपन से डॉक्टरों के संपर्क में ही रहता आ रहा हूं, लेकिन किसी की भी औषधि कारगर सिद्ध नहीं हुई है।"

"मेरे शिष्य भी कुछ अच्छे डॉक्टर हैं, उनसे भी कभी उपचार पूछा?"

"उनकी बताई हुई पाचक और बलवर्द्धक औषधियों की अनेक शीशियां मेरे पास पड़ी हुई हैं, लेकिन सब व्यर्थ। कभी-कभी मन में आता है कि इतने दुबले शरीर में जीने का भी कोई अर्थ हो सकता है?"

"औषधियों की अपनी सीमाएं हैं, दिव्य संजीवनी प्राणशक्ति की कोई सीमा नहीं है। विश्वास रखो, तुम स्वस्थ और बलवान हो जाओगे।"

इस 'विश्वास' शब्द पर मुकुंद ने बहुत बल दिया। अब तक किसी भी डॉक्टर ने ऐसे 'विश्वास' के लिए नहीं कहा था। मुकुंद को अपने गुरु की अलौकिक शक्तियों पर विश्वास था। इसी विश्वास के आधार पर उनके स्वास्थ्य में दिन-प्रतिदिन वृद्धि होने लगी और दो सप्ताह में उन्हें इच्छित वजन प्राप्त हो गया। युक्तेश्वर गिरि के शिष्य डॉक्टरों ने मुकुंद के पेट का निरीक्षण करके पाया कि उदर के सब रोग दूर हो चुके थे। डॉक्टरों के अनुरोध पर उन्होंने इस चमत्कार की एक मनोवैज्ञानिक व्याख्या की। उन्होंने बताया कि मनुष्य का स्वास्थ्य उसकी अवचेतन प्रत्याशाओं के अनुसार भी बदल सकता है। विचार भी विद्युत शक्ति या गुरुत्वाकर्षण शक्ति के अनुसार एक शक्ति है। मानव-मन ईश्वर के सर्वशक्तिवान चैतन्य का एक स्फुल्लिंग है। मनुष्य का शक्तिशाली मन जिस किसी भी बात में अधिक विश्वास रखेगा, वह तत्क्षण घटित होकर रहेगा।

इन चमत्कारों के संबंध में श्रीयुक्तेश्वर जी अपने गुरु लाहिड़ी महाशय के मत का ही प्रतिपादन करते हैं। उनके अनुसार यह संसार और

कुछ न होकर केवल सुष्टा का मूर्तरूप धारण किया हुआ स्वप्न है। यदि कोई साधक उस दिव्य स्वप्न द्रष्टा के साथ अपनी एकात्मकता स्थापित कर लेता है तो वह दृश्य जगत के स्वप्नाणुओं को प्रकट करने, लुप्त करने या उनमें इच्छानुसार कोई भी परिवर्तन करने में सक्षम हो जाता है।

इसकी व्याख्या करते हुए युक्तेश्वर गिरि आगे कहते हैं, "संपूर्ण सृष्टि विधि-नियम के अधीन है। बाह्य सृष्टि में कार्यरत नियम जिनकी खोज वैज्ञानिक कर सकते हैं, प्राकृतिक नियम कहलाते हैं, परन्तु इन नियमों की अपेक्षा सूक्ष्मतर नियम भी है, जो अन्तश्चेतना के आध्यात्मिक जगत में कार्यरत हैं। इन नियम-सिद्धांतों को योग द्वारा जाना जा सकता है। पदार्थ जगत के सच्चे स्वरूप को पदार्थविज्ञानी नहीं, बल्कि आत्मज्ञानी सिद्ध ही वास्तव में समझता है। इस प्रकार के ज्ञान द्वारा ही ईसामसीह ने उस नौकर के कान को पुनः जोड़ दिया था, जिसे उनके शिष्य ने काट डाला था।"

"श्रीयुक्तेश्वर गिरि के संबंध में मुकुंदलाल अपने अनुभव इस प्रकार बताते हैं, "यद्यपि श्रीयुक्तेश्वर जी ने भी अन्य मृत्यु लोगों की तरह ही जन्म लिया था, तथापि वह सृष्टि के नियंता के साथ एक बन चुके थे। ईश्वरत्व में मनुष्यत्व के विलयन में गुरुदेव ने कोई दुर्लंध्य बाधा नहीं पाई। बाद में मेरी समझ में आया कि केवल मनुष्य की आध्यात्मिक प्रयासहीनता के अलावा ऐसी कोई बाधा नहीं होती।

"श्रीयुक्तेश्वर जी के पवित्र चरणों का स्पर्श करते समय मैं सदा ही रोमांचित हो उठता था। गुरु का श्रद्धापूर्ण स्पर्श करने से शिष्य आध्यात्मिक शक्ति से परिपूर्ण हो जाता है। एक सूक्ष्म विद्युतधारा प्रवाहित होती है। शिष्य के मस्तिष्क में विद्यमान अवांछनीय प्रवृत्ति-प्रणालियां उस प्रवाह में प्रायः भस्म हो जाती हैं। उसकी सांसारिक प्रवृत्तियों के खांचों में कल्याणप्रद उथल-पुथल मच जाती है। मैं जब भी अपने गुरु के चरणों पर माथा टेकता था, मेरा संपूर्ण शरीर जैसे एक मुक्ति प्रदायक तेज से भर जाता था।"

श्रीयुक्तेश्वर जी अपनी अन्तश्चेतना से यह देख चुके थे कि मुकुंद का कार्य क्षेत्र केवल भारत ही नहीं, बल्कि पाश्चात्य देश भी बनने हैं,

अतः वह अपने शिष्य मुकुंद को कठोर अनुशासन में ढालकर वहां के लोगों की मानसिकता के अनुसार उन्हें तैयार कर रहे थे। वह प्रायः मुकुंद को कहते रहते थे, "तुम्हें विदेशों में जाना पड़ेगा, जहां अहं पर निर्दय प्रहार पसंद नहीं किए जाते। वहां के लोगों के अनुरूप धैर्य और सहनशीलता के पर्याप्त भंडार के बिना कोई गुरु पाश्चात्य जगत में भारत के संदेश का प्रचार-प्रसार नहीं कर सकता।"

एक बार प्रातः गंगा तट पर भ्रमण करते हुए श्रीयुक्तेश्वर गिरि ने मुकुंद को कहा था, "अपनी शक्तियों को बचाकर रखो। विशाल समुद्र के समान बनो, जिसमें इन्द्रियों की सब नदियां चुपचाप विलीन होती चली जाएं। प्रतिदिन नई शक्ति के साथ जागती वासनाएं तुम्हारी आन्तरिक शक्ति को सोख लेंगी, ये वासनाएं जलाशय में बने छिद्रों के समान हैं, जो प्राणमूलक जल को विषयाशक्ति के रेगिस्तान में नष्ट होने के लिए बहा देते हैं। मनुष्य को बाध्य करने वाला कुवासनाओं का शक्तिशाली आवेग उसके सुख का सबसे बड़ा शत्रु है। आत्म-संयम के सिंह बनकर संसार में विचरण करो। इन्द्रिय-दुर्बलताओं के मेंढकों की लातें खाकर इधर से उधर लुढ़कते मत रहो।"

श्रीयुक्तेश्वर जी के ये प्रवचन ही मुकुंद के जीवन के आधार बनते जा रहे थे। मुकुंदलाल की दृष्टि कुछ सीखने के उद्देश्य से अपने गुरु की हर गतिविधि पर लगी रहती थी। युक्तेश्वर जी स्त्रियों को पूरा सम्मान देते थे, जब कि मुकुंद ने सुन रखा था कि प्रायः योगी नारी को पुरुष के अधःपतन का कारण मानते हैं। आख़िर एक दिन उन्होंने अपने गुरु से पूछ ही लिया, "गुरुदेव! एक प्राचीन संत ने नारी को नर्क का द्वार क्यों कहा है?"

श्रीयुक्तेश्वर जी ने तीखे स्वर में कहा, "संभवतः युवावस्था में कोई लड़की उसकी मनःशक्ति में बाधक सिद्ध हुई होगी। लेकिन इसके लिए उस लड़की को दोषी मानना उसकी विकृत बुद्धि का ही कारण था। दोषी तो उसे अपने आत्मसंयम की अपूर्णता को मानना चाहिए था। वैदिक संस्कृति में नारी को सम्मानित स्थान दिया गया है। यदि कोई संत नारी की गरिमा के विरुद्ध विषवमन करता है, तो वह संत कहलाने का

अधिकारी है ही नहीं।"

कहने के लिए तो मुकुंद कॉलेज में शिक्षा ग्रहण कर रहे थे, लेकिन उनकी वास्तविक शिक्षा श्रीयुक्तेश्वर जी के आश्रम में चल रही थी। इस आश्रम की शिक्षा ने ही उन्हें महान योगी परमहंस के पद पर पहुंचा दिया था।

हिमालय की गुफा में तपस्या करने का आकर्षण

मुकुंदलाल घोष की कभी भी पढ़ने में रुचि नहीं रही थी। इसी कारण वे अपनी कक्षा में केवल न्यूनतम अंकों से ही उत्तीर्ण होते जा रहे थे। अपने कॉलेज के दिनों में भी उनकी यही प्रवृत्ति बनी रही। वह कॉलेज की कक्षाओं में कम और श्रीराम में, गुरु युक्तेश्वर गिरि के आश्रम में अधिक उपस्थित रहते थे। उनके मन में ईश्वर के साक्षात् दर्शन की तीव्र इच्छा थी। अपनी इस इच्छा का प्रकाशन वह अनेक बार अपने गुरु के समक्ष कर चुके थे, लेकिन उनके गुरु इस ओर से पूर्ण उदासीनता प्रदर्शित करते रहते थे। गुरु की इस मनःस्थिति के कारण उनका गुरु के प्रति श्रद्धा-भाव कम होने लगा था और आश्रम के प्रति उनके मन में प्रारंभिक दिनों में जो आकर्षण था वह दिन-प्रतिदिन कम होने लगा था। कॉलेज की पढ़ाई के प्रति वह पहले से उदासीन थे ही, अतः उनके मन में कहीं अन्यंत्र किसी सक्षम गुरु की खोज के अकुंरण उभरने लगे थे। उन्होंने सुना था कि हिमालय में ऐसे ही सक्षम गुरु तपस्या में लीन रहते हैं, अतः क्यों न उनका शिष्यत्व पाया जाए। इसी विचार को लेकर वह एक दिन गुरु युक्तेश्वर गिरि के समक्ष उपस्थित हुए और विनम्र भाव से कहने लगे, "गुरुदेव! मुझे हिमालय में जाने की अनुमति प्रदान कीजिए।"

युक्तेश्वर गिरि ने विस्मय से उनकी ओर देखते हुए कहा, "हिमालय पर जाकर क्या करोगे?"

"गुरु की खोज।"

"कब तक गुरुओं की खोज करते रहोगे?"

"जब तक कोई सक्षम गुरु नहीं मिल जाता।"

"सक्षम गुरु से तात्पर्य?"

"जो ईश्वर से तारात्म्य स्थापित करा सके।"

"क्या यह कार्य हिमालय पर ही हो सकता है?"

"वहां अखंड एकांत है और यह कार्य अखंड एकांत में ही संभव हो सकता है!"

"यहां अखंड एकांत क्यों नहीं बनाया जा सकता?"

"बनावटी एकांत में ईश्वानुभूति नहीं हो सकती।"

"हिमालय में कई पहाड़ी लोग रहते हैं। उन्हें तो कोई ईश्वरानुभूति नहीं हुई है।"

"कोई सक्षम गुरु भी तो होना चाहिए।"

"हां, यह सही है। सक्षम गुरु ही ईश्वरानुभूति करा सकता है।"

गुरु युक्तेश्वर यह वाक्य कहकर अपने कार्य में लग गए। वहां खड़े हुए मुकुंदलाल ने कुछ क्षणों तक गुरु के आदेश की प्रतीक्षा थी और अगले पल यह सोचते हुए वहां से चले गए कि शायद इस वाक्य में ही उनका आदेश छिपा हुआ है।

उस दिन शाम को कोलकाता के अपने घर आकर वह अपनी यात्रा की तैयारी में जुट गए। उन्होंने एक कम्बल और थोड़ा-सा सामान एक छोटी-सी गठरी में बांध कर रख दिया और अगले दिन स्कॉटिश चर्च कॉलेज के अपने संस्कृत प्राध्यापक बिहारी पंडित के पास जा पहुंचे तथा उनसे वार्तालाप कर क्रम शुरू कर दिया, "सर, एक दिन आपने लाहिड़ी महाशय के एक शिष्य के संबंध में मुझे बताया था।"

"हां मुझे याद है।"

"क्या नाम था उनका?"

"उनका नाम तो रामगोपाल मजूमदार था, लेकिन मैं उन्हें विनिद्र संत कहता हूं। वह सदा ही ब्रह्मानंद में निमग्न रहते हुए जाग्रत रहते हैं।"

"वह हिमालय में किस स्थान पर रहते हैं?"

"उन्होंने कभी हिमालय की गहन घाटियों में साधना की थी, लेकिन वह वहां नहीं रहते। अब उनका आवास तारकेश्वर के निकट रणबाजपुर में है।"

"धन्यवाद सर!" कहते हुए वह चल दिए।

"लेकिन ठहरो, तुम यह सब क्यों पूछ रहे हो?"

"ईश्वरानुभूति के लिए मैं उन्हें अपना गुरु बनाना चाहता हूं।"

"लेकिन तुम्हारी आगे की शिक्षा?"

"आपको पता ही है सर, कि मेरे लिए यह सांसारिक शिक्षा व्यर्थ है। मेरी वास्तविक शिक्षा गुरु रामगोपाल के चरणों में ही शुरू होनी है।"

"ठीक है वत्स, मेरी शुभकामनाएं तुम्हारे साथ हैं।"

बिहारी पंडित ने कभी मुकुंदलाल को बताया था कि रामगोपाल को बंगाल की निर्जन गुफाओं में अनेक वर्षों तक क्रिया योग का अभ्यास करने के पश्चात् आत्म-साक्षात्कार हो गया था। तभी से उनके अन्दर आत्म-साक्षात्कार की इच्छा प्रबल हो उठी थी। उन्हें विश्वास था कि गुरु युक्तेश्वर गिरि क्रिया योग सिखाकर उन्हें आत्म-साक्षात्कार के स्तर तक ले आएंगे, लेकिन युक्तेश्वर गिरि की योजना में अभी ऐसा नहीं था।

तारकेश्वर जाने वाली ट्रेन में बैठते ही उनके मन में गुरु रामगोपाल की काल्पनिक आकृति तैरने लगी। 'क्रिया योग सिखाते समय वह किन-किन मानसिक अवस्थाओं से गुजारेंगे? मेरुदंड में स्थित छह शक्ति केंद्रों से गुज़रते समय उन्हें क्या-क्या अनुभव होंगे? आत्म-साक्षात्कार के क्षणों में उन्हें कैसा दिव्य प्रकाश दिखाई देगा? ईश्वर की किस रूप में अनुभूति होगी?' ऐसे अनेक प्रश्न उनके मन में कौंधने लगे थे।

तारकेश्वर पहुंचते ही वह वहां के सुविख्यात मन्दिर की ओर चल पड़े। हिन्दू लोगों के मन में इस मन्दिर का बहुत बड़ा महत्त्व है। इस मन्दिर में आकर जो जैसी कामना करता है वह पूर्ण हो जाती है। इस मन्दिर के प्रति ऐसा हिन्दुओं का अटूट विश्वास है। यदि कोई रुग्ण व्यक्ति निरोग होने की कामना करता है तो वह भी पूर्ण हो जाती है। जैसे ही उन्होंने मन्दिर में प्रवेश किया, तो उनके मन में मन्दिर के प्रति वह

श्रद्धा नहीं उमड़ी जो उमड़नी चाहिए थी। मन्दिर की किसी भी गतिविधि ने उन्हें आकर्षित नहीं किया। उन्हें वहां मुख्य भवन के अन्दर गोल पत्थर के अतिरिक्त कुछ नहीं दिखाई दिया। सभी श्रद्धालु उस पत्थर के आगे नतमस्तक हो रहे थे, लेकिन उन्होंने उनका अनुकरण करना भी उचित नहीं समझा। उनकी मनःस्थिति उस समय इतनी वैराग्यपूर्ण थी कि उस पत्थर के आगे नतमस्तक होना भी उन्हें एक सांसारिक कृत्य ही दिखाई दिया। वह मन्दिर के प्रति पूर्ण उपेक्षा-भाव के साथ मन्दिर से बाहर निकल गए और रणबाजपुर की ओर द्रुतगति से चल पड़े।

कई रास्ते अलग-अलग दिशाओं में गए हुए थे। रणबाजपुर कौन-सा रास्ता जाता है, यह पूछने के लिए वह एक व्यक्ति के पास रुक गए। वह व्यक्ति एक रहस्यमय दृष्टि से उनकी ओर देख रहा था। जैसे ही उन्होंने रणबाजपुर का रास्ता पूछा तो वह व्यक्ति दीर्घ चिंतन में डूब गया और कुछ समय बाद दिशा-निर्देश देने लगा, "सीधे चलते रहो। कुछ दूर चलकर एक चौराहा आएगा, वहां दाहिनी ओर मुड़ जाओ और फिर सीधे चलते जाओ। ध्यान रहे, चौराहे से दाहिनी ओर मुड़ना है।"

उस व्यक्ति के दिशा-निर्देश का पालन करते हुए वह एक नहर के किनारे-किनारे चलते गए। शाम ढल गई और अंधेरा हो गया, लेकिन रणबाजपुर गांव नहीं आया। चांद का प्रकाश इतना मंद था कि उसमें रास्ता दिखाई देना भी कठिन हो रहा था, लेकिन इस अंधेरे से घिरे पथ में चलने के अलावा कोई अन्य विकल्प भी तो नहीं था। किन्तु कुछ दूर जाकर उन्हें एहसास हुआ कि संभवतः गन्तव्य-स्थल निकट ही है, क्योंकि घंटियों की ध्वनि सुमधुर लगने लगी थी और उनके मन में यह आशा जाग उठी थी कि यह सुमधुर ध्वनि उन घंटियों की हैं, जो गायों के गले में बांधी जाती है। इक्का-दुक्का टिमटिमाते दीपकों का जीर्ण प्रकाश भी दिखाई देने लगा था। अब नए उत्साह के साथ उनके कदम द्रुतगति से आगे बढ़ने लगे थे। गांव में प्रवेश करते ही उन्होंने एक किसान से पूछा, "मैं रामगोपाल के घर जाना चाहता हूं।"

उस किसान ने संदिग्ध दृष्टि से पहले उन्हें ऊपर से नीचे तक देखा और फिर आवेशित स्वर से बोल उठा, "श्रीमान जी, इस गांव में

रामगोपाल नामक का कोई व्यक्ति नहीं है।"

"यह गांव कितना बड़ा है?"

"छोटा-सा गांव है।"

"क्या आप यहां रहने वाले सब लोगों से परिचित हैं?"

"हां, छोटे से गांव में यह संभव है, लेकिन आप इतनी रात गए यहां और ऐसे व्यक्ति का नाम पूछ रहे हो, जो यहां का निवासी है ही नहीं?"

"इसमें आश्चर्य की कौन-सी बात है?"

"इसमें आश्चर्य है। आपकी संपूर्ण गतिविधि संदिग्ध है। आप चोर-उच्चके या फिर कोई जासूस भी हो सकते हो। आप अपनी सफाई में कुछ कहना चाहेंगे या फिर लोगों को जगाऊं?"

"नहीं मान्यवर, मुझे समझने की कोशिश करो। रामगोपाल एक बहुत बड़े संत हैं। वे रणबाजपुर गांव में रहते हैं। मैंने उन्हें अपना गुरु माना हुआ है, लेकिन अब तक मैं उनके दर्शन नहीं कर सका हूं। मैं उनके दर्शन करने के लिए रणबाजपुर के लिए चला था। एक व्यक्ति ने मुझे बताया था कि चौराहे से दाहिनी ओर मुड़ने पर जो मार्ग जाता है वह रणबाजपुर ही पहुंचता है। मैंने उस व्यक्ति के दिशा-निर्देशों के पालन में कोई ग़लती नहीं की, लेकिन पता नहीं रणबाजपुर क्यों नहीं पहुंच सका? मैं नहीं समझ पा रहा हूं कि मुझसे कहां भूल हुई है?"

"भूल आपसे नहीं हुई है, भूल उस व्यक्ति की है, जिसने आपको मार्ग का दिशा-निर्देश दिया था। उस चौराहे से आपको दाईं ओर नहीं बल्कि बाईं ओर मुड़ना था। बाईं ओर का मार्ग ही रणबाजपुर जाता है।"

"ओह! उस व्यक्ति की छोटी-सी भूल मेरे लिए कितनी बड़ी समस्या बनकर खड़ी हो गई है।"

"कोई सामान्य परिस्थिति में इतनी बड़ी भूल नहीं करता। अवश्य ही इसके मूल में कोई ऐसा रहस्य है, जिसे आप समझ नहीं पा रहे हैं।"

"हो सकता है, क्योंकि मैं जानता हूं कि मेरा जीवन ऐसी ही रहस्यमय घटनाओं से भरा पड़ा है, लेकिन इस अंधियारी रात में अब मेरे पास क्या विकल्प रह जाता है, क्या मैं वापिस उसी चौराहे की ओर बढ़ूं और बाईं ओर मुड़कर रात्रि में ही रणबाजपुर पहुंच जाऊं?"

"नहीं, अब यह रात सांय-सांय करने लगेगी और इसके अंधेरों से भयानक आकृतियां उभरने लगेंगी। दूसरे, हिंसक जंगली जानवर आप पर आक्रमण करने में तनिक भी संकोच नहीं करेंगे।"

"फिर अब मुझे क्या करना चाहिए?"

"किसी अन्य विकल्प पर विचार।"

"क्या इस रात्रि में मुझे आपके घर में आश्रय मिल सकेगा?"

"हां, यह संभव है।"

उस किसान की टूटी-फूटी झोंपड़ी में उन्हें आश्रय मिल गया। जैसे ही झोंपड़ी के छिद्रों से उषा की प्रथम किरण अन्दर आई, वह रणबाजपुर के लिए निकल पड़े। धान के ऊबड़-खाबड़ खेतों में से कटे हुए धान के ठूंठों पर और सूखी मिट्टी के बड़े-बड़े ढेलों से बचते-बचाते वह धीरे-धीरे चलते जा रहे थे। यदा-कदा मिल जाने वाला कोई किसान पूछने पर एक ही उत्तर देता कि रणबाजपुर बस एक ही कोस दूर है। छह घंटे बीत गए लेकिन उस एक कोश की दूरी की यात्रा को वह तय नहीं कर पाए। उसे लगने लगा कि भले ही वह कितनी ही दूरी क्यों न तय करले फिर भी रणबाजपुर एक कोस की दूरी पर ही बना रहेगा।

उषा-काल से चलते हुए दोपहरी भी ढल गई, लेकिन रणबाजपुर नहीं आया। सूर्य दोपहर की भांति अब भी आग बरसा रहा था। अब उनका उद्देश्य केवल आगे बढ़ते रहना ही था, अतः इस आग से तपने के अलावा और कोई विकल्प नहीं था। ऊपर से सूर्य की अग्नि और नीचे रास्ते की मिट्टी की दहकता से वह लगभग चेतनाशून्य की स्थिति में गिरने ही वाले थे कि उन्हें वहां एक व्यक्ति आराम से टहलता हुआ दिखाई दिया। वह व्यक्ति उनके पास आकर रुक गया। नाटे कद और दुबले-पतले शरीर का वह व्यक्ति किसी भी दृष्टिकोण से प्रभावशाली नहीं लग रहा था। उसके शरीर का प्रभावशाली अंग केवल उसकी हृदयवेधी काली तेजस्वी आंखें थीं, जो मुकुंदकाल को आंशिक ही प्रभावित करने में सक्षम थी। उस व्यक्ति से उन्होंने कोई संवाद करना नहीं चाहा, लेकिन वह व्यक्ति कुछ क्षणों तक प्रतीक्षा के बाद स्वयं ही संवादों के माध्यम से संबंध स्थापित करने लगा, "मैं रणबाजपुर से कहीं अन्यत्र जाने वाला था,

लेकिन तुम्हारा उद्देश्य अच्छा था, इसलिए मैंने तुम्हारी प्रतीक्षा की।"

मुकुंदलाल विस्मित मुद्रा से उस अपरिचित, लेकिन रहस्यमय व्यक्ति की ओर देखने लगे। उस व्यक्ति ने पुनः आगे के संवाद बोलने शुरू कर दिए, "तुम बिना सूचना दिए मुझ पर झपटना चाहते थे न?"

"क्या आप मुझे जानते हैं?" मुकुंदलाल ने चकित मुद्रा में कहा।

"हां, तभी तो तुमसे बातें कर रहा हूं। मैं तुम्हें ही नहीं तुम्हारे उस बिहारी पंडित को भी जानता हूं जो तुम्हारे संस्कृत के अध्यापक हैं, लेकिन उन्होंने तुम्हें मेरा पता देकर अनाधिकारी चेष्टा की है। उन्हें ऐसा नहीं करना चाहिए था।"

अब मुकुंदलाल समझ चुके थे कि जो व्यक्ति उनसे बातें कर रहा है वह कोई और नहीं, बल्कि रामगोपाल मजूमदार ही हैं, जिनकी खोज में वह यहां तक आ पहुंचे हैं। वह किंकर्तव्यविमूढ़ हो उनकी ओर देखते ही रह गए। उन्होंने ही अगला प्रश्न किया, "अच्छा बताओ तो, तुम्हारे विचार में भगवान कहां है?"

"वह सर्वत्र है, कण-कण में विद्यमान है।" यह उत्तर देते समय व्याकुलता उनके चेहरे पर झलक रही थी।

"सर्वव्यापी हां?" अचानक उनके चेहरे पर हंसी खेल उठी। वह पुनः बोले, "तब क्यों युवक महोदय, तुमने कल तारकेश्वर मन्दिर में प्रस्तर प्रतीक में विद्यमान ब्रह्म के आगे सिर नहीं झुकाया? तुम्हें अपने ऊपर–अपने वैराग्य के ऊपर अहंकार हो गया था न? तुम्हें पता है ईश्वर का भोजन क्या है? ईश्वर का भोजन ऐसा अंहकार ही तो है। तुम्हारे अभिमान के कारण ही तुम्हें उस पथिक द्वारा जिसने दाएं-बाएं के सूक्ष्म भेदों की चिंता ही नहीं की। ग़लत दिशा-निर्देश दिए जाने का दंड मिला। वह उस व्यक्ति की ग़लती नहीं है, वह तो ईश्वरीय योजना का एक पात्र था। ईश्वर द्वारा निश्चित की गई सज़ा क्रियान्वयन करने वाला एक कार्यपालक था। अभी तक उसी सज़ा का प्रभाव चल रहा है, इसीलिए आज भी तुम्हें काफी मुसीबतें झेलनी पड़ी हैं।"

मुकुंदलाल इस बात से विस्मय-विभोर थे कि सामने खड़े अति-सामान्य दिखने वाले शरीर में सर्वव्यापी दृष्टि छुपी हुई थी। उन्हें जैसे-जैसे वह

देखते जाते थे, उनके शरीर में ताज़गी प्रवेश करती हुई अनुभव होती जा रही थी और शरीर को तपाने वाली सूर्य की अग्नि शीतलता प्रदान करने वाली-सी लगने लगी थी। यह उस योगी की योग-शक्ति ही थी, जो मुकुंदलाल के झुलसते शरीर को कुछ राहत प्रदान करने लगी थी। उन्होंने फिर कहना शुरू किया, "भक्त में यह सोचने की प्रवृत्ति होती है कि उसने जो मार्ग अपनाया है, वही ईश्वर प्राप्ति का एकमेव मार्ग है। योग, जिससे अपने अन्दर ही ईश्वर मिल जाता है निस्संशय सर्वोच्च मार्ग है। जैसा कि लाहिड़ी महाशय ने हमें बताया है, परन्तु अन्दर ईश्वर की प्राप्ति हो जाने पर हम शीघ्र ही बाहर भी उसकी अनुभूति करते हैं। तारकेश्वर तथा अन्य स्थानों के मन्दिरों के प्रति उन्हें आध्यात्मिक शक्ति के केंद्र मानकर जो श्रद्धाभाव लोगों में हैं वह बिल्कुल सही है।"

अब तक के संवादों में रामगोपाल का व्यवहार मुकुंदलाल के प्रति कुछ कठोर था, लेकिन अब उनकी आलोचनात्मक वृत्ति अन्तर्हित हो गई थी। उनके नेत्र करुणार्द्रता से स्निग्ध हो उठे थे। उन्होंने मुकुंदलाल का कंधा थपथपाते हुए पुनः कहना शुरू किया, "छोटे योगी, मैं देख रहा हूं कि तुम अपने गुरु से दूर भाग रहे हो। इसका अर्थ यह भी लगाया जा सकता है कि तुमने उनका मूल्यांकन ग़लत मापदड़ों से किया हो। उनके पास वह सब कुछ है, जिसकी तुम्हें आवश्यकता है। तुम्हें उनके पास लौट जाना चाहिए।"

मुकुंदलाल उनके इस परामर्श पर कोई प्रतिक्रिया दिए बिना मौन मुद्रा में खड़े रहे। रामगोपाल को यह समझते देर न लगी कि इस छोटे योगी के मन में पर्वतों का आकर्षण कुछ ज़्यादा ही है, अतः उन्होंने पुनः कहना शुरू किया, "पर्वत तुम्हारे गुरु नहीं बन सकते। शायद तुम्हारे गुरु ने भी तुम्हें ऐसा कहा होगा। तुम्हें अपने गुरु का कहना मानना चाहिए था। गुरु की इच्छाओं को सम्मान देना शिष्य का कर्तव्य बन जाता है। एक बात और तुम्हें ध्यान रखनी है। सिद्धजन केवल पर्वतों पर ही निवास करें, ऐसा कोई विधि का विधान नहीं है। भारत और तिब्बत के हिमालय शिखरों का संतों पर कोई एकाधिकार नहीं है। जिसे अपने अन्दर पाने का कष्ट न किया जाए, उसे शरीर को यहां-वहां ले जाने से प्राप्त नहीं किया

जा सकता। जैसे ही साधक आध्यात्मिक ज्ञान-लाभ के लिए विश्व के अन्तिम छोर तक भी जाने को तैयार हो जाता है, उसका गुरु उसके पास ही प्रकट हो जाता है।"

मुकुंदलाल शांत मुद्रा में रामगोपाल के विचार सुन रहे थे। उनकी और से किसी भी विचार के स्पष्टीकरण या प्रतिक्रिया के लिए कोई आवेदन नहीं था। उस योगी ने उनकी शांत मुद्रा को देखते हुए एक निजी प्रश्न किया, "क्या तुम अपने लिए एक छोटे से कमरे की व्यवस्था कर सकते हो, जिसका दरवाज़ा बंदकर तुम अन्दर एकांत में रह सको?"

"जी, हां।" मुकुंदलाल ने संकोची मुद्रा में कहा।

"तो वही तुम्हारी गुफा है। वही तुम्हारा पावन पर्वत है और वहीं तुम्हें ईश्वर की प्राप्ति होगी।"

उस योगीराज के इन सरल शब्दों ने मुकुंदलाल के मन में बैठे पर्वत के आकर्षण को पल-भर में समाप्त कर दिया। उन्हें लगा मानो वह एक दुःस्वप्न से जाग गए हों। अब वह इस विचार पर दृढ़ हो चुके थे कि ईश्वर को कहीं भी प्राप्त किया जा सकता है। योगीराज ने उनके अन्दर इस परिवर्तन को देखते हुए आगे कहना शुरू किया, "युवक महोदय, तुम्हारी ईश्वर-लालसा प्रशंसनीय है। मैं तुम्हारे प्रति तीव्र प्रेम अनुभव कर रहा हूं।"

मुकुंदलाल किन भावों के साथ उनके प्रति कृतज्ञता प्रकट करें समझ नहीं पा रहे थे। वह उनके विचारों से अभिभूत हुए केवल अवाक् खड़े ही रह गए। रामगोपाल से उनके भाव छिपे न रह सके। उनकी ओर मुस्कराते हुए उन्होंने मुकुंदलाल का हाथ अपने हाथ में लिया और कुछ दूर जंगल में बसी एक छोटी-सी विचित्र-सी लगने वाली बस्ती में ले गए। इस बस्ती में घर मिट्टी के बने हुए थे, जिनकी छतें नारियल के पत्तों से बनी थीं। प्रवेश-द्वारों को ताज़े फूलों से सजाया गया था।

अपनी एक छोटी-सी कुटीर में ले जाकर योगीराज ने मुकुंदलाल को एक बांस के मचान पर बैठाया और उन्हें नाश्ते के रूप में खाने-पीने के लिए नींबू का शरबत और मिश्री का एक टुकड़ा दिया। तत्पश्चात् वह योगीराज पद्मासन लगाकर ध्यानस्थ हो गए। मुकुंदलाल ने भी उनका अनुकरण किया। चार घंटे बाद मुकुंदलाल ने आंखें खोलकर देखा कि

चन्द्रमा के प्रकाश में योगीराज मूर्ति के रूप में निश्चल बैठे हुए हैं। मुकुंदलाल को भूख सताने लगी थी, लेकिन वह अपने पेट को समझा ही रहा था कि मनुष्य केवल अन्न से ही जीवित नहीं रहता, लेकिन तभी रामगोपाल अपने आसन से उठ गए। संभवतः अपने दिव्य अनुभवों से उन्हें मुकुंददाल की भूख की अनुभूति हो गई थी। उन्होंने तुरन्त कहा, "मैं देख रहा हूं कि तुम्हें ज़ोर से भूख लगी हुई है। अधिक देर तक प्रतीक्षा नहीं करनी होगी। भोजन शीघ्र ही तैयार हो जाएगा।

योगीराज ने आंगन में ही मिट्टी के एक चूल्हे में आग जलाई। थोड़ी ही देर में चावल और दाल तैयार हो गई। उन्होंने भोजन बनाने में मुकुंद की कोई सहायता स्वीकार नहीं की। उन्होंने मुकुंद के लिए केले के विशाल पत्तों पर भोजन परोसा। सोने के लिए उन्होंने बिस्तर के रूप में कुछ फटे हुए कम्बल ज़मीन पर बिछा दिए और स्वयं एक चटाई पर बैठ गए। उनके आध्यात्मिक आकर्षण से विभोर होकर मुकुंद ने साहस बटोर कर एक निवेदन कर ही दिया, "गुरुदेव! आप मुझे समाधि क्यों नहीं प्रदान कर देते?"

"प्रिय वत्स! मैं खुशी-खुशी से तुम्हें यह ईश संपर्क करा देता, परन्तु उसका मुझे अधिकार नहीं है। शीघ्र ही तुम्हारे गुरु तुम्हें यह अनुभव प्रदान कर सकेंगे। इस क्षण तुम्हारा यह शरीर इसके लिए तैयार नहीं है। छोटे-से विद्युत बल्ब में यदि अत्यधिक वोल्टेज की विद्युत छोड़ दी जाए तो उसके परखच्चे उड़ जाएंगे, उसी प्रकार तुम्हारी नाड़ियां भी अभी महाप्राण के उस अत्यधिक भारी प्रवाह को सहन करने के योग्य नहीं बनी हैं। इसी समय यदि मैं तुम्हें यह समाधि दे दूं, तो तुम ऐसे जलोगे कि मानो तुम्हारे शरीर की प्रत्येक कोशिका में आग लग गई हो।

"तुम मुझसे ब्रह्मज्ञान की इच्छा रखते हो न? लेकिन क्या यह तुम्हारी इच्छा उचित है? मैं एक नगण्य व्यक्ति ही तो हूं और न मैंने इतना ध्यान-धारणा की है, जिससे मैं ईश्वर का अनुभव कर पाता। मैं स्वयं इस आश्चर्य में हूं कि क्या मैं अत्यल्प प्रयास से ही ईश्वर को प्रसन्न करने में सफल हो पाया हूं?"

"महाराज, क्या आप लम्बे समय से अनन्यभाव से ईश्वर-प्राप्ति का

प्रयास नहीं करते आ रहे हैं?"

मैंने कुछ खास नहीं किया है। तुम्हारे कॉलेज के संस्कृत अध्यापक बिहारी पंडित ने मेरे संबंध में अवश्य कुछ बताया होगा। बीस वर्ष तक मैंने एक निर्जन गुफा में प्रतिदिन 18 घंटे ध्यान किया। फिर उससे भी अधिक दुर्गम क्षेत्र में एक गुफा में जाकर पच्चीस वर्ष तक बीस-बीस घंटे यौगिक ध्यान में लीन रहा। इस अवधि में मुझे निद्रा की आवश्यकता नहीं थी, क्योंकि मैं सदा ईश्वर के साथ ही रहता था। निद्रा की साधारण अवचेतन अवस्था की आंशिक शांति से मेरे शरीर को जितना विश्राम मिलता, उससे कहीं अधिक समाधि की अधिचेतन अवस्था की पूर्ण शांति में मिल जाता था।

"निद्रावस्था और अधिचेतन अवस्था में बहुत बड़ा अन्तर है। निद्रावस्था में मांसपेशियों को विश्राम मिलता है, परन्तु हृदय, फेफड़े और रक्तसंचार प्रणाली निरंतर कार्यरत रहती हैं। उन्हें कोई विश्राम नहीं मिलता। अधिचेतन अवस्था में सभी आन्तरिक अव्यव भी महाप्राण की शक्ति से आवेशित होकर निष्क्रिय जीवन्तता की अवस्था में स्थिर रहते हैं। अतः ऐसी अवस्थाओं के कारण निद्रा अनावश्यक हो ही जाती है। एक समय आएगा जब तुम्हें भी निद्रा की आवश्यकता नहीं रहेगी।"

"हे योगीराज! आप इतने लम्बे समय से ध्यान-धारणा करते आ रहे हैं और अभी भी आपको निश्चित पता नहीं है कि आपने प्रभु को प्रसन्न कर दिया है या नहीं, तो फिर हम जैसे लोगों का क्या होगा?"

"क्या तुम नहीं समझ रहे हो वत्स, कि ईश्वर स्वयं अनन्तकाल है। यह समझना कि कोई उसे केवल पैंतालीस वर्ष की अल्प अवधि में पूर्ण रूप से जान लेगा, असंगत अपेक्षा रखना है। तथापि बाबा जी हमें यह विश्वास अवश्य दिलाते हैं कि थोड़ी-सी ध्यान-धारणा भी मृत्युभय और परलोक की अवस्था के भय से हमारा रक्षण करती है। तुच्छ पर्वतों को अपना आध्यात्मिक आदर्श न बनाकर निर्गुण ईश्वर-प्राप्त पर अपना लक्ष्य केंद्रित करो। आगे तुम्हारे ऊपर निर्भर है। यदि कठिन परिश्रम करोगे तो वहां पहुंच जाओगे।"

लगभग मध्यरात्रि होने पर रामगोपाल मौन हो गए और मुकुंद भी

अपने कम्बलों पर लेट गए, लेकिन जैसे ही सोने के लिए उन्होंने आंखें बंद करनी चाहीं, लाखों बिजलियां कौंधती हुई दिखाई देने लगीं। उन्हें ऐसा अनुभव होने लगा मानो उनके अन्दर पिघला हुआ प्रकाश भर गया हो। उन्होंने हड़बड़ाकर आंखें खोलीं तो वही चुंधियाने वाला प्रकाश दिखाई दे रहा था। उनके लिए वह छोटा-सा कुटीर उस अनन्त महाकाश का एक छोटा-सा हिस्सा बन गया था।

योगीराज ने संभवतः उनकी इस अवस्था का अनुमान लगा लिया था। उन्होंने धीरे से कहा, "तुम सोते क्यों नहीं?"

"महाराज, मैं कैसे सो सकता हूं, जब मेरे चारों ओर बिजलियां कौंध रही हों, चाहे मेरी आंखें बंद हों या खुलीं।"

"तुम धन्य हो जो तुम्हें यह अनुभव मिल रहा है। इन आध्यात्मिक प्रभा-किरणों का दर्शन आसानी से नहीं होता।"

मुकुंद ने इन अनुभवों को योगीराज का ही आशीर्वाद समझा। योगीराज ने उन्हें आत्मीयता के साथ और अनेक बातें बताईं जिनसे उनके आध्यात्मिक नेत्र खुलते चले गए। उषाकाल होने पर योगीराज ने उन्हें कुछ मिश्री के टुकड़े दिए और वापस लौट जाने के लिए कहा, लेकिन उनका मन वापस लौटने को नहीं कर रहा था। योगीराज ने उनके मन की दुविधा को जानते हुए उनसे कुछ सांत्वना भरे शब्द कहने शुरू कर दिए, "तुम दुःखी मत होना वत्स और यह भी न समझ बैठना की यहां आना निरर्थक रहा है। मैं तुम्हें खाली हाथ नहीं जाने दूंगा। तुम्हारे लिए अवश्य कुछ करूंगा।"

इतना कहते हुए उनके चेहरे पर एक रहस्यात्मक मुस्कान खिल उठी। उन्होंने अपनी दृष्टि मुकुंद पर केंद्रित की, मानो वह अपनी आध्यात्मिक ऊर्जा उनके अन्दर प्रविष्ट करना चाह रहे हों और ऐसा हुआ भी। मुकुंद को लगा जैसे योगीराज से निःसृत होने वाली शांति की धाराओं ने उनके संपूर्ण अस्तित्व को आप्लावित कर दिया हो। तत्क्षण उनकी पीठ का वह दर्द भी ठीक हो गया, जो अनेक वर्षों से बीच-बीच में कष्ट देता रहता था। उन्होंने रामगोपाल की चरणवंदना की और वापस लौटने के लिए जंगल में प्रवेश कर गए।

समाधि का अनुभव

ट्रेन कोलकाता के लिए सामान्य गति से दौड़ रही थी, लेकिन मुकुंदलाल की चिंतन प्रक्रिया की गति सामान्य नहीं थी। वह जिस उद्देश्य को लेकर रामगोपाल के पास गए थे वह पूरा नहीं हो पाया था। यद्यपि उन्हें कुछ आध्यात्मिक लाभ अवश्य हुआ था, परन्तु ईश्वरानुभूति की उनकी अभिलाषा पूर्ण नहीं हुई थी। वह खाली हाथ तो नहीं थे, परन्तु अपूर्ण उद्देश्य के साथ वापस लौटने पर वह अपने गुरु युक्तेश्वर गिरि के समक्ष कैसे खड़े हो सकेंगे, यह चिंतन उन्हें बार-बार उद्विग्न करता आ रहा था। गुरु ने पहले ही सावधान किया था कि पर्वत किसी के गुरु नहीं बनते, लेकिन मैंने उनकी शिक्षा पर क्यों नहीं विश्वास किया? क्यों मैंने उनके मार्गदर्शन के प्रति अपने मन में अविश्वास पाल लिया था? क्यों मैं अपने अन्दर कम मानसिक क्षमता के होते हुए गुरु पर ईश्वरानुभूति का दबाव बनाया हुआ था? जब ईश्वर सर्वव्यापक हैं तो हिमालय की गुफा में साधना करने का क्या औचित्य रह जाता है? क्या अपने अपूर्ण उद्देश्य के साथ लौटना मेरी पराजय नहीं है? क्या मेरी इस पराजय पर आश्रम के मेरे साथी मुझ पर व्यंग नहीं सकेंगे? मैंने अपने गुरु युक्तेश्वर गिरि के प्रति जो अनास्था भाव दिखाया है, क्या गुरुदेव उसे भूल सकेंगे? क्या उनका हृदय मेरी विद्रोह की चिंगारी से नहीं झुलसा होगा? मैं किस मुंह

से गुरुदेव के संमक्ष पुनः उनके प्रिय शिष्य के रूप में खड़ा हो सकूंगा? वह ऐसे शिष्य को कैसे क्षमा कर सकेंगे जो उनके प्रति विश्वासघात करके चला गया हो।" ऐसे नकारात्मक विचारों से उनका मन बोझिल होता जा रहा था।

जैसे ही मुकुंद ने युक्तेश्वर गिरि के आश्रम में शंकित कदमों से प्रवेश किया तो सर्वप्रथम उनका सामना गुरुदेव से ही हुआ। एक बार तो वह ठिठके, लेकिन अगले क्षण गुरुदेव की ओर बढ़ चले। मुकुंद को अपनी और आते हुए देखकर उनके चेहरे पर हल्की मुस्कराहट उतर आई। इस मुस्कराहंट को देखकर मुकुंद के मन में कुछ साहस का संचार हुआ। उन्होंने आगे बढ़कर युक्तेश्वर गिरि के चरण स्पर्श किए और विनीत भाव से बोल उठे, "मैं आ गया हूं गुरु जी।"

"काफी दूर से आए हो वत्स, भूख लगी होगी न? चलो रसोईघर में चलकर कुछ देखते हैं।" युक्तेश्वर गिरि का मुकुंद के प्रति व्यवहार इतना सहज था मानो वे दोनों कुछ दिनों के लिए नहीं, बल्कि कुछ घंटों के लिए अलग रहे हो।

युक्तेश्वर गिरि के मृदुल व्यवहार से मुकुंद को इतनी बड़ी सांत्वना मिली कि वह अपनी व्यथा उनके समक्ष उड़ेल सके, "गुरुदेव! मेरे द्वारा आश्रम के कर्तव्यों को अचानक छोड़कर चले जाने से आपको अवश्य निराशा हुई होगी। मुझे तो यह भय सता रहा था कि आप मुझ पर क्रोधित होंगे।"

"नहीं, बिल्कुल नहीं। संभवतः तुमने मेरी क्षमताओं को आकने में कहीं भूल की हुई थी। क्रोध केवल इच्छा के अवरोध से उत्पन्न होता है। मैं कभी दूसरों से कोई अपेक्षा नहीं रंखता, इसलिए उनका कोई भी कार्य मेरी इच्छाओं के विपरीत नहीं हो सकता। मैं अपने स्वार्थ के लिए तुम्हारा उपयोग कभी नहीं करना चाहता। मैं तो केवल तुम्हारे सुख में ही खुश हूं और यदि तुम अपने सुख को खोजने में स्वयं को सक्षम अनुभव करते हो तो यह मेरे लिए अतिरिक्त संतोष की बात हो जाती है।"

"आप महान हैं गुरुदेव! दिव्य प्रेम के संबंध में मैंने केवल सुना ही था और केवल कुछ धुंधली सी कल्पना ही कर सकता था, परन्तु आज

आपके देवता स्वरूप में उसका प्रत्यक्ष दर्शन कर रहा हूं।"

"लगता है रामगोपाल मजूमदार ने तुम्हें अधिक बातें बनाना सिखा दिया है। 'बातें कम और काम अधिक' मेरे इस सिद्धांत को भूल गए न? पूर्ण संतुष्टि के साथ भोजन करो। आश्रम का कार्य तो चलता ही रहता है। फिर भी इसे मेरे सिद्धांत में शिथिलता मत समझना। दूर से आए हो कुछ विश्राम भी कर लेना।"

"आपके मधुर व्यवहार ने मेरे उदर की क्षुधा पहले ही मिटा दी है।"

"लेकिन मन की क्षुधा तो अभी ज्यों की त्यों है। चिंतित मत होना वत्स, वह भी मिटेगी। किसी काम का एक निश्चित समय होता है। उस समय की प्रतीक्षा तो करनी पड़ती है। अब तुम प्रतीक्षा कर सकोगे, क्योंकि जहां से तुम लौटकर आए हो, वहां से अपने साथ बहुत कुछ लाए हो। मैंने तुम्हारे आश्रम में प्रवेश करते ही तुम्हारे हाथों को देख लिया था। वे खाली नहीं थे, अतः अपनी इस यात्रा को विफल मत समझना। वहां जाकर तुमने जिस क्षितिज को स्पर्श कर लिया है उसकी ऊंचाई कम नहीं है।"

"मुझे आपकी केवल करुणा चाहिए गुरुदेव !"

"अब तुम्हें सब चिंताओं से मुक्त हो जाना चाहिए।"

पुनः मुकुंदलाल आश्रम की सामान्य दिनचर्या में रच-बस गए, लेकिन यह अधिक दिनों तक न चल सका। उन्हें आश्रम की दिनचर्या में एक यांत्रिकता-सी दिखाई देने लगी। चिंतामुक्त होने का गुरुदेव का परामर्श भी उन्हें चिंता-मुक्त न कर सका। उनकी चिंता का एकमात्र कारण समाधि का न मिलना था। रामगोपाल मजूमदार भी उन्हें समाधि नहीं दे सके थे और अब गुरु युक्तेश्वर गिरि भी इस ओर गंभीर नहीं हो पा रहे थे। यद्यपि ध्यान-धारणा में उन्हें दक्ष कर दिया था और अगला क्रम समाधि का ही था, लेकिन युक्तेश्वर को कोई शीघ्रता नहीं थी, जब कि मुकुंद को शीघ्रता थी तो केवल इसी समाधि की थी। गुरु युक्तेश्वर उनकी मनःस्थिति को अच्छी तरह भांप चुके थे, अतः उन्होंने मुकुंद को समाधि के कुछ अनुभव देने के लिए अपने मन में निश्चय कर लिया था।

कुछ दिन बीत जाने के बाद वह एक दिन गुरु युक्तेश्वर गिरि के

निजी कक्ष में गए। उस समय वहां गुरु जी विद्यमान नहीं थे। उनके मन में विचार आया कि क्यों न गुरु जी के कक्ष में ही ध्यान किया जाए। वह ध्यान में बैठ तो गए, लेकिन ध्यान की स्थिति नहीं बन पा रही थी। मन की चंचलता शिथिल नहीं हो पा रही थी। मन के विचार ऐसे बिखर रहे थे, जैसे किसी शिकारी के आने से पक्षी बिखर जाते हैं। वह अपने मन को एकाग्र करना चाह ही रहे थे कि तत्क्षण 'मुकुंद' दूर की एक बाल्कनी से श्रीयुक्तेश्वर की आवाज़ आई। इस आवाज़ ने मुकुंद के मन को एकाग्र करने के प्रयास को खण्डित कर दिया। इस घटना से वह अपने-आप में ही बड़बड़ाने लगे, "बड़ी कठिनाई से मैं मन को एकाग्र कर पाया था, लेकिन पता नहीं गुरु जी मुझसे क्या चाहते हैं? क्यों मेरे मन की एकाग्रता खण्डित कर डाली? उन्हें मालूम है कि मैं यहां क्यों आया हूं। जब मैं अपने उद्देश्य की ओर बढ़ता हूं तभी मेरे पथ में विघ्न बिछा दिए जाते हैं। मुझसे कहते रहते हैं ध्यान में उतर जाओ, लेकिन जब मैं ऐसा करता हूं। तभी मेरे ध्यान को खण्डित कर देते हैं।"

वह अपने में बड़बड़ा ही रहे थे कि पुनः गुरु जी का स्वर सुनाई दिया। उन्होंने गुरु जी की पुकार के प्रति उपेक्षा भाव दिखाते हुए चुप बैठना ही उचित समझा, अतः मौन होकर बैठ गए। परन्तु गुरु जी की आवाज़ पुनः गूंज उठी। लेकिन इस आवाज़ में कठोरता का पुट आ गया था। अब ऐसी स्थिति में किसी भी प्रतिक्रिया के अभाव में गुरु जी के कठोर अनुशासन का भय मन में जाग्रत हो गया था, अतः उन्हें उनकी आवाज़ पर कोई सही प्रतिक्रिया देनी ही लाभप्रद दिखाई दी। उन्होंने वहीं बैठे तीव्र स्वर में उत्तर दे दिया, "मैं ध्यान कर रह हूं गुरु जी।"

"मैं जानता हूं तुम कैसा ध्यान कर रहे हो। आंधी में उड़ रहे पत्तों के समान मन से क्या कभी ध्यान हो सकता है? यहां मेरे पास आओ।"

अब उनके पास गुरु जी की आज्ञा-पालन के अतिरिक्त और कोई विकल्प नहीं था। उन्हें भारी मन से गुरु जी के पास जाना ही पड़ा। वह जाकर मौन मुद्रा में खड़े हो गए। गुरु जी ने उनकी ओर दृष्टि घुमाते हुए कहा, "नादान बच्चे! तुम्हें जो चाहिए वह पर्वत तुम्हें नहीं दे सके। तुम्हारे अन्दर जो लालसा है, यद्यपि वह समय से पूर्व की है, लेकिन मैं चाहता

हूं वह पूरी हो। क्योंकि तुम अधिक समय तक प्रतीक्षा नहीं कर सकते, जो तुम्हें करनी चाहिए थी।

मुकुंद ने देखा कि गुरु जी के भाव आवेशयुक्त नहीं थे। वे स्नेह और सांत्वना से भरे हुए थे। गुरु जी ने अपनी स्नेहयुक्त दृष्टि से उन्हें कुछ क्षणों तक निहारा और फिर अचानक अपने हाथ से उनके हृदय के ऊपर थपथपाया। इस थपथपाहट से मुकुंद को अचानक लगने लगा कि वह निश्चल होकर ज़मीन से चिपक गए हैं और श्वास मानो फेफड़ों से बाहर खिंच गया हों। उसे तत्क्षण ऐसा आभास होने लगा जैसे किसी महाकाय चुम्बक ने उसे अपनी ओर खींच लिया हो और आत्मा और मन शरीर के बंधन से मुक्त हो गए हो। उन्हें लगने लगा मानो शरीर मृतवत् हो गया हो, फिर भी अपने तीव्र बोध से उन्हें यह भान हो रहा था कि वह पहले पूर्णरूप से जीवित नहीं थे। अब इस क्षण उन्हें अपना अस्तित्व संकुचित रूप से केवल उनके शरीर तक सीमित नहीं लग रहा था। बल्कि चारों ओर व्याप्त अणु-परमाणुओं में फैल गया था। कोई भी अपारदर्शी दीवार अब प्रकृति और उनके बीच नहीं रह गई थी। भूमि की धुंधली पारदर्शिता में पेड़-पौधों की जड़ें दिखाई दे रही थीं। उनके अन्दर चल रहे रस-प्रवाह का भी स्पष्ट दृश्य उन्हें दिखाई देने लगा था।

वह अपने देह से पृथक् हो केवल साक्षी रूप में परिवर्तित हो गए थे। अब उनकी आंखें प्रकृति प्रदत्त आंखों से पृथक हो दिव्य आंखें बन चुकी थीं और अपनी दृष्टिं की सब सीमितताएं तोड़कर असीमता को ग्रहण कर चुकी थी। आंस-पास का पूरा क्षेत्र अब उनके सामने अनावृत्त हो चुका था। अब उनके लिए सब घटनाएं देशातीत हो चुकी थीं। इस रूपांतरण से वह अपने मस्तक के पीछे रायघाट लेन में दूर चलते-फिरते लोगों को देख रहे थे। अब उनके लिए निकटता व दूरस्थता का भाव मिट चुका था। जब एक श्वेत गाय आश्रम में अन्दर आई तब वह उसे देख रहे थे और जब वह गाय आश्रम के अहाते के पीछे चली गई तब भी वह उसे देख रहे थे। अब दीवार जैसी बाधा का उनके लिए कोई अर्थ नहीं रह गया था। सारा संसार मानो उनकी दिव्य आंखों के समक्ष एकंत्रित हो गया था। जिसे वह एक ही दृष्टि में देख सकते थे।

उनकी विशालदर्शी दृष्टि में दिखने वाली सम्पूर्ण वस्तुएं तेज़ चलने वाले चल-चित्रों की भांति कंपित और स्पन्दित थीं। उन्हें अनुभव हो रहा था कि उनका शरीर, गुरुदेव का शरीर, चारों ओर से खम्भों से घिरा आश्रम का चौक, फर्नीचर और फर्श, पेड़-पौधे और धूप यदा-कदा स्पन्दित होते जब तक कि सब कुछ प्रकाश-सागर में विलीन नहीं हो गया। सब कुछ अपने में विलीन करने वाला यह प्रकाश बीच-बीच में पदार्थों के आकार धारण कर लेता था और फिर वे आकार उस प्रकाश में विलीन हो जाते थे। प्रकाश और स्थूल आकार पर्याय-क्रम से एक दूसरे में रूपांतरित होकर सृष्टि के कार्य-कारण सिद्धांत को स्पष्ट कर रहे थे। प्रकाश का आकार ग्रहण करना सृष्टि रचना को स्पष्ट कर रहा था और प्रकाश में विलीन होना प्रलय को।

यह रूपांतरण देखकर उन्हें आभास हो रहा था, जैसे आत्मा के शांत तट पर सागर के समान आनंद उमड़ पड़ा हो। उन्होंने अनुभव किया कि ईश्वर का स्वरूप अक्षय आनंद है और उसका शरीर प्रकाश के अंसख्य तंतु हैं। उनके अन्दर उमड़ती दिव्य ज्योति ने विस्तृत होते-होते नगरों, महाद्वीपों पृथ्वी, सूर्यमंडल, तारामंडल, निहारिका-पुंज और अन्तरिक्ष में प्रवर्तमान ब्रह्मांडों को अपने में समा लिया। रात में दूर से दिखाई पड़ने वाले प्रकाशमय शहर की भांति समस्त ब्रह्मांड उनके अस्तित्व की अनन्तता में जगमगा रहा था।

एक शाश्वत उद्गम-स्रोत से दिव्य किरणों का प्रसार होता हुआ उन्हें दिखाई दे रहा था। वे दिव्य किरणें उन्हें अवर्णनीय प्रभामंडल से देदीप्यमान आकाश गंगाओं में रूपांतरित होती दिखाई दे रही थीं। बार-बार वह सृजनात्मक किरणों को नक्षत्रों में और फिर विस्तृत पारदर्शक ज्वालाओं में रूपांतरित होते देख रहे थे। लयबद्ध प्रत्यावर्तन के द्वारा करोड़ों-करोड़ों विश्व पारदर्शक तेज में विलय हो गए और फिर वह तेज महाव्योम बन गया।

अपने इस अनुभव का वर्णन करते हुए मुकुंदलाल कहते हैं, "मुझे यह ज्ञान हुआ कि इस समस्त तेजोब्रह्मांड का केन्द्र मेरे हृदय में स्थित अन्तर्ज्ञानानुभूति का बिन्दु है। एक प्रकाशकारी ज्योति मेरी नाभि से

समस्त ब्रह्मांड के प्रत्येक भाग को प्रसारित हो रही थी। परमानंदमय अमृत मेरे अस्तित्व के कण-कण में पारे के प्रवाह की भांति व्याप्त हो रहा था। ईश्वर की सृजनात्मक ध्वनि को, ब्रह्मांड के प्रेरक यंत्र की ध्वनि को मैं ओम् की झंकार में प्रतिध्वनित होते सुन रहा था।

जब मुकुंद इस दिव्य अनुभव से गुज़र रहे थे, वह अपनी देह और श्वास से पृथक् थे। अचानक श्वास उनकी देह में लौट आया और तुरन्त उनकी असीमता लुप्त हो गई और वे सब दृश्य समाप्त हो गए। अब वह पुनः उस अपमानस्पद देह-पिंजड़े में आबद्ध हो गए, जिसमें ब्रह्म को आसानी से कोई स्थान नहीं मिल सकता। उन्होंने आंखें खोलकर देखा उनके गुरु युक्तेश्वर गिरि उनके समक्ष खड़े थे। लम्बे समय से मुकुंद को जिस ब्रह्म चैतन्य के अनुभव की उत्कट लालसा थी, वह अनुभव मुकुंद को करा दिया था। उनके प्रति कृतज्ञता व्यक्त करने के लिए जैसे ही उनके सामने साष्टांग दंडवत करने लगे तो बीच में ही गुरु जी ने उन्हें रोक कर सीधा खड़ा कर दिया और शांत भाव से बोले, "तुम्हें परमानंद में डूबे नहीं रहना है। तुम्हें अभी जगत में बहुत-सा काम करना है। आओ पहले बरामदे में झाड़ू लगाते हैं और फिर गंगा के किनारे घूमने चले जाएंगे।"

गंगा के किनारे घूमते-घूमते श्रीयुक्तेश्वर गिरि अपने शिष्य को बता रहे थे, "यह ईश्वर का चैतन्य ही है, जो सृष्टि में विद्यमान प्रत्येक रूप-आकार और प्रत्येक शक्ति का पोषण करता है और उसे आधार प्रदान करता है। फिर भी वह स्वयं स्पंदनशील प्रतिमासिक सृष्टि से परे परमानंदमय असृष्ट महाशून्य में इन सबसे पृथक् अलिप्त रहता है, जो लोग इस भूगोल में आत्म-साक्षात्कार प्राप्त कर लेते हैं; वे भी इसी प्रकार का द्विविध जीवन जीते हैं। विवेक और निष्ठा के साथ जगत में अपना कार्य करते हुए भी वे अपने आन्तरिक परमानंद में निमग्न रहते हैं।

"ईश्वर ने अपने अस्तित्व के असीम आनंद से ही सब मनुष्यों की सृष्टि की है। यद्यपि वे शरीर में कष्टप्रद रूप से आबद्ध हैं, फिर भी ईश्वर यह अपेक्षा करता है कि उसकी प्रतिमूर्ति स्वरूप बने मानव इन्द्रिय बोध से उत्पन्न सीमित व्यक्तित्व से ऊपर उठकर उसके साथ पुनः एकात्म स्थापित कर लें।"

अब तक कोई गुरु मुकुंद को विश्वचैतन्य का यह अनुभव प्रदान क्यों नहीं कर सके थे, अब उसका कारण स्वतः ही उनके संज्ञान में आ चुका था। गुरु तभी यह अनुभव अपने शिष्य को प्रदान करता है, जब उसने ध्यान-धारणा द्वारा अपने मन को इतना सुदृढ़ बना लिया हो कि वह विराट दृश्यों को देखकर घबरा न जाए। केवल बौद्धिक इच्छा या खुले दिमाग़ का होना ही इसके लिए पर्याप्त नहीं है। योग-साधना भक्ति द्वारा चेतना को समुचित रूप से उन्नति द्वारा ही साधक सर्वव्यापकता के मुक्तिदायी आघात को सहन करने के योग्य बनाता है।

श्रीयुक्तेश्वर ने अपने परमशिष्य मुकुंदलाल को केवल एक बार ही यह अनुभव प्रदान करके अपने आशीर्वाद की इतिश्री नहीं कर ली थी, उन्होंने अपने शिष्य को इतनी दक्षता प्रदान कर दी थी। कि वह यह आनंदपूर्ण अनुभव अपनी इच्छानुसार जब चाहे प्राप्त कर सकते थे और जिनकी अन्तर्ज्ञान प्रणाली पर्याप्त रूप से विकसित हो गई हो, ऐसे लोगों को भी इसे प्रदान करने की विधि सिखा दी थी।

इतना प्राप्त होने के उपरांत भी मुकुंद एक दिन सुबह एक समस्या लेकर गुरुदेव के पास गए और चरणस्पर्श करने के पश्चात् कहने लगे, "मैं जानना चाहता हूं गुरुदेव! कि मुझे ईश्वर प्राप्ति कब होगी?"

गुरुदेव ने मुस्कराते हुए कहा था, "तुम्हें ईश्वर प्राप्ति हो चुकी है।"

"जी नहीं, गुरुदेव! मुझे तो ऐसा नहीं लगता।"

श्रीयुक्तेश्वर का अपने शिष्य मुकुंद को इस प्रश्न का उत्तर ईश्वरानुभूति का रहस्य है, इसे समझने के बाद मुकुंद ही नहीं अनेक जिज्ञासुओं की जिज्ञासाओं का समाधान हो जाता है। एक साधारण साधक ईश्वर प्राप्ति को किस रूप में लेता है, श्रीयुक्तेश्वर अच्छी तरह से समझते थे, अतः ऐसे साधकों के लिए उनका मार्गदर्शन गुरुदेव ने निम्नलिखित सारांश में दिया :

"मुझे विश्वास है मुकुंद! कि तुम सृष्टि के किसी जीवाणु रहित साफ-सुथरे कोने में सिंहासन पर विराजमान किसी पूजनीय व्यक्ति को ईश्वर नहीं मान रहे हो। तथापि मैं यह भी देख रहा हूं कि तुम्हारी ऐसी कल्पना है कि चमत्कारी शक्तियों का किसी के पास होना ही इस बात

का प्रमाण है कि उसने ईश्वर को प्राप्त कर लिया है। नहीं, ऐसा नहीं है। किसी को पूरे ब्रह्मांड को नियंत्रित करने की शक्ति मिल सकती है, परन्तु फिर भी ईश्वर उनकी पहुंच से दूर रह सकता है। आध्यात्मिक उन्नति को बाह्य शक्तियों के प्रदर्शन से नहीं मापा जा सकता, बल्कि उसका मापदंड केवल यह है कि ध्यान में वह आनंद की कितनी गहराई में उतरता है। नित्य नवीन आनंद ही ईश्वर है। जैसे-जैसे तुम ध्यान करते जाओगे, वैसे-वैसे वह अनन्त युक्तियों से तुम्हें मोहित करता ही रहेगा।

"जब क्रिया योग द्वारा मन इन्द्रियजन्य विकारों से रहित हो जाता है तब ध्यान ईश्वर को दुहरा प्रमाण प्रस्तुत कर देता है। नित्य नवीन आनंद उसके अस्तित्व का प्रमाण है, जो हमारे प्रत्येक अणु को भी उसकी प्रतीति करा देता है और ध्यान में हमारी प्रत्येक समस्या के लिए ईश्वर का तत्क्षण मार्गदर्शन उसका समुचित प्रत्युत्तर भी मिलता है।"

विश्वविद्यालय से उपाधि की प्राप्ति

मुकुंदलाल कभी भी पढ़ाई के दृष्टिकोण से अच्छे छात्र नहीं रहे हैं, शिक्षा भले ही माध्यमिक स्तर की रही हो या फिर स्नातक की। श्रीरामपुर में उनके गुरु युक्तेश्वर गिरि का आश्रम होने के कारण उनके छात्र जीवन में इस स्थान का विशेष महत्त्व रहा है। इसी आकर्षण से उन्होंने स्नातक तक की शिक्षा के लिए श्रीराम कॉलेज में प्रवेश ले लिया था। श्रीरामपुर कॉलेज कोलकाता विश्वविद्यालय से संबद्ध था। यद्यपि श्रीरामपुर कॉलेज के पंथी छात्रावास में उनके द्वारा एक कमरा पंजीकृत कराया हुआ था, लेकिन वह उसमें रहते बहुत कम थे। कक्षाओं की उपस्थिति का तो इससे भी बुरा हाल था। वह कक्षा में उपस्थित न रहकर अपने गुरु युक्तेश्वर गिरि के आश्रम में रहते थे। कॉलेज के प्राध्यापक उनकी पढ़ाई के प्रति इतनी उदासीनता से प्रायः खिन्न रहते थे। लेकिन कुछ प्राध्यापक योग के प्रति इनके समर्पण को देखकर इनमें रुचि लेने लगे थे। परन्तु दर्शनशास्त्र के प्राध्यापक उनमें से नहीं थे। दर्शनशास्त्र के प्राध्यापक डी. सी. घोषाल एक विद्वान दार्शनिक के रूप में विख्यात थे और वह चाहते थे कि मुकुंदलाल भी दर्शन के क्षेत्र में अपना नाम करें। मुकुंद के रूप में उन्हें पतंजलि के योगदर्शन का एक नया संस्करण विकसित होता हुआ दिखाई दे रहा था, अतः वह पढ़ाई के प्रति उन्हें

सावधान करते ही रहते थे और पढ़ाई के प्रति उपेक्षा के परिणाम से उन्हें अवगत भी कराते रहते थे। वह प्रायः उन्हें पागल संन्यासी के नाम से पुकारा करते थे।

एक दिन जब प्रोफेसर घोषाल को लगा कि अब पढ़ाई के प्रति उनकी उपेक्षा की कोई सीमा नहीं रही तो वह उन्हें डांटते हुए कहने लगे, "पागल संन्यासी, सब कुछ अंतःप्रेरणा से नहीं होता और परीक्षा में पास होना तो बिल्कुल भी नहीं। मैं देख रहा हूं कि तुम दिनों-दिन अपनी पढ़ाई के प्रति लापरवाह होते जा रहे हो।"

"मैं परीक्षा में पास हो जाऊंगा सर!" मुकुंद ने पूर्ण आश्वस्त होते हुए कहा।

"यह तुम्हारा बड़बोलापन है। परिश्रमविहीन स्थिति में कोई भी परीक्षा में पास नहीं हो सकता।"

"सामान्य परिस्थिति में आपका कथन सही है सर!"

"क्या तुम्हारे लिए परिस्थितियां विशेष बन जाती हैं?"

"मैं नहीं जानता सर!"

"मैं जानता हूं। तुम किसी दैवी चमत्कार पर आश्रित रहना चाहते हो, लेकिन यह तुम्हारा भ्रम है। मैं तुम्हें परीक्षा में बैठने ही नहीं दूंगा, फिर तुम्हरे पास क्या विकल्प रहेगा?"

"आप उस नियम की बात कर रहे हैं सर! जो कोलकाता विश्वविद्यालय ने बनाए हुए हैं। उसके अनुसार यदि मैं लिखित फाइनल क्लास-रूम टेस्ट में पास नहीं हुआ तो मुझे परीक्षा में बैठने के अयोग्य घोषित कर दिया जाएगा।"

"हां, वही नियम तुम्हें परीक्षा में बैठने से रोक देगा।"

"आपका निष्कर्ष केवल विश्वविद्यालय के नियम पर आधारित है सर! मैं इस नियम पर कुछ चिंतन करूंगा, इसके प्रति मेरे मन में आस्था उत्पन्न हो सकेगी और इस आस्था का फल मुझे मिल सकेगा।"

"पागल संन्यासी! नियम के प्रति आस्था नहीं परिश्रम के प्रति आस्था उत्पन्न करो।"

"आपका आशीर्वाद मुझे कोई विकल्प दे सकेगा।"

फाइनल टेस्ट हो चुके थे और उनके परिणाम घोषित होने शेष थे। मुकुंद अपने एक साथी के साथ प्रोफेसर घोषाल के पास पहुंच गए। उन्होंने प्रोफेसर घोषाल से पूछा, "मेरी उत्तर-पुस्तिका में आपने कितने अंक दिए हैं सर!"

प्रोफेसर घोषाल ने नकारार्थी सिर हिलाते हुए कहा, "जो छात्र पास हुए हैं उनमें तुम नहीं हो।"

"आपका आशीर्वाद निष्फल नहीं जा सकता सर!"

"मेरा आशीर्वाद जिन छात्रों के साथ है, वे सब पास हो चुके हैं।"

"फिर तो सर! मैं भी पास हूं।"

"तुम तो परीक्षा में ही नहीं बैठे हो, फिर पास-फेल का प्रश्न ही कहां रह जाता है।"

"क्या आपके सामने रखी इन उत्तर-पुस्तिकाओं में मेरी उत्तर पुस्तिका नहीं है?"

"क्या मैं झूठ बोल रहा हूं?"

"गुरु कभी झूठ नहीं बोलते, लेकिन कभी-कभी भूलवश ऐसा होने की संभावना बन सकती है। उसे झूठ नहीं कहा जा सकता। फिर भी यदि आप एक बार इन उत्तर-पुस्तिकाओं को देख लें तो मेरा भ्रम भी दूर हो सकता है। हो सकता है मुझे यह भ्रम हो गया हो कि आपसे कोई भूल हो गई होगी।"

"में उत्तर-पुस्तिकाएं देख लेता हूं।"

यह कहते हुए प्रोफेसर घोसाल ने उत्तर-पुस्तिकाएं देखनी शुरू कर दी, लेकिन उनमें मुकुंद के नाम की कोई उत्तर-पुस्तिका नहीं थी। प्रोफेसर ने पूर्ण आश्वस्त होते हुए कहा, "इसमें तुम्हारी उत्तर-पुस्तिका ही नहीं है, परीक्षा में न बैठने के कारण तुम वैसे ही अनुत्तीर्ण हो गए हो।"

"सर, मैं परीक्षा में बैठा था। क्या इस उत्तर-पुस्तिका के गट्ठे को मैं देख सकता हूं?"

"प्रोफेसर घोषाल ने असमंजस में पड़कर अनुमति दे दी। मुकुंद ने उसमें से उत्तर-पुस्तिका खोज निकाली, जिसमें नाम न लिखकर केवल अनुक्रमांक लिखा हुआ था। उत्तर-पुस्तिका में लिखित विषय वस्तु पाठय

पुस्तकों के उद्धरणों से अलंकृत न होने पर भी प्रोफेसर ने उत्तरों को अच्छे अंक प्रदान किए थे।

प्रोफेसर घोषाल की आंखें विस्मय से फटी-की-फटी रह गईं। फिर भी उन्होंने मुकुंद को डांटते हुए कहा, "टेस्ट में उत्तीर्ण होना केवल - फाइनल परीक्षा में बैठने की योग्यता प्रदान कर सकता है, यह परीक्षा में उत्तीर्ण होने का प्रमाण पत्र नहीं है। यहां तुम्हारी क़िस्मत अच्छी थी कि तुम्हारी चालाकी काम आ गई। तुम बी. ए. की परीक्षा में अवश्य फेल हो जाओगे।"

"आपका आशीर्वाद मेरे साथ है सर, फिर मुझे चिंता किस बात की।"

प्रोफेसर घोषाल उनकी ओर आवेशित मुद्रा से देखते ही रह गए, लेकिन वह पूर्ण निश्चिंतता के साथ कक्ष से बाहर आ गए।

कोलकाता विश्वविद्यालय की कड़ी बी. ए. की डिग्री की तुलना में श्रीरामपुर कॉलेज की टेस्ट-परीक्षा तो बच्चों का खेल मात्र थी। मुकुंद अब भी अपनी कक्षा में उपस्थिति के प्रति गंभीर नहीं हो पा रहे थे। उनकी दिनचर्या पहले की ही भांति साढ़े नौ बजे साइकिल पर निकल पड़ने से शुरू होती। वह अपने गुरुदेव के लिए पंथी छात्रावास के बगीचे से फूल चुनते और उन्हें आश्रम में जाकर गुरुदेव को अर्पित करते। गुरुदेव उन्हें दोपहर के भोजन के लिए वहीं रोके रखते, फिर कक्षा में उपस्थित होने का समय ही कहां बच पाता था। आश्रम में ही रहकर आश्रम के कार्यों में हाथ बटाना, अपने गुरुदेव के प्रवचन सुनना, फिर शाम को भोजन। इस प्रकार से आधी रात तक का समय निकल जाता था। आधी रात के लगभग ही वह पंथी छात्रावास में पहुंच पाते थे। कभी-कभी तो पूरी रात-भर आश्रम में ही रुक जाते थे। इस दिनचर्या के अन्तर्गत न वह कभी अपनी पढ़ाई के संबंध में कुछ सोच पाते और न ही उनके गुरुदेव इस संबंध में उन्हें कुछ दिशा-निर्देश देते थे।

समय गुज़रता जा रहा था और परीक्षाएं निकट आ रही थीं, परन्तु मुकुंद की दिनचर्या में कोई परिवर्तन नहीं आया था। उन्होंने निश्चय कर लिया था कि बिना तैयारी के वह परीक्षा में बैठेंगे नहीं और उनसे तैयारी

हो भी नहीं सकेगी, अतः पढ़ाई का भूत उन्होंने अपने सिर से उतार दिया था। उन्हें यह भी विश्वास था कि गुरुदेव कभी उनसे परीक्षा के संबंध में पूछेंगे भी नहीं, लेकिन ऐसा नहीं था। गुरुदेव उनकी शिक्षा के प्रति संवेदनशील थे, लेकिन उन्हें यह विश्वास अवश्य था कि भले ही मुकुंद परीक्षा के प्रति गंभीर नहीं हैं, लेकिन वह परीक्षा में उत्तीर्ण हो सकेगा।

एक रात लगभग ग्यारह बजे जब मुकुंद छात्रावास में वापसी के लिए जूते पहन रहे थे, तो गुरुदेव ने गंभीर मुद्रा के साथ पूछा, "तुम्हारी बी. ए. की परीक्षा कब शुरू होनी है?"

"आज से पांच दिन बाद गुरुदेव!"

"तुमने तैयारी तो कर ली है न?"

"मैं पास नहीं हो सकूंगा, फिर तैयारी में समय नष्ट क्यों करूं?"

"परिणाम पर अपना अधिकार क्यों जताते हो, तुम्हारे हाथ में तो केवल कर्म करना है।"

"परिणाम ही हमें किसी कार्य के प्रति प्रेरणा प्रदान करता है गुरुदेव!"

"यह वाक्य किसी साधारण जन को ही शोभा दे सकता है, मुकुंद जैसे महान दार्शनिक व कर्मयोगी प्रोफेसर घोषाल के शिष्य को नहीं।"

"उन्होंने ही तो मेरे हाथ में परिणाम थमा रखा है कि मैं परीक्षा में पास नहीं हो सकूंगा।"

"गुरु के नकारात्मक कथन के मूल में सकारात्मक भाव होता है। गुरु की भावना को समझो और परीक्षा की तैयारी करो।"

"आप जानते हैं गुरुदेव! कि मेरा सारा समय प्रोफेसरों के बजाय आप ही के सान्निध्य में व्यतीत हुआ है। अतः उस कठिन परीक्षा में बैठने का ढोंग रचने से क्या लाभ? और फिर यदि बैठने का प्रयास भी करूं तो क्या पांच दिन की तैयारी से पास हो जाना संभव है?"

"मैं केवल इतना ही कह सकता हूं कि तुम्हें परीक्षा देनी ही होगी।"

"इससे क्या लाभ होगा? फेल होने के लिए परीक्षा देना कहां तक सार्थक कहा जा सकता है।"

"इसमें मुझे लाभ दिखाई दे रहा है। हमें तुम्हारे पिता जी या अन्य

रिश्तेदारों को ऐसा कोई अवसर नहीं देना चाहिए, जिससे वे आश्रम-जीवन के प्रति तुम्हारी अभिरुचि की आलोचना करें। मुझे केवल इतना वचन चाहिए कि तुम परीक्षा में बैठोगे। तुम्हारे लिए यह स्वतंत्रता है कि तुम अपनी उत्तर-पुस्तिका में वही लिख देना जो तुमसे बन सकेगा।"

"मुझसे क्या बन सकेगा, पाठ्यक्रम का तो मुझे बिल्कुल भी ज्ञान नहीं है। हां, आपके उपदेश ज़रूर मेरे अन्तःकरण में ज्यों-के-त्यों अंकित हैं। बस, मुझसे तो वे ही बन पड़ेंगे।"

"तुम से क्या बन पड़ेंगे, यह भगवान पर छोड़ो। क्या भगवान परीक्षा में या अन्य कहीं तुम्हारी मदद करने में कभी चूके हैं?"

"नहीं गुरुदेव!"

"फिर उस पर अविश्वास का कारण?"

"संभवतः मेरी अल्पज्ञता।"

"इसे ही तो मैं व्यापक बनाना चाहता हूं। कॉलेज में तुम्हारी कम उपस्थिति, पाठ्यक्रम के प्रति उत्साह न दिखाना, क्या इसके मूल में तुम्हारा आलस्य है? नहीं मुकुंद! यह सब कुछ उस परमशक्ति की योजना है। उसकी योजना अपना आकार ग्रहण करने की दिशा में बढ़ रही है। स्वयं को एक तिनके की भांति उस ऊर्जास्वित प्रवाह में डाल दो।"

"ठीक है गुरुदेव! मैं परीक्षा में बैठूंगा।"

"तुम्हारा मित्र रमेशचन्द्र दत्त क्या अब भी तुम्हारे छात्रावास में रहता है?"

"जी गुरुदेव!"

"उससे मिलो, प्रभु उसे तुम्हारी परीक्षा की तैयारी में सहायता करने की प्रेरणा देंगे।"

"मुझे नहीं लगता कि वह छात्र मेरी सहायता के लिए कुछ समय निकाल सकेगा। वह इस समय अत्यंत व्यस्त है। उसने आनर्स ले रखा है और अन्य छात्रों की अपेक्षा उसको पाठ्यक्रम अधिक विस्तृत है। वैसे भी उसकी प्रवृत्ति किसी अन्य छात्र की सहायता करने में नहीं है।"

"हो सकता है वह प्रभु की योजना का एक अंग हो। मुझे आशा है कि वह तुम्हारे लिए समय निकाल सकेगा।"

बालक
मुकुंदलाल घोष,
जो कालांतर में
परमहंस
योगानंद के नाम
से विख्यात हुए

किशोरावस्था में योगसाधना करते हुए मुकुंदलाल घोष, जो स्वामी विवेकानंद जितने ही प्रख्यात संत हुए हैं।

माताश्री ज्ञानप्रभा घोष

पिताश्री भगवतीचरण घोष

बहन रोमा
और नलिनी
संग परमहंस
योगानंद जी

महावतार बाबा जी का एक
कलात्मक चित्र, जिनके मिशन को
परमहंस योगानंद ने आगे बढ़ाया,
योगानंद जी का स्वहस्ताक्षरित चित्र
नीचे दिया गया है।

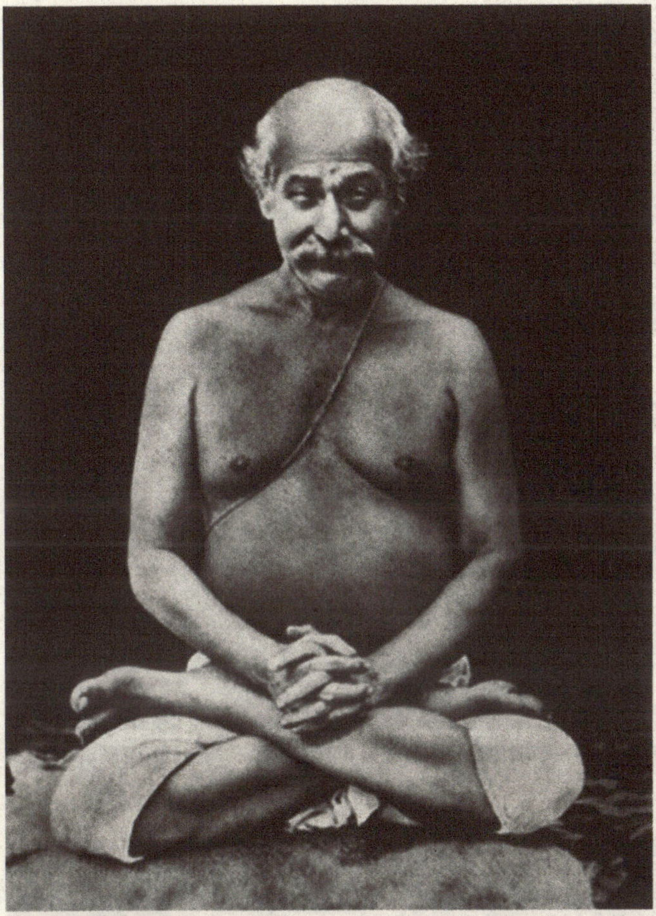

लाहिड़ी महाशय के दो
वास्तविक चित्र

पुरी आश्रम का बाहरी दृश्य एवं नीचे रांची विद्यालय के छात्रों एवं शिक्षकों के बीच परमहंस योगानंद

अमेरिका में उदारवादियों के
अंतर्राष्ट्रीय सम्मेलन में भाग लेते
परमहंस योगानंद एवं नीचे बॉस्टन
सम्मेलन में कुछ विदेशी विद्वानों के
संग का दृश्य

भक्तों के बीच गुरु युक्तेश्वर गिरि और शिष्य परमहंस योगानंद

मां आनंदामयी

एक भक्त को आशीर्वाद देते योगानंद

विदेशी शिष्यों के संग परमहंस योगानंद

गुरु युक्तेश्वर गिरि के संग परमहंस योगानंद

प्रकृति की गोद में परमहंस योगानंद का स्वच्छंद विचरण

अपने मित्रों के साथ आगरा के ताजमहल के प्रागंण में परमहंस योगानंद

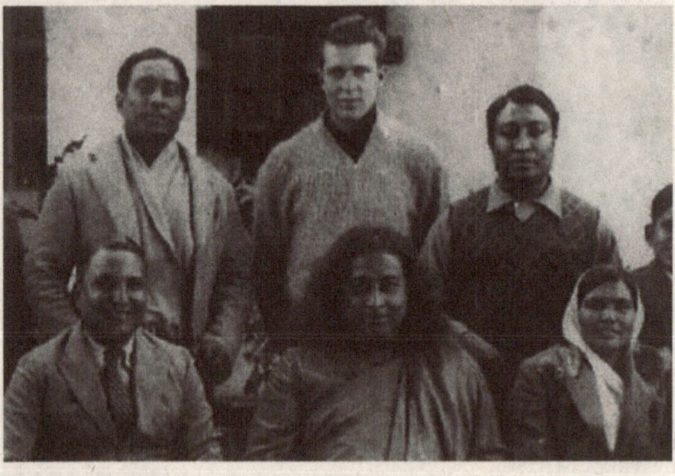

मित्रों एवं परिजनों के संग परमहंस योगानंद

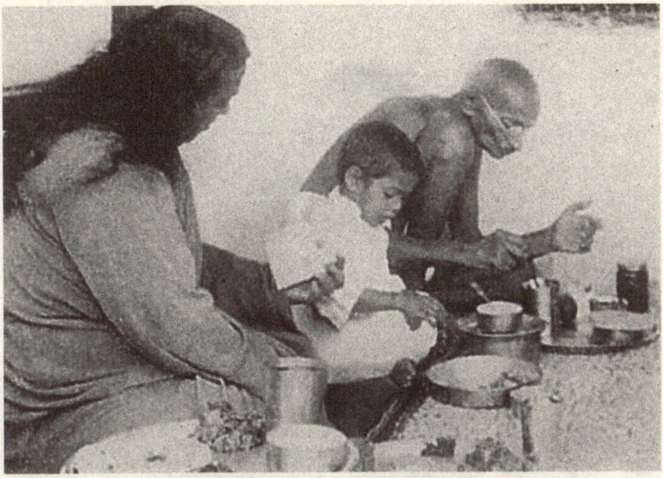

गांधी जी के साथ भोजन करते परमहंस योगानंद

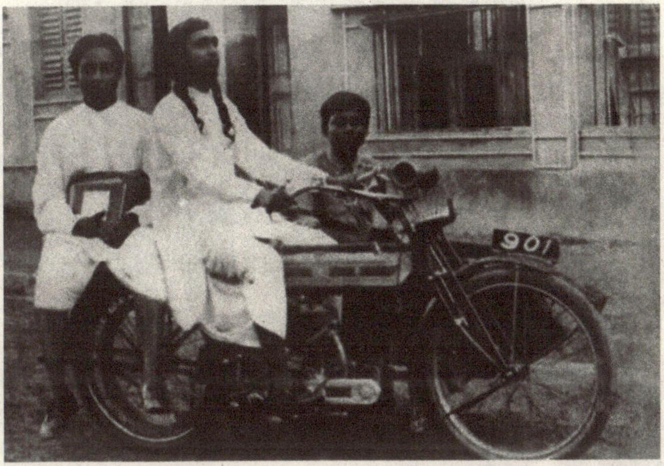

दुपहिया वाहन चलाते हुए परमहंस योगानंद

योगसाधना में
रत परमहंस
योगानंद

संगीत साधना
में रत परमहंस
योगानंद

भारत के गौरवान्वित
भविष्य के प्रति आशान्वित
परमहंस योगानंद

अब इससे आगे प्रतिवाद करने के लिए मुकुंद के पास कुछ नहीं था। वह ईश्वर की योजनाओं का चमत्कार अपने गत जीवन की घटनाओं में देख चुके थे। ऐसे कठिन समय में निर्विघ्न बाहर निकलने की व्याख्या केवल प्रभु की सोची-समझी योजना के आधार पर ही की जा सकती है। जब गत जीवन में ऐसा हुआ है, तो भावी जीवन में क्यों नहीं होगा। उन्होंने इस चिंतन के साथ पंथी छात्रावास की ओर बढ़ना शुरू कर दिया।

जैसे ही मुकुंद साइकिल से पंथी छात्रावास के अहाते में पहुंचे, प्रभु की योजना अपना आकार ग्रहण करने लगी। रमेशचन्द्र दत्त वहां ऐसी मनःस्थिति में खड़ा था कि मानो मुकुंद के वापस लौटने की प्रतीक्षा कर रहा हो। जैसे ही मुकुंद ने उसके समक्ष परीक्षा की तैयारी में सहायता का प्रश्न रखा तो उसने सहर्ष सकारात्मक उत्तर दिया। यही नहीं, उसने उत्तर देने में इतना उत्साह दिखाया, मानो उसके पास इस कार्य के लिए पर्याप्त समय हो। उस दिन और उसके बाद के प्रत्येक दिन उसने मुकुंद को विभिन्न विषयों की प्रतीक्षा के लिए तैयार करने में कई घंटे व्यतीत किए।

अंग्रेज़ी साहित्य के प्रश्नपत्र की तैयारी में रमेशचन्द्र ने जिन प्रश्नों का चयन किया था, मुकुंद के अन्य सहपाठी उन प्रश्नों से सहमत नहीं थे। उनका तर्क था कि ऐसे प्रश्न अब तक इस प्रश्न-पत्र में कभी नहीं पूछे गए हैं। यहां तक ही नहीं, उन सहपाठियों ने उस पर ऐसा आरोप भी लगा दिया कि वह जान-बूझकर ही उन प्रश्नों की तैयारी करा रहा है, जो परीक्षा में नहीं आ सकेंगे और मुकुंद इस प्रश्न-पत्र में फेल हो जाएगा। उन्होंने मुकुंद को उकसाया कि रमेशचन्द्र के झांसे में न आए, क्योंकि वह उसे फेल कराना चाहता है, लेकिन मुकुंद ने उसके प्रति अनास्था प्रकट नहीं की।

परीक्षा भवन में जैसे ही अंग्रेज़ी का प्रश्न-पत्र मुकुंद के हाथ में आया तो उनके विस्मय का ठिकाना नहीं रहा। वे ही प्रश्न उस प्रश्न-पत्र में आए हुए थे, जिनकी तैयारियां रमेशचन्द्र ने कराई थीं। परीक्षा के पूरे सप्ताह मुकुंद अपने सहपाठी के साथ ही रहा और उन्हीं प्रश्नों की तैयारी की जिनकी रमेशचन्द्र की दृष्टि में परीक्षा में पूछे जाने को संभावना थी और वे ही प्रश्न परीक्षा में पूछे भी गए। अब इस घटना में उन्हें कोई विस्मय

नहीं था, क्योंकि अब उन्हें पूर्ण विश्वास हो चला था कि यह सब कुछ ईश्वर की योजना के अनुसार ही घट रहा है।

कॉलेज में बिजली की तरह यह बात फैल गई कि परीक्षा काल में मुकुंद के साथ चमत्कार जैसा कुछ घट रहा है और इस चमत्कार से हमेशा अनमने से रहने वाले पागल संन्यासी का परीक्षा मे उत्तीर्ण होना संभव लगने लगा है। जब प्रोफेसर लोगों ने मुकुंद से यह सब कुछ जानना चाहा तो उन्होंने कुछ भी नहीं छिपाया। अब सब कुछ प्रोफेसर लोगों के संज्ञान में आ चुका था। प्रोफेसर घोषाल को भी कठिनता से यह वास्तविकता स्वीकार करनी पड़ी कि मुकुंद एक उपेक्षित छात्र नहीं है। इसके अन्दर ऐसा कुछ घट रहा है जिसकी व्याख्या पदार्थ विज्ञान की क्षमताओं से परे है।

वह अपनी संपूर्ण परीक्षा से संतुष्ट थे। उनकी संतुष्टि केवल न्यूनतम उत्तीर्णाक (36) तक ही सीमित थी। इससे अधिक की उन्होंने कभी इच्छा भी नहीं की थी, लेकिन एक दिन अंग्रेज़ी का प्रश्न-पत्र देखते हुए वह अचानक बड़बड़ा गए और अपने ऊपर झुंझला उठे। प्रश्न-पत्र में स्पष्ट निर्देश था कि प्रश्न छह और सात के दो-दो खंड हैं। प्रत्येक प्रश्न से एक-एक खंड का उत्तर देना है; लेकिन निर्देश को ठीक ढंग से बिना पढ़े ही उन्होंने छठे प्रश्न के ही दोनों खंड कर डाले और सातवां प्रश्न हुआ ही नहीं। इस भयंकर भूल से उन्हें इस प्रश्न-पत्र में केवल 33 अंक ही प्राप्त हो सकेंगे, जब कि उत्तीर्णाक 36 होने चाहिए थे। वह चिंतित हो उठे और स्वयं को फेल समझकर बिस्तर में पड़े रहे।

"जब सब कुछ ईश्वर की योजनानुसार हो रहा है, तो क्या प्रभु की योजना में मेरा फेल होना पूर्व निश्चित था। क्यों न मैं यह शंका गुरुदेव के समक्ष प्रस्तुत करूं!" इस विचार के साथ मुकुंद गुरुदेव के पास पहुंच गए और उनके समक्ष अपनी भूल रख दी।

"मुस्कराओ मुकुंद!" यह कहते हुए श्रीयुक्तेश्वर जी के चेहरे पर मुस्कान खेल उठी। उन्होंने आकाश की ओर उंगली दिखाते हुए कहा, "सूर्य-चन्द्र आकाश में अपने स्थानों की अदला-बदली कर सकते हैं, परन्तु तुम्हें विश्वविद्यालय की उपाधि मिलना नहीं रुक सकता।"

"मैंने गणना करके देख लिया है गुरुदेव! मुझे अंग्रेज़ी में केवल 33 अंक मिल सकते हैं, जब कि न्यूनतम उत्तीर्णाक 36 होते हैं।"

"ईश्वर ने भी अपनी गणना कर ली होगी। क्या उस गणना पर विश्वास नहीं है?"

"क्या वे 33 अंक को 36 में रूपांतरित कर देंगे?"

"ईश्वर ऐसा चमत्कार नहीं करता। वह एक महान वैज्ञानिक है, वैज्ञानिक घटनाओं की यदि चमत्कार मान लिया जाए तो कहा जा सकता है कि वह चमत्कार दिखाता है, लेकिन 33 अंक को 36 में रूपांतरित करना एक वैज्ञानिक या गणितीय घटना नहीं है, अतः ऐसा चमत्कार नहीं हो सकता।"

"फिर तो मेरा फेल होना निश्चित है गुरुदेव!"

"क्या कोई और विकल्प नहीं हो सकता? केवल यह चमत्कार ही तुम्हें पास कर सकता है? ईश्वर अनन्त है उसके पास विकल्प भी अनन्त हैं। लेकिन वे विकल्प चमत्कार नहीं हैं, साधारण घटनाएं हैं, जो प्रायः घटती रहती हैं।"

मुकुंद यद्यपि अपनी गणना से संतुष्ट नहीं था, परन्तु अपने गुरुदेव के तर्कों के समक्ष नतमस्तक होना ही श्रेयस्कर समझा। वह आश्रम से निकलकर पंथी छात्रावास की ओर चल पड़े। जैसे ही उन्होंने मुख्य भवन में प्रवेश करना चाहा कि एक छात्र का स्वरं उनके कानों में मिश्री-सी घोल गया, "आज के समाचार-पत्र में आया है कि इस वर्ष पहली बार अंग्रेज़ी साहित्य में उत्तीर्ण होने के लिए आवश्यक न्यूनतम अंक घटा दिए गए हैं। नए न्यूनतम अंक अब 36 के स्थान पर 33 होंगे।"

"इस समाचार की सूचना से मुकुंद हर्ष से उछल पड़े और द्रुतगति से दौड़ते हुए अपने कक्ष में पहुंच गए तथा ज़मीन पर घुटने टेककर अचूक गणितीय हिसाब के लिए अपने परमपिता की स्तुति करने लगे। लोगों के लिए यह एक सामान्य घटना थी, लेकिन मुकुंद इसे अपने लिए चमत्कार मान रहे थे। उन्होंने पूर्ण विश्वास के साथ यह बात मान ली थी कि प्रभु अपने भक्तों को इंस प्रकार चमत्कार दिखाता है कि लोग उसे सामान्य घटना समझकर कोई विशेष ध्यान नहीं देते।

इस घटना के बाद दर्शनशास्त्र के प्रोफेसर घोषाल का रुझान मुकुंदलाल की ओर बढ़ गया। वह उन्हें अब तक चिढ़ाने के लिए ही पागल संन्यासी कहते थे, लेकिन अब उन्हें मुकुंद के अन्दर एक नवीन योगी की झलक दिखाई देने लगी थी। अब मुकुंद के साथ उनके संबंध प्रगाढ़ हो चुके थे जो कॉलेज अवधि के बाद श्रद्धा में बदल गए थे।

रमेशचन्द्र दत्त ईश्वरीय योजना के एक पात्र थे, लेकिन उन्हें इस रहस्य का आभास नहीं था। यद्यपि उन्होंने ऐसा समय मुकुंद के लिए निकाला जब उन्हें अपने लिए ही समय की एक मिनट भी कीमती थी, परन्तु उनके परीक्षा परिणाम पर उसका नकारात्मक प्रभाव नहीं पड़ा। उन्हें ऑनर्स की डिग्री उच्च अंकों के साथ मिली।

उनके पिता को विश्वास नहीं था कि वे बी. ए. की परीक्षा में उत्तीर्ण हो सकेंगे, क्योंकि व मुकुंद की दिनचर्या से परिचित थे और यह भी स्वीकार कर चुके थे कि जो छात्र कक्षा में उपस्थित न रहकर किसी संन्यासी के आश्रम में अपना दिन-रात का समय व्यय करता है। वह कभी परीक्षा में उत्तीर्ण नहीं हो सकता। परन्तु उनके उत्तीर्ण होने पर उनके पिता की खुशी का ठिकाना न रहा। उन्होंने बी. ए. का परीक्षा परिणाम आने पर कहा था, "वर्षों से मेरे मन में संदेह बना हुआ था कि मैं अपने नाम के बाद बी. ए. के अक्षर जुड़े कभी देख भी पाऊंगा। इस उपाधि का उल्लेख करते समय मेरे मन में यह विचार आए बिना नहीं रहता कि मुझे यह ईश्वर की ओर से उपहार स्वरूप मिली है।"

जून 1915 को मुकुंद को कोलकाता विश्वविद्यालय की उपाधि मिली। वह तुरन्त अपने गुरु के आश्रम में गए और अपने गुरु के चरणों में शीश नवाकर उनके जीवन से अपने जीवन में प्रवाहित होने वाली सभी कृपाओं के लिए उनके प्रति कृतज्ञता व्यक्त की।

संन्यास ग्रहण

गुरु युक्तेश्वर के शिष्यत्व में मुकुंद ने अध्यात्म के क्षेत्र में बहुत गहराई तक प्रवेश कर लिया था। पतंजलि योग के नए संस्करण क्रिया योग के अभ्यास में भी उन्होंने दक्षता प्राप्त कर ली थी। ध्यान, धारणा और समाधि के अनुभवों से भी वे गुज़र चुके थे, लेकिन इस अवस्था को प्राप्त करने के उपरांत भी वे गुरु युक्तेश्वर की दृष्टि में अभी अपरिपक्व ही थे। जब भी वह गुरु युक्तेश्वर के समक्ष अपनी संन्यास ग्रहण करने की इच्छा का प्रकाशन करते तो युक्तेश्वर गिरि उसे गंभीरता से नहीं लेते थे।

मुकुंद के पिता श्रीं भगवतीचरण घोष ने कभी नहीं चाहा था कि मुकुंद संन्यास ग्रहण करे। वह उनकी बी. ए. की उपाधि लेने तक की प्रतीक्षा में थे। जैसे ही उन्होंने उपाधि ग्रहण की उनके पिता ने बंगाल-नागपुर रेलवे में एक अधिकारी के पद पर नौकरी पक्की कर दी। लेकिन उन्होंने नौकरी करने से स्पष्ट इनकार कर दिया और संन्यास ग्रहण करने के अपने संकल्प को अपने पिता के समक्ष रख दिया। भगवतीचरण ने उन्हें संन्यास के ऊपर पुनः विचार करने के लिए कहा, लेकिन मुकुंद अपने संकल्प से पीछे हटने के लिए तैयार होने वाले नहीं थे।

अपने पिता के हठ से मुक्ति पाने का अब उनके लिए एक ही रास्ता था कि वह शीघ्रतम संन्यास ग्रहण कर लें, लेकिन यह किसी संन्यासी

द्वारा ही संभव था। इसमें निजी प्रयास इतना महत्वपूर्ण नहीं था, जितना एक सिद्ध संन्यासी को संन्यास प्रदाता के रूप में सहमत करना। मुकुंद की दृष्टि में श्रीयुक्तेश्वर से अधिक और कौन सिद्ध संन्यासी हो सकता था, अतः उन्होंने पुनः अपने गुरु के समक्ष अपनी संन्यास ग्रहण करने की इच्छा का प्रकाशन किया, "गुरुदेव! क्या आप बता सकेंगे कि मैं आपकी दृष्टि में संन्यास ग्रहण करने का पात्र क्यों नहीं बन पा रहा हूं।"

"कौन कहता है कि आप में संन्यास ग्रहण करने की पात्रता नहीं हैं?"

"मैं आपके समक्ष अनेक बार अपनी इस इच्छा का प्रकाशन कर चुका हूं, लेकिन आपने कभी भी इसे गंभीरता से नहीं लिया है।"

"मैं तुम्हारा भविष्य देख चुका हूं। तुम्हारे मन की गहराइयों में उतरकर भी यह देख चुका हूं कि तुम्हारे संन्यास के मूल में केवल तुम्हारे निजी कल्याण की भावना नहीं है। तुम संन्यास ग्रहण करके कहीं एकांत में जाकर समाधि द्वारा निर्वाण की प्राप्ति का प्रयास नहीं करोगे, बल्कि विश्व कल्याण की भावना से आपको लोगों के मध्य जाना होगा। उसके लिए आपको अंग्रेज़ी भाषा और कम-से-कम स्नातक तक की शिक्षा का ज्ञान होना चाहिए ही था। जब तक तुमने यह योग्यता प्राप्त नहीं की मैंने तुम्हारी इच्छा को उचित सम्मान नहीं दिया। अब मैं इस स्थिति में हूं कि तुम्हारी इच्छा को गंभीरता से ले सकता हूं।"

"मुझे आप स्वामी परंपरा की संन्यास दीक्षा दीजिए।"

"ठीक है। कल मैं तुम्हें संन्यास दीक्षा दे दूंगा," फिर शांत भाव से वह कहते गए, "मुझे खुशी है कि संन्यास ग्रहण करने की इच्छा पर तुम अटल रहे। लाहिड़ी महाशय प्रायः कहा करते थे, 'अपने जीवन के वसंत में यदि तुम ईश्वर को आमंत्रित नहीं करोगे तो तुम्हारे जीवन के शिशिर में वह तुम्हारे पास नहीं आएंगे।"

"मैंने लाहिड़ी महाशय का सान्निध्य नहीं पाया, केवल आपका पाया है। आप मेरे लिए आदर्श हैं। मैं आप ही की भांति स्वामी परंपरा में शामिल होने की अपनी इच्छा को कभी नहीं छोड़ सकता था।"

"तुमने अच्छी तरह से अपने लक्ष्य को पहचान लिया है? क्या

संन्यास ग्रहण के बाद अपने इसी संकल्प पर अटल रह सकोगे? ऐसा पूछने के मेरे पास सशक्त कारण हैं। मैंने अपने अनेक मित्रों का विश्लेषण किया था, जिन्होंने कुछ आध्यात्मिक साधना करने के बाद विवाह कर लिया था। सांसारिक ज़िम्मेदारियों के सागर में कूद पड़ने के बाद गहरा ध्यान करने के अपने संकल्पों को वे भूल गए थे।"

"मुझसे आप ऐसी आशा मत करो, भले ही संन्यास की दीक्षा न प्रदान करो।"

"मैं तुम्हें संन्यास की दीक्षा दूंगा, लेकिन इसके लिए उसे सही पात्र मानूंगा जो यह समझने की योग्यता रखता हो कि संन्यास एक ऐसा पथ है जिस पर आगे की ओर कितना भी बढ़ा जा सकता है, लेकिन पीछे एक भी इंच हटना पूर्णतः वर्जित है।"

मैने आपका आशीर्वाद प्राप्त किया है। मैं उसका मूल्य जानता हूं। मैं चाहता हूं कल मेरी प्रतीक्षा का अंत हो जाए।"

"ऐसा संभव हो सकेगा।"

अगला दिन मुकुंद के जीवन का सबसे अविस्मरणीय दिन था। उनके कॉलेज से ग्रेज्यूएट होने के कुछ सप्ताह बाद ही यह सन् 1915 के जुलाई महीने का गुरुवार था। यह उनकी चित-परिचित इच्छा के पूर्ण होने का दिन था। अतः उनका मन पूर्ण उत्साह से सराबोर था। वह आश्रम के अन्दर के बरामदे में गुरु युक्तेश्वर गिरि के समक्ष बैठे हुए थे। युक्तेश्वर जी ने एक श्वेत रेशमी वस्त्र को संन्यास धर्म के परंपरागत गेरूए रंग में डुबाया और उसे सूखने के लिए एक रस्सी पर लटका दिया। जब वह वस्त्र सूख गया तो गुरु युक्तेश्वर ने उसे संन्यासी के वस्त्र के रूप में मुकुंद के शरीर पर लपेट दिया।

मुकुंद भाव-विभोर हो यह सब कुछ देख रहे थे। गुरु युक्तेश्वर ने अगले ही क्षण उनके समक्ष यह विचार रखने शुरू कर दिए, "किसी दिन तुम पश्चिम में जाओगे, जहां रेशमी वस्त्रों को पसंद किया जाता है। उसी के प्रतीक स्वरूप मैंने तुम्हारे लिए परंपरागत सूती वस्त्र के स्थान पर रेशमी वस्त्र चुना है।"

मुकुंद ने श्रीयुक्तेश्वर गिरि के इस तर्क पर कोई प्रतिक्रिया नहीं दी।

उन्होंने अपनी बात को और आगे बढ़ा दिया, "मुझे अनुष्ठान, संस्कार आदि के कर्मकांड में कोई रुचि नहीं है। मैं तुम्हें विद्वत् (कर्मकाण्ड रहित) पद्धति से संन्यास दीक्षा दूंगा।"

संन्यास की दीक्षा में प्रायः कर्मकांड की पद्धति ही प्रचलन में है। इस अनुष्ठान-संस्कार युक्त दीक्षा में एक यह विधि भी होती है, जिसमें प्रतीकात्मक अंत्येष्टि क्रिया-क्रम, श्राद्ध आदि किया जाता है। दीक्षा लेने वाले शिष्य के स्थूल देह को मृत एवं ज्ञानाग्नि में भस्मीभूत माना जाता है। तत्पश्चात् नवदीक्षित संन्यासी को एक महावाक्य दिया जाता है, जैसे 'अयमात्माब्रह्म' अथवा 'तत्त्वमसि' अथवा 'अहंब्रह्मास्मि' । परन्तु सादगी प्रेमी श्रीयुक्तेश्वर जी ने सभी औपचारिक विधियों को छोड़ दिया और मुकुंद को एक नया नाम चुनने को कहा।

मुकुंद ने कुछ पल सोचने के बाद अपना नया नाम योगानंद चुन लिया, जिसका अर्थ होता है 'ईश्वर के साथ मिलन द्वारा आनंद।'

श्रीयुक्तेश्वर गिरि ने तुरन्त कहा, "तथास्तु! तुम्हारे पारिवारिक नाम मुकुंदलाल घोष को छोड़कर अब से तुम स्वामी परंपरा की गिरि शाखा के योगानंद कहलाओगे।"

गुरु युक्तेश्वर गिरि के मुख से अपना नया नाम योगानंद सुनते ही मुकुंदलाल ने गुरु के चरणों में सिर नवा दिया। इन आह्लादित करने वाले क्षणों में नव दीक्षित योगानंद के मुख से शंकराचार्य के लम्बे स्तोत्र के कुछ श्लोक निकलने लगे :

मनोबुद्धयहंकारचित्तानि नाहं
न च श्रोत्रजिह्वे न च घ्राणनेत्रे।
न च व्योम भूमिर्न तेजो न वायु:
चिदानन्दरूपः शिवोऽहम् शिवोऽहम्॥
न मृत्युर्न शंका न मे जातिभेदः
पिता नैव मे नैव माता न जन्मः।
न बंधुर्नमित्रत् गुरुनैर्व शिष्यः
चिदानन्दरूपः शिवोऽहम् शिवोऽहम्॥

अहं निर्विकल्पो निराकाररूपो
विभुत्वाच्च सर्वत्र सर्वेंद्रियाणां।
न चासंगतं नैव मुक्तिर्न बन्धः
चिदानन्दरूपः शिवोऽहम् शिवोऽहम्॥

जिस स्वामी सम्प्रदाय में योगानंद ने दीक्षा ली, इसमें वर्तमान काल में लगभग दस लाख स्वामी हैं। यद्यपि प्रत्येक स्वामी भारत में अनन्त काल से सम्मानित संन्यास परंपरा से संबंध रखता है, लेकिन इसका वर्तमान रूप में पुनर्गठन शताब्दियों पूर्व शंकाराचार्य ने किया था और तभी से निरंतर अखण्ड रूप से आदरणीय आचार्यों की एक परंपरा इसके शीर्ष पद पर आसीन रही है। इनमें प्रत्येक आचार्य परंपराक्रम से जगदगुरु शंकराचार्य कहलाता है। इस संप्रदाय में प्रविष्ट होने के लिए एक शर्त यह होती है कि उन्हें किसी ऐसे पुरुष से दीक्षा लेनी पड़ती है जो स्वयं स्वामी है।

स्वामी अपने नए नाम के आगे एक ऐसी उपाधि लगाता है, जिससे स्वामी संप्रदाय की दस शाखाओं में से किसी एक के साथ उसके जुड़े होने का परिचय मिलता है। इन दस शाखाओं में या दसनामियों में एक शाखा है 'गिरि', जिसमें कभी श्रीयुक्तेश्वर गिरि दीक्षित हुए थे। उनके शिष्य होने के नाते योगानंद इसी शाखा में संलग्न हुए। अन्य शाखाएं हैं सागर, भारती, पुरी, सरस्वती, तीर्थ, अरण्य, आश्रम, वन और पर्वत।

समस्त मानवजाति की निःस्वार्थ सेवा तथा व्यक्तिगत संबंधों एवम् महत्त्वाकांक्षाओं के त्याग के कारण अधिकांश स्वामीगण भारत में और कभी-कभी विदेशों में भी सक्रिय रूप से मानवतावादी एवं शैक्षणिक कार्यों में लग जाते हैं। जाति, पंथ, वर्ग, वर्ण, वंश या स्त्री-पुरुष का भेदभाव छोड़कर स्वामी विश्वबन्धुत्व के आदर्श पर चलता है। परम ब्रह्म के साथ एक रूप हो जाना ही उसका लक्ष्य होता है। सोते-जागते अपनी चेतना को 'अहंब्रह्मास्मि' के विचार से सराबोर करता हुआ वह संपूर्ण तृप्ति के साथ संसार में विचरण करता है, परन्तु संसार की किसी बात में लिप्त

नहीं होता। स्वामी का अर्थ होता है 'स्व' या अपनी आत्मा के साथ एक रूप होने का प्रयास करने वाला।

श्रीयुक्तेश्वर स्वामी भी थे और योगी भी। स्वामी सम्प्रदाय से जुड़ा होने के कारण स्वामी बना हर संन्यासी योगी नहीं होता। जो ईश्वर साक्षात्कार के लिए किसी वैज्ञानिक प्रविधि का अभ्यास करता है, वही योगी होता है। वह विवाहित भी हो सकता है और अविवाहित भी। सांसारिक ज़िम्मेदारियों को निभाने वाला भी हो सकता है या विशिष्ट धर्म-संप्रदाय से संबंधित भी।

यह प्रश्न मन में आ सकता है कि कौन बड़ा है : स्वामी या योगी? इस प्रश्न के उत्तर में योगानंद कहते हैं कि जब ईश्वर के साथ एकता स्थापित हो जाती है, तब विभिन्न मार्गों के भेद अपने आप ही समाप्त हो जाते हैं। साथ ही साथ वह इसके उत्तर में भगवद्गीता (6-46) को उद्धृत करते हैं, जिसमें भगवान श्रीकृष्ण ने विधिवत् योगाभ्यास करने वाले योगी की प्रशंसा की है :

तपस्विभ्योऽधिको योगीज्ञानिभ्योऽअपि मतोऽधिकः।
कर्मिभ्यश्चाधिको योगी तस्माहोमी गी भवार्जुन॥

अर्थात् योगी शारीरिक तप करने वाले तपस्वियों से श्रेष्ठ है, ज्ञानयोगियों से भी श्रेष्ठ है, अथवा कर्मयोगियों से भी श्रेष्ठ है। इसलिए मेरे शिष्य अर्जुन! तू योगी बन।

योगानंद जिस गुरु-शिष्य परंपरा की एक कड़ी हैं, उस परंपरा के प्रारंभिक योगी श्री श्री महावतार बाबा जी हैं। बाबा जी जिस योग को प्रचलन में लाए उन्होंने उसे क्रिया योग कहा। यह क्रिया योग पतंजलि के योग का ही एक संशोधित संस्करण है। अगले अध्याय में क्रिया योग पर ही प्रकाश डाला गया है।

क्रिया योग

क्रिया योग का अर्थ है : एक विशिष्ट कर्म या क्रिया द्वारा अनंत परमतत्व के साथ मिलन (योग)। इस क्रिया का निष्ठापूर्वक अभ्यास करने से योगी धीरे-धीरे कर्म-बंधन से या कार्य-कारण संतुलन की नियमबद्ध श्रृंखला से मुक्त हो जाता है।

क्रिया योग एक प्राचीन विज्ञान है। यह विज्ञान योगानंद के पास गुरु-शिष्य परंपरा द्वारा पहुंचा है। सर्वप्रथम इसका ज्ञान महान गुरु बाबा जी ने अपने शिष्य लाहिड़ी महाशय को दिया। लाहिड़ी महाशय ने इसे अपने शिष्य युक्तेश्वर गिरि को दिया और युक्तेश्वर गिरि ने अपने प्रिय शिष्य योगानंद को दिया। बाबा ने लाहिड़ी महाशय से कहा था, "इस उन्नीसवीं शताब्दी में जो क्रिया योग मैं विश्व को तुम्हारे माध्यम से दे रहा हूं, यह उसी विज्ञान का पुनरुत्थान है जो श्रीकृष्ण ने सहस्राब्दियों पहले अर्जुन को दिया था और जो बाद में पतंजलि, ईसामसीह, सेंट जॉन, सेंट पॉल और इसामसीह के अन्य शिष्यों को प्राप्त हुआ।"

भगवद्गीता में श्रीकृष्ण ने क्रिया योग की चर्चा दो बार की है लेकिन वह इतनी संक्षिप्त है कि जनसाधारण के लिए बोधगम्य नहीं है। श्लोक (4:1-2) में भगवान कृष्ण कहते हैं, "मैंने ही (अपने एक पूर्व अवतार में) यह अविनाशी मनुस्मृति के रचनाकार मनु को दिया। मनु ने

यह ज्ञान सूर्यवंश के संस्थापक इक्ष्वाकु को दिया। इस प्रकार परंपरा से प्राप्त इस राजयोग को राजर्षियों ने जाना, किन्तु हे परंतप अर्जुन! उसके बाद यह योग बहुत काल से इस पृथ्वीलोक में लुप्तप्राय हो गया।"

योग के श्रेष्ठतम शास्त्राकार प्राचीन ऋषि पतंजलि ने क्रिया योग का दो बार उल्लेख किया है। यह क्रिया योग महान गुरु बाबा जी के क्रिया योग के लगभग समान ही कहा जा सकता है, बिल्कुल वैसा नहीं है जैसा बाबा जी ने अपने परमशिष्य लाहिड़ी महाशय को सिखाया था। फिर भी पतंजलि के क्रिया योग से बाबा जी के क्रिया योग को आसानी से समझा जा सकता है। पतंजलि योग के साधनापाद के प्रथम योग सूत्र में ही क्रिया योग पर प्रकाश डाला गया है :

तपः स्वाध्यायेश्वर प्रणिधानानि क्रियायोगः (2-1)

अर्थात् तपस्या, स्वाध्याय और ईश्वरप्रणिधान क्रिया योग है।

तपस्या का उद्देश्य चित्त को वासनाओं से मुक्त करना है। जिसका चित्त वासनाओं से अशुद्ध है, ऐसे अतपस्वी को योग सिद्ध नहीं होता। अतः योग सिद्ध करने के लिए एक साधक को तपस्या करना प्रथम अनुबन्ध है। तप से शरीर इस तरह से सध जाता है कि साधक को गर्मी-सर्दी नहीं सताती। शारीरिक आवश्यकताएं कम हो जाती हैं, जिसके परिणामस्वरूप भूख-प्यास भी नहीं सताती। सभी इन्द्रियां वश में आ जाती हैं, जिससे विषय-वासना मन को विचलित नहीं कर सकती। तपस्या से ही नियमों का निष्ठापूर्वक पालन हो जाता है, जिससे दीर्घकाल तक आसन आसानी से लग सकता है। स्वाध्याय के अन्तर्गत उन शास्त्रों का अध्ययन करना चाहिए जो चित्त को वासनाओं से मुक्त करने में सहायक हों। वे शास्त्र वेद, उपनिषद और दर्शनशास्त्र हो सकते हैं। उपनिषद और दर्शनशास्त्र निश्चय ही मोक्षपरक शास्त्र हैं।

ईश्वर प्रणिधान का तात्पर्य ईश्वर की उपासना है। यह जिस भांति भी संभव हो करनी चाहिए। ईश्वर के नाम का तन्मयता से जाप करना चाहिए। उसके गुणों को स्वयं धारण करना चाहिए और मनसा-वाचा-कर्मणा उन पर चलने का प्रयत्न करना चाहिए। ईश्वर-पूजा भाव से प्राणिमात्र की सेवा में उद्यत रहना चाहिए। सभी कार्य निष्काम भाव से करने चाहिएं।

क्रिया योग का अर्थात् तपस्या, स्वाध्याय और ईश्वर प्रणिधान का पातंजल योग में कितना महत्त्व है, इसे समझने के लिए पातंजल योग का संक्षिप्त उल्लेख समीचीन जान पड़ता है। पातंजल योग के आठ अंग हैं—यम, नियम, आसन, प्राणायम, प्रत्याहार, धारणा, ध्यान और समाधि। यम के भी पांच अंग हैं—अहिंसा, सत्य, आस्तेय, ब्रह्मचर्य और अपरिग्रह। इसी प्रकार नियम के भी पांच अंग हैं-शोच, संतोष तपस्या, स्वाध्याय और ईश्वर प्रणिधान। ये आठों अंग पातंजल योग के सामान्य अंग कहलाए गए हैं, लेकिन यह आवश्यक नहीं है कि इन आठों अंगों का अनुष्ठान सभी साधकों को करना है। किन साधकों को इन आठों अंगों में से कौन-कौन से अंगों का अनुष्ठान करना है, पतंजलि ने इस पर प्रकाश डाला है। उन्होंने साधकों को तीन वर्गों में विभाजित किया है। इस विभाजन का आधार साधकों का मानसिक, बौद्धिक एवं आध्यात्मिक स्तर है। यह विभाजन निम्न प्रकार है :

प्राथमिक स्तर के साधक : इन्हें मन्दाधिकारी अथवा अधमाधिकारी भी कहा गया है। इस श्रेणी में वे साधक आते हैं, जिनका आध्यात्मिक स्तर निम्न होता है और जो अपनी स्वार्थ पूर्ति के लिए छल, कपट, झूठ, फरेब, हिंसा, चोरी इत्यादि करने से नहीं हिचकिचाते और संसार के कुचक्र में फंसकर दुःखी रहते हैं। योग के आठों अंगों का अनुष्ठान ऐसे सामान्य लोगों के लिए ही है, ताकि वे अपने आपको पहचानें और शान्ति एवं आनंद प्राप्त करें। साधनापाद में ऐसे लोगों के लिए विधान किया गया है।

मध्यम स्तर के साधक : इन्हें मध्यमाधिकारी भी कहते हैं। इस श्रेणी के साधकों का स्तर प्राथमिक स्तर के साधकों से कुछ उच्च होता है। इन्होंने अपने प्रयास से इस जीवन में ही कुछ मानव मूल्य अर्जित कर लिए हैं, अतः इनका नैतिक स्तर सामान्य जन की अपेक्षा उन्नत हो गया हो। साधनापाद में ही इस श्रेणी के साधकों के लिए विधान किया गया है, लेकिन पूरे आठ अंगों को नहीं। इनके लिए पतंजलि ने क्रिया योग का विधान किया है जो इन आठों अंगों में से कुछ अंगों का संयुक्त रूप है। इन आठों अंगों में से 'नियम' अंग तपस्या, स्वाध्याय और ईश्वर प्रणिधान

का संयुक्त रूप क्रिया योग है।

उत्तम स्तर के साधक : इन्हें उत्तमाधिकारी भी कहा गया है। इस श्रेणी में वे साधक आते हैं जो अपने पूर्व जन्म के संस्कारों के कारण विभूतियों से विभूषित होते हैं। ऐसे साधकों के लिए समाधिपाद में विधान किया गया है। इनके लिए आठों अंगों का अनुष्ठान अनिवार्य नहीं है। इनके लिए धारणा, ध्यान और समाधि का अनुष्ठान ही पर्याप्त है।

क्रिया योग एक पारिभाषिक पद है। तपस्या, स्वाध्याय और प्रणिधान—इन तीनों क्रियाओं को योग इसलिए कहा गया है कि इनके करने से योग सिद्ध हो जाता है। लेकिन यह क्रिया योग केवल मध्यमाधिकारी के लिए ही उपयुक्त है। अष्टांग योग के अन्तिम तीन अंग धारणा, ध्यान और समाधि तीनों प्रकार के साधकों के लिए अनिवार्य हैं।

इस क्रिया योग का योग सिद्धि में कितना महत्त्व है, इसे सूत्रकार ने योग सूत्र (2-2) में प्रकाशित किया है :

समाधिभावनार्थः क्लेशतनुकरणार्थश्च। (2-2)

अर्थात् वह क्रिया योग समाधि को शोधित करने और क्लेशों को तनु (हल्का) करने के लिए होता है।

व्यक्ति किसी-न-किसी मानसिक क्लेश से पीड़ित रहता है। यह क्लेश चित्त को अपने प्रभाव से प्रदूषित करता रहता है। इस क्लेश को दूर किए बिना समाधि सिद्ध नहीं हो सकती। यह क्रिया योग क्लेशों को हल्का करके समाधि पूरी कराता है। साधक आगे चलकर हल्के किए गए क्लेशों को आसानी से हटा देता है। इस प्रकार से यह क्रिया योग समाधि अर्थात् सम्प्रज्ञात योग की सिद्धि के लिए और अविद्यादि पांचों क्लेशों को बिल्कुल सूक्ष्म या हल्का करने के होता है। क्लेशों के हल्का हो जाने से सम्प्रज्ञात समाधि सिद्ध हो सकती है। यह क्रिया योग मध्याधिकारियों को इसलिए निर्दिष्ट किया गया है कि उनके क्लेशों का तनुकरण हो जाए और वे सम्प्रज्ञात समाधि के योग्य बन जाएं, लेकिन यहां यह बात ध्यान देने की है कि क्रिया योग क्लेशों को केवल हल्का करता है उनका पूर्ण निराकरण नहीं कर सकता। यह पूर्ण निराकरण तो आगे चलकर विवेक ख्याति द्वारा ही संभव हो पाता है।

उन क्लेशों के हल्का हो जाने से ही विवेकख्यातिरूपिणी सूक्ष्य विषय का साक्षात्कार कराने वाली समाधिप्रज्ञा उदित होती है। यह प्रज्ञा असम्प्रज्ञात काल में चित्त को उसके संस्कारों सहित अव्यक्त तत्त्व में विलीन कर देती है। यदि क्लेशों का तनुकरण न हो तो विवेकख्यातिरूपिणी ऋतम्भरा प्रज्ञा का उदय ही न हो और फिर अव्यक्त-तत्त्व में कैसे विलोपन हो। इसलिए क्लेशों की तनुता अत्यंत वांछनीय है। वे क्लेश कौन-कौन से हैं और कितने हैं, सूत्रकार ने योग सूत्र (2-3) में इस विषय पर प्रकाश डाला है :

अविद्याऽस्मितारागद्वेषाभिनिवेशाः क्लेशाः

अविद्या, अस्मिता, राग, द्वेष और अभिनिवेश, ये पांच क्लेश होते हैं। ये पांचों प्राणी को त्रिविध ताप देते हैं, इसलिए शास्त्रकारों ने इन्हें क्लेश की संज्ञा दी है। सूत्र में आए 'क्लेश' शब्द का अर्थ करते हुए भाष्यकार कहते हैं कि पांच क्लेशों का अर्थ है : पांच प्रकार के विपर्यय (प्रतिकूलता) या मिथ्या ज्ञान। ये क्लेश चित्त पर वृत्तियों का वर्द्धन करते हैं और त्रिगुणात्मिका बुद्धि को पुरुष के भोगापवर्गरूप कार्य में दृढ़ता से लगाए रखते हैं। अर्थात् ये पुरुष के बंधन का कारण बनते हैं।

सूत्रकार पतंजलि ने अविद्या, अस्मिता, राग, द्वेष और अभिनिवेश क्लेशों का विस्तृत विवरण योग सूत्र (2-5), (2-6), (2-7), (2-8) और (2-9) में किया है। जिनका यहां संक्षिप्त विवरण ही दिया जा रहा है :

अनित्य में नित्य, अशुचि में शुचि, दुःख से सुख और अनात्मा में आत्मा का भाव रखना अविद्या है।

पुरुष (आत्मा) और बुद्धि अलग-अलग सत्ताएं हैं। लेकिन बुद्धि को ही यदि आत्मा मान लिया जाए तो वह अस्मिता नामक क्लेश है।

आत्मा सत्-चित् है और परमात्मा सत्-चित्-आनंद है। आत्मा को आनंद की प्राप्ति के लिए तत्पर रहना चाहिए, लेकिन वह प्रकृति के दुष्प्रभाव से ऐन्द्रिक विषयों के सुख तक ही सीमित होकर रह जाती है। सांसारिक पदार्थों में आत्मा की यह आसक्ति राग है।

दुःख देने वाले पदार्थों अथवा घटनाओं के प्रति किसी व्यक्ति की आक्रोशयुक्त प्रतिक्रिया होती है अर्थात् जो क्रोध उमड़ता है वह द्वेष

नामक क्लेश है। इसका शमन होना अनिवार्य है।

सभी प्राणियों की अपने विषय में यह कामना होती है कि वह कभी मृत्यु को प्राप्त न हो, बल्कि वह संसार में सदा बना रहे। प्राणियों की इस शाश्वतिक कामना के द्वारा उनका मरणभय साफ प्रकट होता है। यह मृत्यु का भय ही अभिनिवेश है।

सूत्रकार योग सूत्र (2-10) में इन पांचों क्लेश—अविद्या, अस्मिता, राग, द्वेष और अभिनिवेश के निवारण का विधान बताते हैं। पहले इन क्लेशों को क्रिया योग द्वारा सूक्ष्म कर लेना चाहिए। ऐसा करने से ये दग्ध बीजों की तरह अंकुरित होने में सफल नहीं हो सकेंगे, लेकिन ये सूक्ष्म रूप में चित्त के साथ अवश्य बने रहेंगे। अगले सोपान में चित्त को निरुद्ध करने पर चित्त इन क्लेशों सहित पहले कारणभूत अस्मिता में और फिर क्रमशः अव्यक्त तत्त्व में विलीन हो जाता है और इसके साथ ही असम्प्रज्ञात समाधि सिद्ध हो जाती है।

पतंजलि ने क्रिया योग की केवल आध्यात्मिक व्याख्या की है। उस युग में केवल इतना ही संभव था, क्योंकि भौतिक या रासायनिक विज्ञान बहुत बाद में विकसित हुई हैं, लेकिन बाबा जी द्वारा विकसित क्रिया योग की योगानंद ने स्वयं ही वैज्ञानिक व्याख्या दी है। इसी वैज्ञानिक व्याख्या के आधार पर पतंजलि के क्रिया योग और बाबा जी के क्रिया योग का अन्तर स्पष्ट हो जाता है। योगानंद ने क्रिया योग को क्रिया योग विज्ञान कहा है।

योगानंद के अनुसार क्रिया योग एक सरल मनःकायिक प्रणाली है। जिसके द्वारा मानव-रकत कार्बन रहित होकर ऑक्सीजन से प्रपूरित हो जाता है। इस अतिरिक्त ऑक्सीजन के अणु प्राण-धारा में रूपांतरित हो जाते हैं, जो मस्तिष्क और मेरुदण्ड के चक्रों में नवशक्ति का संचार कर देते हैं। शिराओं में बहने वाले अशुद्ध रक्त का संचल रुक जाता है, जिससे योगी ऊतकों में होने वाले हास को रोक सकता है या कम कर सकता है। उन्नत योगी अपनी कोशिकाओं को प्राणशक्ति में रूपांतरित कर देता है।

युक्तेश्वर गिरि अपने शिष्यों को बताते थे कि क्रिया योग एक ऐसा

साधन है, जिसके द्वारा मानवी क्रम-विकास गति बढ़ाई जा सकती है। प्राचीन योगियों ने यह पता लगा लिया था कि ब्रह्मचैतन्य का रहस्य श्वास-नियंत्रण के साथ घनिष्ठता से जुड़ा हुआ है। उच्चतर कार्यों के लिए हृदय-क्रिया को चलाते रहने में सामान्यः खर्च हो जाने वाली प्राण-शक्ति को किसी ऐसी प्रविधि की सहायता से श्वास की अनवरत आवश्यकता से मुक्त करना आवश्यक है, जो श्वास को शांत और निःस्तब्ध कर सके।

क्रिया योगी मन से अपनी प्राण-शक्ति को मेरुदंड के छह चक्रों (आज्ञा, विशुद्ध, अनाहत, मणिपुर, स्वधिष्ठान तथा मूलाधार) में ऊपर नीचे घुमाता है। ये छह चक्र विराट पुरुष के प्रतीक स्वरूप राशिचक्र की बारह राशियों के समान हैं। मनुष्य के सूक्ष्मग्राही मेरुदण्ड में आधे मिनट के प्राणशक्ति के ऊपर नीचे प्रवहन से उसके क्रमविकास में सूक्ष्म प्रगति होती है। आधे मिनट की क्रिया एक वर्ष की स्वाभाविक तौर पर होने वाली आध्यात्मिक उन्नति के बराबर होती है।

मनुष्य के अन्दर और बाहर एक-एक जगत है। जिस तहर से बाह्य जगत में बारह राशियां सूर्य की परिक्रमा करती हैं, उसी प्रकार मानव के सूक्ष्म देह में सर्वदर्शी आध्यात्मिक नेत्र रूपी सूर्य की परिक्रमा करती बारह राशियां हैं। इन राशियां के बीच परस्पर संबंध है। इस प्रकार सभी मनुष्य एक आन्तरिक और एक बाह्य विश्व से प्रभावित होते हैं। प्राचीन ऋषियों ने यह ढूंढ़ निकाला कि मानव की सांसारिक और आकाशीय परिस्थितियां उसे बारह वर्ष के कालचक्र के क्रम में स्वाभाविक उन्नति के उसके मार्ग पर आगे सरकाती है। शास्त्र कहते हैं कि मनुष्य को अपने मानवीय मस्तिष्क को पूर्ण विकसित कर ब्रह्मचैतन्य प्राप्त करने के लिए दस लाख वर्षों की स्वाभाविक, आधि-व्याधि रहित विकास की आवश्यकता होती है। लेकिन मानव का एक जीवन इतना दीर्घ तो नहीं हो सकता। इस रूप में ब्रह्मचैतन्य प्राप्त करना संभव नहीं है।

मानव एक बौद्धिक प्राणी है, अतः वह असंभव में संभव खोजता आ रहा है। उसने दस लाख वर्ष बाद की उपलब्धि को अपने एक जीवन में ही प्राप्त करने की प्रविधि को खोज लिया है। साढ़े आठ घंटे में की गई एक हज़ार क्रियाएं योगी में एक दिन में एक हज़ार वर्ष का नैसर्गिक

विकास लाती हैं। इस तरह से एक वर्ष में तीन लाख पैंसठ हज़ार वर्षों का विकास प्राप्त किया जा सकता है। इस गणना के आधार पर क्रिया योगी तीन वर्षों में ही अपने जागरूक आत्म-प्रयास के द्वारा वह परिणाम प्राप्त कर लेता है, जिसे करने में प्रकृति दस लाख वर्ष लगाती। यह क्रिया का जल्दी पहुंचा देने वाला छोटा मार्ग अत्यंत उन्नत योगियों द्वारा ही अपनाया जा सकता है। गुरु के मार्गदर्शन में ऐसे योगियों ने उग्र अभ्यास से उत्पन्न शक्ति को सहन करने के लिए अपने शरीर एवं मस्तिष्क को सावधानी पूर्वक तैयार किया होता है।

इस क्रिया योग का प्रभाव केवल वर्तमान जीवन तक ही सीमित नहीं है, बल्कि अगले जन्म में भी इसके प्रभाव से परिवर्तन होते हैं। क्रिया योग का नया साधक दिन में दो बार केवल चौदह या चौबीस क्रिया योग की संख्या के आधार पर छह, बारह, चौबीस या अड़तालीस वर्षों में मुक्ति के लक्ष्य को प्राप्त कर लेते हैं। जो योगी कैवल्य ज्ञान की प्राप्ति से पहले ही दिवंगत हो जाता है, उसकी आत्मा के साथ क्रिया प्रयास के अच्छे कर्म संलग्न रहते हैं। इनके प्रभाव के कारण वह नए जन्म में अपने चरम लक्ष्य की ओर स्वाभाविक रूप से प्रेरित होता है।

यह क्रिया योग किसी अच्छे गुरु के शिष्यत्व में सीखा जा सकता है। केवल सिद्धांतों को पढ़कर या किसी कुपात्र से सीखने में हानि की संभावना बनी रहती है, क्योंकि क्रिया योग से इतनी ऊर्जा प्राप्त होती है, यदि उसे नियंत्रित करना नहीं सीखा गया तो हानि हो सकती है। सामान्य मनुष्य का शरीर पचास वाट के विद्युत बल्ब के समान होता है, जो क्रिया के अधिक अभ्यास से उत्पन्न करोड़ों वाट की विद्युत शक्ति को सहन नहीं कर सकता। इसके अभ्यास को धीरे-धीरे बढ़ाया जाता है। इस गति से ही मनुष्य के शरीर में दिन प्रतिदिन सूक्ष्म परिवर्तन होते जाते हैं और शरीर अन्ततः उस महाप्राण शक्ति की अनंत संभावनाओं को व्यक्त करने के योग्य हो जाता है, जो सृष्टि में परमतत्त्व की प्रथम सक्रिय अभिव्यक्ति है।

मनुष्य की श्वास-गति और उसकी चेतना की भिन्न-भिन्न अवस्थाओं के बीच गणितीय संबंध हैं। जब किसी व्यक्ति का चित्त पूरी तरह मग्न

होता है तो उसका श्वास धीरे-धीरे चलता है। चित्त की मग्नता श्वास की धीमी गति पर निर्भर करती है। भय, काम, क्रोध आदि हानिकारक भावावेगों की अवस्थाओं में श्वास अनिवार्यरूप से तेज़ या असमान गति से चलता है।

निद्रा के दौरान मनुष्य शरीर एवं श्वास के प्रति अचेत हो जाता है। एक योगी की तरह उसका शरीर से संबंध विच्छेद हो जाता है और दुःख-सुख की अनुभूति से परे चला जाता है, अतः उसके श्वास की गति धीमी पड़ जाती है। वह देहात्म बोध से तो मुक्त हो ही जाता है, इसे साथ-साथ प्राणशक्ति को मस्तिष्क के मुख्य भाग तथा मेरुदंड के छह चक्रों के शक्ति केंद्रों में बहती स्वास्थ्यकारी धाराओं में विलीन करने की यौगिक क्रिया को सम्पन्न करता है। इस प्रकार मनुष्य निद्राहीन होकर उस महाप्राण शक्ति से पुर्नविशित हो जाता है। इस स्थिति में उसकी श्वास-गति अत्यंत धीमी हो जाती है।

योगाभ्यास करने वाला योगी एक सरल प्राकृतिक प्रक्रिया को सोने वाले व्यक्ति की तरह अचेत रूप से मन्दगति से नहीं, बल्कि सचेत रूप से करता है। क्रिया योगी अपनी योग विधि से अपने शरीर की समस्त कोशिकाओं को अक्षय प्रकाश से सराबोर करने के लिए आध्यात्मिक चुम्बकत्व की अवस्था में रखता है। इस स्थिति में श्वास की गति इतनी धीमी बन जाती है कि वह अनावश्यक प्रतीत होने लगती है।

एक सांसारिक व्यक्ति, जिसे प्रकृति के नियमों के अधीन जीने वाला व्यक्ति भी कह सकते हैं, जो सांसारिक पदार्थों में आसक्ति रखता है। वह अपनी ज्ञानेन्द्रियों से बाह्य संसार के सुख-दुःख में रत रहता है। उसकी संपूर्ण प्राण शक्ति का प्रवाह बाह्य जगत की ओर होता है और इन्द्रियों के विषयों में व्यय हो जाता है। आध्यात्मिक दृष्टि से इस व्यय को प्राण शक्ति का दुरुपयोग कहा गया है। क्रिया योग का अभ्यास इस प्रवाह को वापस मोड़ देता है और उसे मन के द्वारा अन्तर्जगत में ले जाता है, जहां प्राण शक्ति मेरुदंड की सूक्ष्य शक्तियों के साथ पुनः एक हो जाती है। प्राण-शक्ति को इस प्रकार पुनः बल मिलने से योगी के शरीर एवं मस्तिष्क की कोशिकाओं को एक आध्यात्मिक अमृत से नवशक्ति प्राप्त

हो जाती है। प्रकृति की अपनी मर्यादा है। वह अत्यंत धीमी गति से परिवर्तन लाती है, भौगोलिक परिवर्तन हो या जैविक विकास का परिवर्तन, धीमी गति से ही संभव हो पाता है। एक व्यक्ति यदि आत्मज्ञान प्राप्त करना चाहता है, तो प्रकृति की योजनानुसार वह दस लाख वर्ष में आत्मज्ञान प्राप्त कर सकता है। इस अवधि में यह अपेक्षा की जाती है कि उसमें ब्रह्मचैतन्य प्रकट हो सकेगा। परन्तु एक क्रिया योगी एक आध्यात्मिक विज्ञान को प्रयुक्त कर इतने लम्बे समय तक सावधानीपूर्वक प्रकृति के नियमों के पालन की आवश्यकता से मुक्त कर लेता है और सामान्य स्वस्थ जीवन के बारह वर्षों की अवधि में यह उपलब्धि प्राप्त कर लेता है।

प्राणियों की श्वास गति और आयु में गणितीय अनुपात है। जिस प्राणी की श्वास गति जितनी तीव्र होती है उसकी आयु उतनी कम होती है और जिस प्राणी की श्वास गति जितनी धीमी होती हैं उसकी आयु उतनी ही अधिक होती है। एक मिनट में मनुष्य 18 बार श्वास लेता है, लेकिन एक बन्दर 32 बार अतः बंदर की आयु मनुष्य की तुलना में बहुत ही कम होती है। अपनी दीर्घायु के लिए प्रसिद्ध हाथी, कछुआ, सांप आदि की श्वास गति मनुष्य से कम होती है, अतः वे मनुष्य की तुलना में दीर्घायु होते हैं। विशालकाय समुद्री कछुवा एक मिनट में केवल 4 बार श्वास लेता है। इसी अनुपात में उसकी उसकी आयु लगभग 300 वर्ष है। क्रिया योगी की श्वास गति क्रिया योग के अंतर्गत निरंतर कम होती चली जाती है और एक स्थिति ऐसी आती है कि उसके लिए श्वास अनावश्यक-सी बन जाती है। इस प्रकार से वह दीर्घायु प्राप्त कर सकता है।

इस प्रकार आत्मा को शरीर से बांधकर रखने वाली श्वासरूपी डोरी को खोलकर क्रिया योग दीर्घायु प्रदान करता है तथा चेतना का अनंत विस्तार करता है। यह यौगिक प्रविधि मन और बाध्य संसार में लिप्त इन्द्रियों के बीच चल रही खींचातानी को समाप्त कर देती है और साधक को अपने अनंत साम्राज्य पर पुनः अधिकार करने के लिए मुक्त कर देती है। उस अवस्था में जाकर साधक जान जाता है कि उसका सत्स्वरूप न

तो शरीर से बंधा है और न ही श्वास से। अपने शरीर और मन का स्वामी बनकर क्रिया योगी अन्ततः अन्तिम शत्रु मृत्यु पर विजय प्राप्त कर लेता है, अर्थात् निर्वाण प्राप्त कर लेता है।

इस प्रकार से क्रिया योग एक योगी को उसकी आत्मा में स्थित कर देता है। आत्मा में स्थित जीवन की यह श्रेष्ठतम पद्धति योगी को मुक्त कर देती है। इस स्थिति में योगी अपने अंहकार के कारागार से बाहर निकल कर सर्वव्यापकता की गहन हवा का अनुभव करता है। प्रकृति का अपना बंधन है, केवल विकास की सामान्य गति के अनुसार कोई व्यक्ति प्रकृति से कोई रियायत नहीं पा सकता, अतः मुमुक्षु को प्रकृति का उल्लंघन करना ही पड़ेगा। वह संभव हो पाता है क्रिया योग से।

ओछे अंहकार के साथ तादात्म्य करके मनुष्य यह मान लेता है कि वह ही सब कर्मों का करता-धरता है। सोचने वाला भी वही है, इच्छा करने वाला भी वही है, अनुभव करने वाला भी वही है, अन्न का पाचन करने वाला भी वही है और अपने आपको जीवित रखने वाला भी वही है। लेकिन वह कभी यह नहीं सोचता कि वह अपने साधारण जीवन में अपने कर्मों और प्रकृति के हाथों की कठपुतली से अधिक कुछ नहीं है। प्रत्येक मनुष्य की बौद्धिक प्रतिक्रियाएं, भावनाएं एवं आदतें केवल गत कर्मो के विपाक हैं, चाहे वे कर्म इस जीवन के हों अथवा पिछले किसी जन्म के। पर बाकी चाहे जो भी हो उसकी आत्मा इन सब प्रभावों से ऊपर होती है। नश्वर सच्चाइयों और स्वतंत्रताओं को ठुकराकर एक क्रिया योगी माया-जाल (प्रकृति-जाल) के सभी भ्रम-विभ्रमों से परे अपने निरंकुश, मुक्त आत्मस्वरूप में चला जाता है। संसार के सभी शास्त्र यह घोषणा करते हैं कि मनुष्य नश्वर शरीर नहीं, बल्कि जीवंत आत्मा है। क्रिया योग के रूप में मनुष्य को वह पद्धति मिल जाती है, जिससे वह शास्त्रों की घोषणा को सिद्ध कर सके।

पतंजलि ने कहा है कि तपस्या, स्वाध्याय और ईश्वर प्रणिधान क्रिया योग है। ये तीनों पतंजलि अष्टांग योग के नियम अंग के अन्तिम तीन उपांग हैं। पतंजलि ने कहा है कि इस क्रिया योग से केवल मध्यमाधिकारी ही योग सिद्ध कर सकते हैं। इन तीनों के अतिरिक्त धारणा, ध्यान और

समाधि तीनों प्रकार के योगियों के लिए आवश्यक हैं, लेकिन बाबा जी ने अपने क्रिया योग को केवल मध्यमाधिकारी के लिए ही उपयुक्त नहीं माना है। उन्होंने साधकों को इस प्रकार के वर्गों में विभाजित भी नहीं किया है और न उन्होंने पतंजलि की भांति यम, नियम आदि पर अधिक बल दिया है। उनका क्रिया योग पतंजलि से कुछ भिन्न है। वे सभी के लिए क्रिया योग उपयुक्त बताते हैं। उनका अधिक बल संयम पर है। संयम में अष्टांग के अन्तिम तीन अंग : धारणा, ध्यान और समाधि आते हैं। धारणा का अर्थ है चित्त को अभीष्ट विषय पर जमाना है। किसी विषय पर दृकढ़तापूर्वक चित्त को एकाग्र करने की शक्ति ही योग की असली कुंजी है। इसके बाद की अगली सीढ़ी ध्यान है। ध्यान का अर्थ ध्येय विषय का निरंतर मनन है।

सभी प्रकार की एकाग्रता एवं ध्यान की प्रविधियों को विचार में लेने के बाद अनुभव सिद्ध प्रविधियों को ही योग-विज्ञान में सम्मिलित किया गया है। योग से साधक अपनी इच्छानुसार शब्द, स्पर्श, रूप, गंध और रस पांच इन्द्रियों में जीवन प्रवाह को चालू या बन्द करने में समर्थ हो जाता है। इस प्रकार से इन्द्रियों से संबंध तोड़ने की शक्ति प्राप्त हो जाने के बाद योगी के लिए अपनी इच्छानुसार दिव्य लोकों या भूलोक से अपने मन को जोड़ना आसान हो जाता है।

सच्चा योगी अपने विचारों, संकल्पों और भावनाओं को शरीर इच्छा-आकांक्षा-वासनाओं के साथ जुड़ने से दूर रखता है और अपने मन से प्राण शक्ति को मेरुदंड के छह चक्रों (आज्ञा, विशुद्ध, अनाहत, मणिपुर, स्वाधिष्ठान तथा मूलाधार) के सांथ तादात्म्य करते हुए इस जगत में ईश्वर की योजना के अनुसार अपना जीवन व्यतीत करता है और अपनी सर्वोच्च आकांक्षा की पूर्ति को पाकर वह अक्षय आनंदमय ब्रह्म के परम आश्रम में सुरक्षित रहता है।

रांची में योग-विद्यालय की स्थापना

जब योगानंद मुकुंदलाल घोष के नाम से गुरु युक्तेश्वर के शिष्यत्व में उनके आश्रम में निवास कर रहे थे, तब श्रीयुक्तेश्वर जी ने उनके भावी जीवन पर तीन महत्वपूर्ण भविष्यवाणियां की थी। प्रथम भविष्यवाणी थी रांची के एक मैदानी क्षेत्र में बालकों के लिए एक योग विद्यालय की स्थापना। जब उनकी संन्यास की दीक्षा पूर्ण हुई तो गुरु युक्तेश्वर गिरि ने उनसे पूछा था, "अब तुम किस पथ पर चलोगे?"

योगानंद ने कुछ क्षणों तक सोचने के उपरांत कहा, "समाधि की ओर।"

"समाधि की स्थिति में पहुंचकर क्या करोगे?"

"ईश्वर से एकाकार होना चाहूंगा।"

"उससे क्या लाभ मिलेगा?"

"सांसारिक बंधनों से मुक्त होकर मोक्ष लाभ।"

"यह योग्यता तुम्हें किसने प्रदान की?"

"आपने, आपके चरणों में बैठकर मैंने यह सब कुछ सीखा है।"

"मेरी वृद्धावस्था चल रही है। मेरे शरीर त्यागने के बाद आने वाले साधक यह विद्या किससे सीखेंगे? यदि मैं उपलब्ध नहीं होता तो तुम यह विद्या यह क्रिया योग किससे सीखते? यदि मेरे लिए मेरे गुरु लाहिड़ी

महाशय मुझे उपलब्ध नहीं होते तो यह विद्या मैं किससे सीखता? यदि लाहिड़ी महाशय को गुरु बाबा जी उपलब्ध नहीं होते तो वह यह ज्ञान किससे प्राप्त करते?"

"..."

"शांत क्यों खड़े हो, उत्तर दो।"

"इन परिस्थितियों में ज्ञान की यह श्रृंखला बीच में ही खंडित हो जाती।"

"क्या उस स्थिति में तुम योगी बन सकते थे।"

"संभव नहीं था।"

"तुम्हारा योगी बनना तुम्हारे लिए लाभप्रद हो सकता है, लेकिन यह लाभ तुम्हें ऋण के रूप में बाबा जी की गुरु-शिष्य परंपरा ने तुम्हें प्रदान किया है। अब तुम्हें इस ऋण को उतारने का समय मिला है, लेकिन तुम्हारी रुचि इस ओर है ही नहीं। केवल अपने लिए सोचना : अपने ही कल्याण के लिए प्रयत्न करना व्यष्ठिता की भावना को पुष्ट करना है। अपने में आसक्ति भी तो एक बंधन है। क्या एक संन्यासी इस बंधन में बंधना चाहेगा?

"महात्मा बुद्ध ने कहा था कि केवल अपने निर्वाण के संबंध में ही मत सोचो। यह सारा विश्व दुःख से आक्रांत है। सारे विश्व के निर्वाण के लिए ही सोचो। लेकिन लोगों ने सोचा कहां था? भिक्षु अपने कल्याण तक सीमित होकर रह गए थे। बुद्ध के निर्वाण के बाद यह संभव हो सका, लेकिन बौद्ध मत के विभाजन के बाद। इस विभाजन से महायान सम्प्रदाय अस्तित्व में आया, तब व्यष्टि की भावना समष्टि में रूपांतरित हुई और सारे विश्व के कल्याण के लिए महायान के भिक्षु आगे आए।"

"मैं इस ऋण से मुक्त होना चाहता हूं गुरुदेव! मुझे रास्ता दिखाओ।"

"बाबा जी की गुरु-शिष्य परंपरा को आगे बढ़ाना होगा। जो क्रिया योग मानव के कल्याण के लिए बाबा जी ने विकसित किया था उसका प्रचार करना होगा। किसी के शिष्य बने हैं, तो किसी के गुरु भी बनना होगा। कुछ नए संगठन खड़े करने होंगे, लेकिन मैं देख रहा हूं कि तुम संगठन के नाम से घबरा जाते हो। ऐसा क्यों है?"

"मेरा व्यक्तिगत मत यह था गुरुदेव! कि संगठन बर्रों के छत्ते मात्र हैं। यह एक ऐसा कार्य है कि व्यक्ति चाहे जो करे या न करे उसके सिर केवल दोष मढा जाता है।"

"तो क्या सारी दिव्य मलाई तुम अकेले ही खाना चाहते हो? यदि उदार हृदय गुरुओं की लम्बी परंपरा अपना ज्ञान दूसरों को देने की इच्छुक नहीं होती तो क्या तुम या कोई दूसरा योगी योग के द्वारा कभी ईश्वर के साथ तादात्म्य कर पाता? वत्स, ईश्वर शहद है, संगठन मधुमक्खियों के छत्ते हैं। दोनों की ही आवश्यकता है। निस्संदेह आत्मा के बिना शरीर व्यर्थ है, परन्तु आध्यात्मिक शहद से भरे हुए कार्यव्यस्त मधुछत्तों का निर्वाण तुम क्यों नहीं कर सकते?"

योगानंद शांत खड़े दिखाई दे रहे थे, लेकिन उनके हृदय में एक दृढ़ संकल्प उभर आया था। उनके अन्दर संकल्प शक्ति अपना परिचय देने लगी थी, "मैं समस्त मानव जाति में यथाशक्ति इन मुक्तिदायक सत्यों को वितरित करूंगा, जिन्हें मैंने अपने गुरु के चरणों में बैठकर प्राप्त किया है।"

योगानंद के मन का स्पष्टीकरण उनकी वाणी से बाहर आने लगा, "गुरुदेव! यद्यपि इस जीवन में मेरी एकमात्र इच्छा उस विराट प्रेमी को प्राप्त करने की है, यदि वहां तक पहुंचने का आपके द्वारा निर्देशित रास्ता मेरे निजी रास्ते से कहीं अधिक श्रेयस्कर है, तो मैं आपके रास्ते का ही चयन करूंगा।"

"याद रखो वत्स! कि जो मनुष्य अपने सांसारिक कर्तव्यों को त्याग देता है वह अपने उस त्याग को तभी उचित सिद्ध कर सकता है, जब वह उससे कहीं अधिक वृहद् परिवार का कोई उत्तरदायित्व स्वीकार कर लेता है।"

"मैं आपकी भावना को समझ रहा हूं गुरुदेव!"

श्रीयुक्तेश्वर गिरि इस विचार से संतुष्ट हो चुके थे कि वह जैसा रूपांतरण योगानंद में लाना चाहते थे, वह आ चुका है। उन्हें पूर्ण विश्वास हो चला था कि वह कुछ ऐसा संगठन का गठन अवश्य करेंगे जिसके माध्यम से क्रिया योग लोगों के मन में अपनी स्थायी पहचान बना

सकेगा। अब योगानंद के ऊपर निर्भर था कि वह किसी प्रारूप पर आधारित कोई संगठन खड़ा करे। इसके लिए उन्हें अधिक चिंतन-मनन नहीं करना पड़ा, क्योंकि वह ऐसे स्कूलों के संपर्क में रह चुके थे, जिन्हें ईसाई मिशनरीज संचालित कर रही थी। ईसाई मिशनरीज अपने धर्म और संस्कृति के प्रसार के लिए किस तरह उन स्कूलों का उपयोग कर रही थी, यह बात योगानंद से छिपी नहीं थी। स्कूल में पढ़ने वाले हिन्दू छात्रों को किस तरह से ईसामसीह के गौरवगानों से प्रभावित किया जाता था, वह इस अनुभव से गुज़र चुके थे। विद्यालय ही किसी मत, संस्कृति या धर्म के प्रचार के सर्वश्रेष्ठ साधन हैं, यह बात योगानंद के मन में अपना स्थायी प्रभाव बना चुकी थी, अतः उन्होंने निर्णय ले लिया कि शीघ्र ही एक योग विद्यालय की स्थापना की जाएं और इस विद्यालय की शिक्षा में एक विषय के रूप में योग का प्रावधान किया जाएं।

बच्चों की सही शिक्षा का आदर्श उन्हें पहले से ही प्रभावित करता रहा है। केवल शरीर और बुद्धि के विकास पर ही सारा ध्यान केंद्रित करने वाली शिक्षा बालकों का सर्वांगीण विकास करने में सदैव ही विफल होती आ रही है। ऐसी शिक्षा में मूल्यों का संकट उभरकर सामने आ चुका है। इस रूक्ष और अपूर्ण शिक्षा से न राष्ट्रीय मूल्य प्राप्त किए जा रहे और न आध्यात्मिक। वह शिक्षा ही क्या जो नैतिक मूल्यों के ह्रास को रोकने में सफल न हो। उनके मन में यह विचार कौंध गया कि ऐसे विद्यालय की स्थापना की जाए, जिसमें बच्चे पूर्ण मानव में विकसित हो सकें।

ऐसे विद्यालय की स्थापना में उन्होंने अधिक विलंब नहीं किया। अपने गुरु युक्तेश्वर गिरि का आशीर्वाद लेकर बंगाल के एक छोटे से गांव दीहिका में सात बच्चों के साथ इस दिशा में पहला कदम उठाया। अभिभावकों ने योगानंद के इस प्रयास का बढ़-चढ़कर स्वागत किया, जिसके फलस्वरूप छात्र संख्या द्रुतगति से बढ़ने लगी। लेकिन विद्यालय का भवन न होने से समस्याएं भी उसी अनुपात से बढ़ने लगीं। विद्यालय के लिए ज़मीन की व्यवस्था और उसके ऊपर विद्यालय भवन का निर्माण एक बहुत बड़ी धनराशि की आवश्यकता थी। कैसे इसकी व्यवस्था हो, यह समस्या योगानंद के लिए चिंता का विषय बन चुकी थी, लेकिन वह

एक योगी थे और काम करने की प्रबल इच्छा-शक्ति उनमें थी, फिर ऐसी चिंता को पराजित करना उनके लिए कठिन नहीं था। फिर वे अपने गुज़रे जीवन में ऐसे अनुभवों से गुज़र चुके थे, जहां आवश्यकता पड़ने पर ईश्वर ने ऐसी स्थितियां सृजित की थीं कि सारी समस्याएं स्वयं हल होती चली गई थीं। यह भी एक ऐसी ही परिस्थिति थी, अतः ईश्वरीय अनुकंपा यहां भी उनका मार्गदर्शन कर गई थी।

एक वर्ष पश्चात् सन् 1918 में कासिम बाज़ार के महाराजा सर मणीन्द्र चन्द्र नन्दी की उदारता ने योगानंद की चिंता क्षण भर में दूर की दी। रांची का कासिम बाज़ार पैलेस नए विद्यालय जिसे योगानंद ने 'योगदा सत्संग ब्रह्मचर्य विद्यालय' का नाम दिया था, वह मुख्य भवन बना। रांची कोलकाता से लगभग दो सौ मील दूर स्थित है। बिहार प्रांत में स्थित रांची शहर की जलवायु भारत की सबसे स्वास्थ्यप्रद जलवायुओं में से एक है।

योगानंद ने रांची स्थानांतरित विद्यालय में प्राथमिक एवं उच्च विद्यालय की शिक्षाओं की व्यवस्था की। इसमें कृषि, औद्योगिक, व्यावसायिक तथा अन्य शिक्षण विषयों के पाठ्यक्रम का समावेश था। ऋषियों की शिक्षा पद्धति का अनुसरण करते हुए कक्षाओं की अधिकांश पढ़ाई खुले आकाश के नीचे करने की व्यवस्था की। यहां के विद्यार्थियों को यौगिक ध्यान तथा स्वास्थ्य एवं शारीरिक विकास की अपूर्व 'योगदा' पद्धति की जिसके सिद्धांतों का सन् 1916 में आविष्कार किया था शिक्षा दी जाने लगी।

योगानंद को चाहे आध्यात्मिक विषय हो या यौगिक क्रियाएं उनकी व्याख्या विज्ञान या मनोविज्ञान समर्थित हों तो ही मान्य हो सकती थी। केवल परिकल्पनाओं पर आधारित कोई भी सिद्धांत भले ही वह कितना भी महत्वपूर्ण क्यों न हो उन्हें संतुष्ट नहीं कर सकता था। उनकी दृष्टि में अध्यात्म भी एक विज्ञान है और यौगिक उपलब्धियां भी विज्ञान की पहुंच से परे नहीं हैं। मानवीय विचार और इच्छा-शक्ति की व्याख्या भी वह विज्ञान के मानदंडों के आधार पर करने का प्रयास करते थे। इस तरह से नए-नए अनुसंधान करना उनकी स्वाभाविक प्रवृत्तियों में सम्मिलित था।

वह मनुष्य के शरीर को भी एक बैटरी की तरह बताते थे। उनका विचार था मनुष्य के शरीर को भी सीधे मानवीय इच्छा-शक्ति से शक्ति-संचार द्वारा रिचार्ज किया जा सकता है। इच्छा के बिना कोई भी कार्य संभव नहीं है, अतः गति प्रदान करने वाली इस मुख्य शक्ति, इच्छा-शक्ति को ही मनुष्य अन्य किसी भारभूष यंत्र सामग्री या यांत्रिक व्यायामों की सहायता के बिना अपने शरीर में नवशक्ति का संचार करने के लिए प्रयुक्त कर सकता है। सरल योगदा प्रविधियों द्वारा कोई भी सचेत रूप से तत्क्षण अपनी प्राण शक्ति को महाप्राण की असीम आपूर्ति से पुनः रीचार्ज कर सकता है।

योगदा प्रशिक्षण से रांची के छात्र अच्छी उपलब्धियां अर्जित करने लगे। शरीर के एक हिस्से से दूसरे हिस्से में प्राणशक्ति को स्थानांतरित करने की तथा कठिन आसनों में पूर्ण स्थिर रहते हुए बैठे रहने की असाधारण क्षमता उन्होंने विकसित कर ली। शारीरिक बल तथा सहनशक्ति के ऐसे-ऐसे करतब वे करते थे कि बलवान युवक भी दांतों तले उंगली दबाने के लिए बाध्य हो जाते थे।

असाधारण यौगिक क्रियाओं के प्रदर्शन औंर योगदा प्रशिक्षण की उपलब्धियों को देखकर अभिभावकों ने अपने बच्चों का हित इसी विद्यालय में सुरक्षित मान लिया। रांची विद्यालय में वर्ष के अन्त में ही प्रवेश पाने के लिए आवेदनों की संख्या दो हज़ार तक पहुंच गई। परन्तु उस समय विद्यालय में मात्र एक सौ छात्रों की ही आवासीय व्यवस्था हो सकती थी। और विद्यालय में केवल आवासीय छात्रों को ही शिक्षा देने का प्रावधान था। लेकिन आवेदनों की बढ़ती हुई संख्या को देखते हुए विद्यालय के नियमों को शिथिल किया गया। नई व्यवस्था के अंतर्गत विद्यालय में वे छात्र भी शिक्षा ग्रहण करने के पात्र मोन लिए गए, जो प्रतिदिन अपने घर से आ-जा सकेंगे। इस व्यवस्था के अंतर्गत सभी छात्रों को शिक्षा प्रदान करने का लक्ष्य निर्धारित किया गया।

योगानंद के पिता भगवतीचरण कभी भी उनके कार्य-कलापों से खुश नहीं रहे थे। उन्होंने अध्यात्म के क्षेत्र में जो भी उपलब्ध किया अपने पिता की इच्छा के विरुद्ध ही किया। अब तक के उनके जीवन से उन्हें उद्विग्नता

ही होती रही थी। लेकिन उनके योग विद्यालय के संचालन से उनके पिता की मनःस्थिति बदल चुकी थी। एक दिन वह विद्यालय में आए और इस कार्य के लिए योगानंद को आशीर्वाद दिया और कहा, "बेटे, तुमने अपने जीवन का जो रास्ता चुना है उसके लिए तुम्हारे प्रति मेरी नाराज़णी अब दूर हो गई। इन आनन्दित, उत्साही बच्चों के बीच तुम्हें देखकर मुझे हार्दिक आनंद हो रहा है। तुम्हारा स्थान रेलवे टाईम-टेबलों के प्राणविहीन आंकड़ों में नहीं, बल्कि यहीं था। जिसे समझने में मुझे काफी समय लगा है।"

थोड़े ही समय में विद्यालय का काफी विस्तार हो चुका था। 20 एकड़ ज़मीन पर फैला यह विद्यालय पाश्चात्य शैली के किसी भी विद्यालय को चुनौती देने की स्थिति में आ चुका था। लाहिड़ी महाशय के अन्य शिष्यों ने भी जब यह देखा कि योगानंद इस विद्यालय से लाहिड़ी महाशय के योग का ही प्रचार-प्रसार कर रहे हैं तो उन्होंने भी विद्यालय के लिए दानस्वरूप बड़ी धनराशि प्रदान की। स्थानीय जनता ने भी दिल खोलकर विद्यालय की सहायता की।

इस प्रकार से रांची का विद्यालय एक छोटी-सी, सादी-सी शुरुआत से विकसित होकर अब बिहार एवं बंगाल में सुपरिचित संस्था बन गया है। विद्यालय के अनेक विभाग ऋषियों के शिक्षा, शिक्षा-आदर्शों को चलाते रहने की इच्छा रखने वाले लोगों के स्वैच्छिक दान से चलते हैं। मिदनापुर एवं लखनपुर में विद्यालय की विकासोन्मुख शाखाएं स्थापित हो गई हैं।

यह वह समय था जब रवीन्द्रनाथ टैगोर भी शांति-निकेतन नाम की संस्था का संचालन कर रहे थे। उन दिनों उन्हें उनकी साहित्यिक कृति गीतांजलि पर नोबेल पुरस्कार मिला था। योगानंद उनके व्यक्तित्व और कृतित्व से बहुत प्रभावित हुए थे। एक दिन उन्हें रवीन्द्रनाथ टैगोर का शान्ति-निकेतन में पधारने का निमंत्रण मिला। वह तुरन्त शांति-निकेतन गए और वहां जाकर विद्यालय की समस्त गतिविधियों को देखा और प्रसन्नता अनुभव की कि दोनों विद्यालय का उद्देश्य समान ही है और दोनों ही इस समान उद्देश्य को प्राप्त करने के लिए द्रुतगति से आगे बढ़ रहे हैं।

पश्चिम-गमन का ईश्वरीय आदेश

गुरु युक्तेश्वर गिरि प्रायः योगानंद को कहते रहते थे कि तुम्हारे लिए शिक्षा बहुत ज़रूरी है। कम-से-कम स्नातक स्तर तक की तो अवश्य ही और इसके साथ अंग्रेज़ी का ज्ञान, अंग्रेज़ी में वार्तालाप में दक्षता और लोगों की भीड़ के समक्ष भाषण देने की कला भी बहुत ज़रूरी है, क्योंकि तुम्हें पाश्चात्य देशों में बाबा जी के क्रिया योग का प्रचार जो करना है। एक दिन वह अपने गुरु से पूछ ही बैठे, "गुरुदेव! क्या आपने मेरा भविष्य देखा है।"

"कभी देखने की कोशिश नहीं की है।"

"फिर आपको यह कैसे पता चला है कि मुझे पाश्चात्य देशों में प्रचारार्थ जाना है।"

"इसमें मेरी भूमिका केवल मध्यस्थता की है। मुझे इस संबंध में कोई ज्ञान नहीं है। मुझे भी किसी के द्वारा पता चला और उन्हीं की सूचना मेरा पता चलने का स्रोत है।"

"कौन है वह भविष्य द्रष्टा?"

"पूछकर क्या करोगे, क्या मेरा कहना ही काफी नहीं है।"

"आपकी आज्ञा शिरोधार्य है, लेकिन जिज्ञासावश मैं पूछना चाह रहा था।"

"फिर तो तुम्हारी जिज्ञासा शांत करनी ही पड़ेगी। मुझे तुम्हारे संबंध में बाबा जी अर्थात् मेरे गुरु लाहिड़ी महाशय के गुरु ने बताया था।"

"क्या आप उनसे कभी मिले हैं?"

"हां, मुझे तीन बार उनसे मिलने का सौभाग्य प्राप्त हुआ है।"

"अन्तिम बार कब मिले थे।"

"अधिक दिन नहीं हुए होंगे।"

"क्या वह अब तक जीवित हैं?"

"वह अब तक ही नहीं सदैव जीवित रहेंगे, क्योंकि उन्होंने काल को जीता हुआ है, फिर वे कैसे मर सकते हैं। वे अमर हैं, अभी से नहीं आदिकाल से?"

"यह कैसे संभव हो सकता है? आप मुझे पहले उनके संबंध में ही बताइए इसके पश्चात् ही मेरी वह जिज्ञासा शांत कीजिए।"

"मृत्युंजय बाबा जी एक अवतार हैं। बद्रीनाथ के आसपास के उत्तरी हिमालय के पहाड़ आज भी बाबा जी की जीवंत उपस्थिति से पावन हो रहे हैं। जन संसर्ग से दूर निर्जन प्रदेश में रहने वाले ये महागुरु शताब्दियों, शायद सहस्राब्दियों से अपने स्थूल शरीर में वास कर रहे हैं। हिन्दू-शास्त्रों में 'अवतार' शब्द का प्रयोग 'ईश्वरत्व का स्थूल शरीर में अवतरण के अर्थ में होता है। सही अर्थों में उन्हें अवतार कहना भी समीचीन नहीं लगता है। उन्हें महावतार कहा जाए तो उनका सही परिचय दिया जा सकता है। संसार में अवतारों का अवतरण किसी विशेष कार्य के सम्पन्नार्थ होता है, लेकिन बाबा जी ने किसी विशेष कार्य के सम्पन्नार्थ अवतार रूप धारण नहीं किया है। भारत में उनका कार्य रहा है, उन कार्यों की पूर्ति में उन अवतारों की सहायता करना जो किसी विशेष कार्य को सम्पन्न करने इस धरती पर अवतरित होते हैं। इस प्रकार शास्त्रीय वर्गीकरण के अनुसार वह एक महावतार हैं। उन्होंने स्वयं बताया है कि अद्वितीय तत्वज्ञानी जगदगुरु आदि शंकराचार्य तथा सुप्रसिद्ध संत कबीर को उन्होंने योग की दीक्षा दी थी, उन्नीसवीं शताब्दी के उनके मुख्य शिष्य जितना हम जानते हैं लाहिड़ी महाशय थे।"

"गुरुदेव! आपने उन्हें पहली बार कहां देखा?"

"प्रथम दर्शन प्रयाग के कुंभ मेले में हुआ था। जब बाबा जी से मेरी भेंट हुई तब मैं स्वामी नहीं बना था, परन्तु मुझे लाहिड़ी महाशय से क्रिया दीक्षा मिल गई थी। लाहिड़ी महाशय की रहस्यात्मक योजनाएं होती थीं। प्रारंभ में ऐसा प्रतीत नहीं होता था कि जो कार्य उन्होंने करने के लिए कहा है वह दैनिक क्रम से हटकर कोई असाधारण कार्य है, लेकिन जब वह कार्य सम्पन्न हो जाता था, तो तब पता लगता था कि उस कार्य में लाहिड़ी महाशय ने अपने किस असाधारण उद्देश्य की पूर्ति की है। उन्होंने मुझे 1894 के जनवरी महीने में प्रयाग में लगने वाले कुंभ मेले में जाने के लिए कहा। कुंभ मेले का मैंने नाम तो सुना था, लेकिन वहां जाने का मुझे अवसर नहीं मिला था। अवसर मैंने खोजना भी नहीं चाहा था, क्योंकि इन तीर्थों पर लगने वाले मेले मुझे कभी भी आकर्षित नहीं कर पाए हैं, मुझे इनमें पाखंडों और व्यर्थ के आडंबरों के अतिरिक्त कुछ भी दिखाई नहीं देता है। फिर भी गुरु की आज्ञा थी, जिसका पालन करना मेरे लिए आवश्यक था।

"मेला बहुत विस्तृत क्षेत्र में फैला हुआ था। विशाल जनसागर और उसके कोलाहल को देखकर मैं किंचित हक्का-बक्का सा हो गया था। आस्था की दृष्टि से मेरे लिए वहां कोई आकर्षण नहीं था, लेकिन शोध की दृष्टि से देखता हुआ मैं चल रहा था। वहां संन्यासी तो बहुत दिखाई दे रहे थे, लेकिन किसी के भी चेहरे पर संन्यासियों जैसा तेज नहीं था। ऐसा लगता था मानो वे नाटक के संन्यासियों का रूप धारण किए कोई पात्र हों। संन्यासियों जितनी संख्या में ही वहां भिखारी भिक्षा का पात्र लिए यत्र-तत्र धूमते दिखाई दे रहे थे। अचानक मेरे समक्ष एक भिखारी ने अपना भिक्षा-पात्र बढ़ा दिया। मुझे उसकी यह गतिविधि अवांछित लगी। मेरे मन में विचार आया, 'ओह, यह मेला कोलाहल और भिखारियों के जमघट के अलावा कुछ नहीं है। इस भारत देश को हो क्या गया है। इस पीढ़ी को निकम्मा बना देने वाले भिखारियों और पाखंडियों से तो वे पाश्चात्य वैज्ञानिक ईश्वर के अधिक निकट है, जो प्रयोगशालाओं में रात-दिन परिश्रम करके सत्य का अनुसंधान कर रहे हैं। भगवान संभवतः उन वैज्ञानिकों से अधिक प्रसन्न होगा।

"समाज से कैसे इन मिथ्या कर्म-कांडों को दूर किया जाए, मैं सोच ही रहा था तभी एक लम्बे कद के संन्यासी की आवाज़ ने मेरे चिंतन को अस्त-व्यस्त कर दिया, "महाराज, एक संत आपको बुला रहे हैं।"

"कौन हैं वे?" मैंने आवेशित मुद्रा में कहा।

"'आकर स्वयं ही देख लीजिए।'

"मुझे ऐसे संतों में कोई आस्था नहीं है, फिर भी यदि किसी संत को मुझसे कोई काम है तो वह स्वयं आकर मुझसे मिल सकता है।'

"'यह संसार है इसके अनेकों रंग हैं। अभी आपने देखा ही क्या है, कितने ही रंग अभी देखने बाकी हैं। क्यों न शुरुआत आज से ही की जाए और उसी संत से की जाए जो आप में आस्था रख रहा है।'

मैंने उसकी ओर ध्यान से देखा। मुझे उसके चेहरे पर संन्यासियों जैसा तेज दिखाई दिया। मैं उसके साथ चल पड़ा। वह शीघ्र ही मुझे एक ऐसे वृक्ष के पास ले गया है, जिसकी छाया में मन को आकर्षित करने वाले शिष्यों की मंडली से घिरे एक गुरु बैठे हुए थे। मुझे उनके चेहरे से विकीर्ण होता हुआ आभामंडल दिखाई दे रहा था। वह देखने में अलौकिक तेजोमूर्ति लग रहे थे। उनकी आंखें भी तेजस्वी थीं। मेरे पहुंचते ही वह खड़े हो गए और अगले ही क्षण उन्होंने मुझे अपने आलिंगन में बांध लिया और मुस्कराते हुए अत्यंत प्रेम से उन्होंने कहा, 'आइए स्वामी जी!'

"मुझे वह कोई साधारण संत नहीं लग रहे थे। मैं उनके संबोधन का प्रतिवाद करना नहीं चाहता था, क्योंकि उनका 'स्वामी' शब्द से मेरे लिए संबोधन सार्थक नहीं था। मैंने विनम्र भाव से कहा, 'मैं स्वामी नहीं हूं महाराज!'

"वह मुस्कराते हुए बोले, 'मैं अपनी ओर से कुछ नहीं कहता हूं। मैं तो एक माध्यम हूं। इस माध्यम से कहने वाला कोई और है। उसे आप ईश्वर कह सकते हैं। ईश्वर की आज्ञा से मैं जिसे स्वामी की उपाधि प्रदान करता हूं वह कभी उस उपाधि को त्याग नहीं सकता।'

"स्वामी की उपाधि मेरे लिए गरिमामय थी। उस संत के कथन पर विश्वास करते हुए मेरा मन हर्ष से हिलोरे लेने लगा। मुझे लगा मानो इस संत ने मुझे यह आशीर्वाद देने के लिए अपने पास बुलाया हो। मेरे मन

में उसके प्रति श्रद्धा उमड़ पड़ी। समर्पण की भावना ने मुझे उनके चरण स्पर्श करने के लिए बाध्य कर दिया। उन्होंने तुरन्त उस वृक्ष की छाया में मुझे अपने पास बैठने का संकेत दिया। मैं संकोची मन से उनके पास बैठ गया। उन्होंने मेरी आंखों में झांकते हुए पूछा, 'आप प्रथम बार कुंभ के मेले में आए हैं। यहां के दृश्य देखकर आपके मन में क्या-क्या प्रतिक्रियाएं हो रही हैं?'

"'मुझे यहां के दृश्य देखकर बहुत निराशा हुई है। आख़िर यहां किस सत्य का अनुसंधान किया जा रहा है? यहां चलते-फिरते संन्यासियों के झुंड इस त्रिवेणी के जल में कौन-सी ऊर्जा खोज रहे हैं? यदि आपके दर्शन न होते तो मैं समझता मेरा कुंभ में आना निरर्थक रहा है, लेकिन आपके दर्शन ने मेरे उद्विग्न मन को शांत किया है। आपको यहां नहीं आना चाहिए था, बल्कि किसी पावन स्थल पर अपनी साधना में लीन हो जाना चाहिए था।'

'बेटा! मैं मानता हूं यहां यथार्थ की तुलना में पाखंड बहुत ज़्यादा है। सभी संन्यासियों का उद्देश्य भी यहां आकर मोक्ष प्राप्त करना नहीं है। क्योंकि यहां स्नान करने के ऊपर ही अंहकार सवार रहता है कि पहले स्नान कौन-सा अखाड़ा करें। जहां अंहकार है वहां अज्ञान है और जहां अज्ञान है वहां मोक्ष का प्रश्न ही नहीं है, लेकिन क्या यहां आए हुए सभी संन्यासी इसी एक मनःस्थिति के हैं? अनेकों के दोष के कारण सभी को दोषी मत मानो। इस जगत में हर चीज़ मिश्रित रूप में है, शक्कर और रेत के मिश्रण की तरह। चींटी की भांति बुद्धिमान बनो, जो केवल शक्कर के कणों को चुन लेती है और रेत कणों को स्पर्श किए बिना छोड़ देती है। इस मेले में अनेक साधु अभी भी माया में भटक रहे हैं, फिर भी कुछ ईश्वर-साक्षात्कारी संतों ने इसे पावन किया हुआ है। क्या आप मेरी बातों से सहमत हैं?'

"'मुझे आपकी बातें प्रभावित कर रही हैं। आप निश्चय ही महान संत हैं और सत्य-असत्य में विभेद करने की आपमें अनुपम क्षमता है। यहां सभी कुछ पाखंड नहीं है।

"'लेकिन आपकी चिंतन-धारा तो विपरीत दिशा में जा रही थी।'

"'महाराज, मैं सुदूर अमेरिका और यूरोप में रहने वाले प्रमुख पाश्चात्य वैज्ञानिकों के बारे में सोच रहा था। मेरे विचार से वे वैज्ञानिक यहां जमा हुए अधिकांश लोगों से कहीं अधिक बुद्धिमान हैं। उनकी दृष्टि में भारत सांप-सपेरों और मोह-माया में ऊंघते तथा कथित संतों का देश है। उनकी यह धारणा ऐसे ही निकम्मे संतों ने बनाई हुई है। यदि उन्हें वास्तविक योगियों और संतों से परिचित होने का अवसर मिल जाए, तो वे बुद्धिवान के साथ-साथ प्रज्ञावान भी हो जाएं। वे भौतिकता की निस्सारता को समझते हुए अध्यात्म की ओर बढ़ चलें, लेकिन यह कैसे संभव हो? भारत की अध्यात्म विद्या उन तक कैसे पहुंचाई जा सकें? ये वासनाओं के दास भिखारी जो गेरूए वस्त्र रंग कर अपने को सिद्ध महात्मा मानने लगते हैं, ये तो पहुंचाने से रहे। मेरे.लिए विश्व मेरा एक परिवार है। मैं पश्चिम और पूर्व के भेद को समाप्त करना चाहता हूं। वह हो सकता है ज्ञान और विज्ञान के प्रचार से। विश्व का कल्याण मेरा लक्ष्य है।'

"मेरे इन विचारों को सुनकर उस संत का मुखमंडल प्रसन्नता से चमक उठा, उन्होंने तुरन्त कहा, 'मैंने जान लिया था कि तुम्हें पूर्व और पश्चिम में समान रूप से रुचि है। समस्त मानव जाति के लिए व्याकुल होने वाले तुम्हारे अन्तःकरण की व्यथा को मैंने पहंचान लिया। इसलिए मैंने तुम्हें यहां बुलाया है। मैं तुम्हें कुछ मार्गदर्शन कराना चाहता हूं। न ही पूर्व की अति आध्यात्मिकता कल्याणकारी है और न पश्चिम की अतिभौतिकता। हमें एक दूसरे से कुछ सीखना होगा। दोनों संस्कृतियों के समन्वय की ओर बढ़ना होगा, एक मध्यम मार्ग खोजना होगा तभी विश्व का कल्याण संभव है। मैं समझता हूं इस महान कार्य को आपसे अच्छा और कौन स्वामी कर सकता है।

"यह कहते हुए उन्होंने मेरी ओर देखा कि मैं इसकी क्या प्रतिक्रिया दूं, लेकिन मैं अपने में उलझकर रह गया। मैंने अपनी क्षमताओं को देखा, लेकिन कहीं तक भी मुझे नहीं लग रहा था कि यह कार्य मेरे द्वारा सम्पन्न हो सकेगा। मेरी दुविधा को शायंद उन्होंने परख लिया था, अतः उन्होंने आगे कहना शुरू किया, 'स्वामी जी, आपको पूर्व और पश्चिम के बीच

भविष्य में होने वाले सौहार्द्रपूर्ण आदान-प्रदान में एक भूमिका निभानी है। कुछ समय बाद मैं आपके पास एक शिष्य भेजूंगा, जिसे आप पश्चिम में योग का ज्ञान प्रसारित करने के लिए प्रशिक्षित कर सकते हैं। इसे आप मेरी नहीं, ईश्वरीय योजना समझें।'

"समय व्यतीत होता रहा और मैं दीक्षा लेकर युक्तेश्वर गिरि बन गया। मेरे मन में उस संत की वह बात स्थायी रूप से बैठी हुई थी कि मेरे पास एक शिष्य आएगा और मैं उसे परिशिक्षित करूंगा। आख़िर मेरे पास एक नवयुवक आया। उसे देखते ही मुझे लगा कि वह वही शिष्य है, लेकिन वह शिष्य शिक्षा से बचता रहा, जब कि मैं उसे बाध्य करता रहा कि वह कम-से-कम स्नातक तक की शिक्षा अवश्य प्राप्त कर ले। अब तुम अच्छी तरह समझ चुके होंगे वत्स! कि वह शिष्य कौन था? वह तुम थे योगानंद! और वह संत कौन थे? वह संत महावतार बाबा जी, लेकिन मैं उन्हें तब नहीं पहचान सका था। मुझे इस सत्य का तब पता लगा जब मैं कुंभ के मेले से वापस अपने गुरु लाहिड़ी महाशय के पास पहुंचा।

जब मैंने अपने गुरु लाहिड़ी महाशय से उस अद्भुत संत के संबंध में बताया तो वह मुस्करा पड़े। उन्होंने कहा, "ओह! तुमने उन्हें पहचाना नहीं, हां संभवतः ऐसा ही हुआ, तुम उन्हें पहचान नहीं सके, क्योंकि उन्होंने तुम्हें पहचानने से रोक दिया था। वह ही मेरे अद्वितीय, अलौकिक गुरु हैं : महावतार बाबा जी।'

"मैं चौंक पड़ा! मेरे मुख से अचानक निकल पड़ा, बाबा जी!' मैंने श्रद्धा और विस्मय से विभोर होकर कहा, 'योगी-अवतार बाबा जी! दृश्य-अदृश्य तारणहार बाबा जी! मैं धन्य हुआ, लेकिन इस पश्चाताप के साथ कि काश! उन्हें मैं पहचान लेता, उनके चरणों में अपनी भक्ति अर्पित कर देता तो मेरा जीवन सफल हो जाता!'

"'कोई बात नहीं, लाहिड़ी महाशय ने सांत्वना भरे स्वर में कहा, 'वह तुम्हें फिर दर्शन देंगे।'

"अब में समझा था कि लाहिड़ी महाशय ने मुझे उस समय कुंभ में जाने के लिए क्यों कहा था। उनकी बातों का बहुत बाद में ही अर्थ निकाला जा सकता था। प्रिय योगानंद! अब तुम ईश्वरीय योजना के एक

अंग हो। स्वयं को तैयार रखो कभी भी पाश्चात्य देशों से तुम्हारे लिए आमंत्रण आ सकता है।"

"मैं इन घटनाओं से अभिभूत हुआ जा रहा हूं गुरुदेव! क्या आप मुझे बाबा जी के संबंध में और कुछ जानकारियां दे सकते हैं। मैं हतप्रभ हूं कि उन्होंने भारतीय योग को पाश्चात्य देशों में प्रसारार्थ मुझे क्यों चुना? आख़िर उन्होंने मुझ में क्या देखा?"

"वह अवतार ही नहीं महावतार हैं। वह काल और देश की सीमाओं में बंधे हुए नहीं हैं। वह सर्वज्ञ हैं, सर्वव्यापक हैं। उनके लिए न भूत है और न भविष्य केवल वर्तमान है, फिर उनकी दिव्य दृष्टि से तुम कैसे बच सकते थे। जहां तक उनके संबंध की जानकारियों का प्रश्न है, किसी के पास उनसे संबंधित कोई जानकारी नहीं है। इसमें कोई आश्चर्य नहीं है कि इतिहास में बाबा जी का कोई उल्लेख नहीं है। किसी भी शताब्दी में बाबा जी कभी जनसाधारण के सामने प्रकट नहीं हुए। उनकी युग-युगांतर की योजनाओं का ग़लत अर्थ लगाने वाली प्रसिद्धि की चकाचौंध के लिए कोई स्थान नहीं है। सृष्टि में एकमात्र शक्ति होते हुए भी चुपचाप अपना काम करते रहने वाले सृष्टा की तरह ही बाबा जी भी गुमनामी में अपना कार्य करते रहते हैं।

"कृष्ण और क्राईस्ट की तरह महान अवतार इस धरातल पर किसी विशिष्ट उद्देश्य के लिए अवतरित होते हैं और वह उद्देश्य पूरा होते ही वापस चले जाते हैं। बाबा जी ऐसे अवतार नहीं हैं। न उनका कोई विशिष्ट उद्देश्य है न उसे पूरा करने की कोई समय-सीमा, अतः उनका वापस चले जाने का प्रश्न ही नहीं उठता। बाबा जी ने युग-युगों में धीरे-धीरे होने वाले मानवजाति के क्रम विकास से संबंधित कार्य को अपने हाथ में लिया हुआ है। ऐसे अवतार सदा ही जनसाधारण की स्थूल दृष्टि से ओझल रहते हैं और वह जब चाहे, अपनी इच्छानुसार अदृश्य होने की सामर्थ्य रखते हैं। इन कारणों से वह अपने शिष्यों को अपने विषय में गुप्तता रखने का आदेश देते हैं।

"बाबा जी के परिवार या जन्मस्थान के विषय मे कभी किसी को कुछ पाता नहीं चल पाया। इस संबंध में इतिहास लेखकों को निराश ही

होना पड़ेगा। साधारणतः बाबा जी हिन्दी बोलते हैं, परन्तु यदि वह चाहें तो किसी भी भाषा में आसानी से बोल सकते हैं। उनका सही नाम क्या है, किसी को पता नहीं है। उनके शिष्य उन्हें केवल बाबा जी कहकर ही संतोष कर लेते हैं।

"अमर बाबा के शरीर पर आयु का कोई लक्षण दृष्टिगोचर नहीं होता। वह अधिक-से-अधिक पच्चीस वर्ष के युवक दिखाई देते हैं। अद्वितीय महागुरु अपने शिष्यों के साथं पर्वतों पर एक स्थान से दूसरे स्थान पर भ्रमण करते रहते हैं। उनकी छोटी-सी शिष्य मंडली में दो अत्यंत्त उन्नत अमेरिकी शिष्य भी हैं। उनके लिए भूत, वर्तमान, भविष्य आदि समय की परस्पर संबंधित अवस्थाओं का कोई अस्तित्व नहीं है। प्रारंभ से ही उन्हें अपने जीवन को सभी अवस्थाओं का पूर्ण ज्ञान है। मनुष्यों की सीमित बुद्धि को ध्यान में रखकर ही उन्होंने अपने दिव्य जीवन की अनेक लीलाएं एक या अधिक लोगों की उपस्थिति में ही करने का ध्यान रखा है।

"अब मैं समझ सकता हूं प्रिय शिष्य योगानंद! कि तुम बाबा जी के संबंध में काफी कुछ जान चुके हो। इससे अधिक उनके संबंध में और कुछ जाना भी नहीं जा सकता है।"

"गुरुदेव! अभी बहुत कुछ जानना मेरे लिए शेष है। मैं यह जानना चाहता हूं कि आपके गुरु लाहिड़ी महाशय का बाबा जी से कैसे संपर्क हुआ और उन्होंने किन परिस्थितियों में उन्हें क्रिया योग की दीक्षा दी?"

"यह एक लम्बी कहानी है वत्स! यह कहानी मैंने अपने गुरु के मुख से ही सुनी थी। मैं केवल इतना ही कर सकता हूं कि वह कहानी उसी रूप में तुम्हें सुना दूं।"

"मेरी जिज्ञासा शांत करने के लिए यह आवश्यक है गुरुदेव!"

"ठीक है, लाहिड़ी महाशय ने जिन शब्दों से यह कहानी मुझे बताई थी उसी मौलिक रुप में इसे तुम्हारे समक्ष रख रहा हूं। लाहिड़ी महाशय ने बताया था, 'बाबा जी के साथ मेरी प्रथम भेंट मेरे तैंतीसवें वर्ष में हुई थी। वह 1861 की शरद ऋतु थी और उस समय मैं दानापुर में सरकार के मिलिटरी इंजीनियरिंग विभाग में एकाउण्टेण्ट के पद पर कार्यरत था।

एक दिन सुबह ऑफिस मैनेजर ने मुझे अपने ऑफिस बुलाया और कहा कि अभी-अभी हमारे मुख्यालय से एक तार आया है, जिसके अनुसार आपका स्थानांतरण रानीखेत कर दिया गया है, जहां सेना का एक कैम्प स्थापित किया जा रहा है। एक नौकर को लेकर मैं 500 मील की यात्रा पूरी करके हिमालय में स्थित रानीखेत पहुंच गया।'

"'ऑफिस में कार्य अधिक नहीं था, अतः मैं हिमालय के कुछ मनोरम स्थलों पर घूमने निकल गया। मैंने सुना था कि बड़े-बड़े संत इस क्षेत्र में अपनी साधना में लीन रहते हैं। अचानक उनके दर्शन की इच्छा मेरे मन में बलवती हो उठी। तभी अचानक मुझे लगा जैसे कोई मेरा नाम लेकर पुकार रहा हो। ऐसे सुनसान द्रोणगिरि पर्वत पर कौन मुझे पुकार सकता है? मैं विस्मित भाव से आगे बढ़ता ही चला गया। थोड़ी दूर जाने पर मैंने देखा कि कुछ समतल-सी जगह के दोनों ओर गुफाएं हैं। वहीं पर बाहर को निकली एक चट्टान पर एक युवक मुस्कराते हुए स्वागतार्थ हाथ फैलाए खड़ा था। उसने उत्साह के साथ कहा, 'लाहिड़ी तुम आ गए। इसमें विस्मय की कोई बात नहीं है। इस गुफा में आराम करो। वह मैं ही था, जिसने तुम्हें पुकारा था।'

"'मैंने उस युवक के साथ उस गुफा में प्रवेश किया। गुफा साफ-सुथरी थी और उसमें कुछ कम्बल और कुछ कमंडलु रखे हुए थे। मुझे उस युवक ने इस गुफा में क्यों प्रवेश कराया, मैं समझ नहीं रहा था। कुछ ही पलों में उस युवक ने अपना उद्देश्य स्पष्ट करना शुरू कर दिया। उसने धीमे से कहा, 'लाहिड़ी! इस गुफा में प्रवेश करते हुए तुम्हें यह अनुभूति नहीं हुई है कि इस गुफा में पहले भी तुमने कुछ समय गुज़ारा है?' मैंने उस युवक से कहा कि मुझे तुम्हारी बातों पर विस्मय हो रहा है। मेरे पास अब समय नहीं है। अंधेरा घिरने को है और सुबह मुझे ऑफिस भी पहुंचना है, अतः अब मुझे यहां से चलना चाहिए। उस रहस्ममय संत ने अंग्रेज़ी में उत्तर दिया जिसका हिन्दी में अनुवाद था : ऑफिस को यहां तुम्हारे लिए लाया गया है, तुम ऑफिस के लिए नहीं आए हो। तुम्हें पता होगा कि दानापुर में एक तार गया था। उस तार के आधार पर ही आप का स्थानांतरण यहां रानीखेत के लिए हुआ है। मैंने ही तुम्हारे वरिष्ठ

अधिकारी के मन को गुप्तरूप से यह सुझाव दिया था कि तुम्हारा स्थानांतरण रानीखेत कर दिया जाए। तुम्हें यहां बुलाने का मेरा उद्देश्य पूर्वजन्म के परिचय को इस जन्म में आगे बढ़ाना है। लेकिन वह तभी संभव होगा जब तुम इस गुफा को पहचान सको। निश्चय ही यह गुफा अब तुम्हें सुपरिचित प्रतीत होनी शुरू हो गई होगी।'

"'मेरे पास उस युवक की बातों का कोई उत्तर नहीं था। मैं शांत खड़ा विस्मय के साथ यह सब कुछ होते हुए देख रहा था। वह युवक धीरे-धीरे मेरी ओर बढ़े और निकट आकर मेरे माथे पर धीरे-से आघात किया। उनके चुम्बकीय स्पर्श से मेरे मस्तिष्क में एक अद्‌भुत प्रवाह बह पड़ा, जिसने मेरे पूर्वजन्म की स्मृतियां जगा दीं। एक-एक घटनाएं चल-चित्र की भांति मेरे सामने से गुज़रने लगीं। मैंने विस्मय से कहा, 'मुझे याद आ गया है, आप मेरे गुरु बाबा जी हैं। अतीत के दृश्य मेरे मन में स्पष्टता के साथ उभर रहे हैं। यहां इसी गुफा में मैंने अपने पिछले जन्म के कई वर्ष बिताए थे। यह वही गुफा है। किसी परिवर्तन के बिना उसी रूप में आज भी स्थित है। इन पहाड़ियों को मैं पहचान सकता हूं। मैं अनेक बार इन पहाड़ियों से गुज़रा हूं। अहा! कैसा अद्‌भुत दृश्य है। मैं पिछले जन्म को उन्हीं घटनाओं के साथ देख रहा हूं।'

"'तीन दशकों से भी अधिक समय से मैं तुम्हारे लौट आने की प्रतीक्षा कर रहा हूं। तुम चले गए थे, अपने कर्म के भोग भोगने मृत्योपरांत के जीवन में। उस जीवन की प्रचंड लहरों में तुम खो-से गए थे। मेरे ऊपर से तुम्हारी दृष्टि हट चुकी थी। लेकिन मेरी दृष्टि सदैव तुम्हारे ऊपर रहती आई है। जब तुम इस जीवन के लिए गर्भ में थे, तब भी मेरी दृष्टि तुम्हेरे ऊपर थी। जब तुम शैशव काल में थे, तब भी मैं तुम्हें देखता रहता था। जब तुम बालपन में खेलते थे, तो मेरा सुरक्षा चक्र तुम्हारे इर्द-गिर्द रहता था। अपने अन्तःसंवेदी संकेतों से मैं तुम्हें हर कहीं देख सकता था। मैंने तुम्हें यहां देखना चाहा तो तुम्हें आना पड़ा। पहचानो अपनी गुफा को। मैंने इसे उसी स्थिति में रखा है, जिस स्थिति में तुम इसे छोड़कर चले गए थे। यह देखो इसमें रखे अपने कम्बल को। मैंने इसे भी स्वच्छ करके सुरक्षित किया हुआ है। यह तुम्हारा कटोरा,

जिससे तुम मेरे बनाए हुए अमृत का पान करते थे। ध्यान करो वत्स! इस पीतल के कटोरे को तुम तब तक रगड़ते रहते थे, जब तक कि इसका पीतल चमक नहीं जाता था। तुम्हें पूर्वजन्म की ये सब घटनाएं याद आ रही हैं न?'

"'मैं इनसे आगे और बहुत कुछ भी देख रहा हूं। मैं देख रहा हूं, इस आसन को, जिस पर स्थिर होकर मैं ध्यान में उतर जाया करता था। ध्यान में मेरा मन विस्तारित होकर कैसे ईश्वर से एकाकार करने की कोशिश करता था, मैं वह अनुभव भी देख रहा हूं। आपके सान्निध्य में मुझे जो आनंद मिलता था, मैं उसे भी देख रहा हूं।'

"तुमने वह जीवन भी देखा था और यंह भी देख रहे हो। वह कितना पावन था। ध्यान में डूबकर प्रभु से एकाकार होना। आत्म साक्षात्कार के आनंद से सराबोर होना। श्रेय मार्ग पर चलकर आत्म-शुद्धि को प्राप्त होना, लेकिन यह वर्तमान जीवन तो उस पवित्र जीवन की छाया भी नहीं। मैं तुम्हें आगे का कोई महत्वपूर्ण दायित्व सौंप दूं, इससे पूर्व तुम्हारी शुद्धि आवश्यक है। इस कटोरे में रखा तेल पी लो और जाकर नदी किनारे लेटे रहो।'

"मैंने उनके निर्देशों का पालन किया। हिमालय की अति ठंडी रात गहराने लगी थी। पवन इतना शीतल हो चुका था कि मेरे तन को ठिठुर कर सिकुड़ जाना चाहिए था, लेकिन मेरे तन में उष्णता प्रवाहित हो रही थी। मुझे आश्चर्य हो रहा था कि हाड़ कंपा देने वाली इस ठंड में इतनी उष्णता का अनुभव क्यों हो रहा है? कहीं उस कटौरे के तेल का कोई चमत्कार तो नहीं है। पथरीले किनारे से सीधे लेटे मेरे शरीर से गंगा नदी की लहरें बार-बार टकराने लगीं। आस-पास व्याघ्रों की गर्जना सुनाई देने लगी थीं, पर मेरा हृदय भय से मुक्त था। उसमें उत्पन्न होती जा रही नवजात शक्ति मुझे अभेद्य सुरक्षा के प्रति आश्वस्त कर रही थी। गत जन्म की अस्पष्ट स्मृतियां अपने गुरु के साथ पुनर्मिलन के मेरे वर्तमान उज्ज्वल विचारों से घुल मिलने लगीं।

"'आओ बन्धु' किसी व्यक्ति की इस आवाज़ से मेरी विचार श्रृंखला भंग हो गई। मैंने उसकी ओर देखा। अंधेरे में मेरी ओर बढ़ती उस

छाया-सी ने पुनः कहना प्रारंभ किया, 'गुरुदेव तुम्हारी प्रतीक्षा कर रहे हैं।'

"मैं उठ खड़ा हुआ और उस व्यक्ति का अनुकरण करने लगा। जैसे ही एक मोड़ पर आया कि अचानक दूर दिखाई देने वाले स्थिर प्रकाश से रात में उजाला हो गया। 'इस दिशा में यह प्रकाश कैसा? क्या प्रभात का आगमन हो रहा है?' मैंने यह शंका उस व्यक्ति के समक्ष रखी। उसने हंसते हुए कहा, 'अभी तो आधी रात ही गुज़री है। वह जो दूर प्रकाश दिखाई दे रहा है, वह तो एक स्वर्ण महल की आभा है, जिसका सृजन अद्वितीय महागुरु बाबा जी ने आज रात किया है। इस महल में हमारे गुरुदेव तुम्हारी इच्छा पूरी कर तुम्हें अपने कर्मों के आख़िरी बन्धन से मुक्त कर रहे हैं। यह भव्य महल आज रात तुम्हारी क्रिया योग दीक्षा का साक्षी बनेगा।'

"'उस व्यक्ति के पीछे-पीछे मैं एक प्रशस्त दीवानखाने में पहुंच गया। धूप और गुलाब की सुगंध से वहां का वातावरण महक रहा था। वह सब कुछ मेरे लिए चौंका देने वाला था। मुझे लग रहा था, जैसे मैं स्वर्ग-लोक की सैर कर रहा हूं। मन्द-मन्द दीपों के रंग-बिरंगे प्रकाश से उस दीवानखाने की भव्यता देखते ही बन रही थी। वहां भक्तों की छोटी-छोटी मंडलियां बैठी हुई थीं, जिनमें कुछ भक्त गौरवर्ण के थे और कुछ श्यामवर्ग के। उनमें से कुछ धीमे स्वर में मंत्रोच्चारण कर रहे थे और कुछ आंतरिक शांति में मग्न होकर चुपचाप ध्यानस्थ बैठे हुए थे। सब कुछ विचित्र लेकिन आनंदमय लग रहा था।'

"'मैंने विस्मित भाव से उस व्यक्ति से पूछा, 'यहां तो कुछ भी नहीं था, लेकिन अचानक इस स्वर्णमहल का सृजन कैसे हो गया? क्या यह कोई बाबा जी का चमत्कार है?' उसने मुस्कराते हुए कहा, 'बाबा जी चमत्कार में विश्वास नहीं करते और न ईश्वर ही कोई चमत्कार करता। ईश्वर विज्ञानमय है, अतः गुरुदेव भी विज्ञानमय है। यदि विज्ञान को ही तुम चमत्कार के रूप में देखने लगे तो यह अलग बात है। विज्ञान का एक नियम है कि पदार्थ को ऊर्जा में रूपांतरित किया जा सकता है और ऊर्जा को पदार्थ में। जब प्रलय होती है, तो यह समस्त दृश्य जगत ऊर्जा में रूपांतरित हो जाता है और यह सृष्टि की रचना होती है, तो पुनः वह

ऊर्जा जगत (पदार्थ) में रूपांतरित हो जाती है। इस स्वर्णमहल के सृजन गुरुदेव ने ऊर्जा को पदार्थ में रूपांतरित किया है और जब क्रिया योग की दीक्षा सम्पन्न हो जाएगीं यह स्वर्णमहल पुनः ऊर्जा में रूपांतरित कर दिया जाएगा। बाबा जी यह सब कुछ अपने मन से कर सकते हैं। उनकी इच्छा-शक्ति में यह सब कुछ निहित है। बाबा जी ही नहीं इस अलौकिक से दिखने वाले कार्य को कोई भी कर सकता है, लेकिन उसे स्वयं को ईश्वर के पुत्र के रूप में पहचानना होता है, जैसा कि बाबा जी ने स्वयं को पहचाना हुआ है। वह अपने अन्दर छिपी हुई अनन्त शक्ति के द्वारा कोई भी लक्ष्य प्राप्त कर सकता है। सामान्य पत्थर में भी विराट परमाण्विक शक्तियां छिपी हुई हैं। उसी प्रकार क्षुद्रतम मर्त्य मानव में भी ईश्वरीय शक्तियों का भंडार हैं।'

"मुझे वह व्यक्ति अलंकृत दालानों में से ले जाता हुआ ऐसे विशाल भव्य कक्ष में ले गया, जिसके बीचोंबीच एक स्वर्णसिंहासन रखा हुआ था और जिसमें जड़े हुए रत्न रंग-बिरंगी घटाएं फेंक रहे थे। उस सिंहासन पर पद्मासन में बाबा जी विराजमान थे। मैंने उनके सामने चमकती फर्श पर सिर लगाकर उन्हें प्रणाम किया।

"उन्होंने मेरी ओर आशीर्वाद की मुद्रा का हाथ उठाया और कहने लगे, 'इस आनंद के क्षण में जागो लाहिड़ी! तुम्हारी सारी ऐहिक इच्छाएं अब सदा-सदा के लिए तृप्त होने वाली हैं। यह स्वर्णमहल तुम्हारे ही तो स्वागतार्थ बनाया गया है' बाबा जी ने तुरन्त आशीर्वादस्वरूप कुछ गूढ़ मंत्रों का धीमे स्वर में उच्चारण किया, 'मेरे पुत्र उठो! क्रिया योग की दीक्षा ग्रहण कर ईश्वर के राज्य में प्रवेश करो।'

"बाबा जी ने अपना हाथ उठाया। धधकती ज्वालाओं से युक्त एक हवनकुंड तत्क्षण वहां प्रकट हो गया। हवनकुंड के चारों ओर फल-फूल सजे हुए थे। इस अग्निवेदी के समक्ष मुझे क्रिया योग की दीक्षा मिली। क्रिया सम्पन्न होने के बाद बाबा जी ने मुस्कराते हुए कहा, 'वत्स! तुम्हें भूख लगी है। अपनी आंखें बंद करो, भोजन की व्यवस्था हो जाएगी। अब सवेरा हो चुका है।'

"आंखें बंद करने के बाद जैसे ही मैंने पुनः आंखें खोलीं तो वह

स्वर्णमहल अदृश्य हो चुका था और भोजन का पात्र मेरे सामने रखा था।

"मैं सात दिन तक वहीं रहा, पहाड़ियों के मध्य उन गुफाओं में। आठवें दिन मैं अपने गुरु के चरणों में लेट गया और उनसे निवेदन करने लगा कि मुझे अपने पास रहने की अनुमति प्रदान करें। उन्होंने मेरे निवेदन की प्रतिक्रिया में मुझे अपने आलिंगन में बांध लिया और कहने लगे, 'मेरे पुत्र! इस जन्म में तुम्हें जनसाधारण की आंखों के सामने ही अपनी भूमिका निभानी है। इस जन्म से पूर्व अनेक जन्मों में निर्जन प्रदेशों में तपस्या कर तुम धन्य हो चुके हो, अब तुम्हें मनुष्यों के संसार में जाकर मिल जाना होगा। तुम्हारा जीवन आदर्श गृहस्थ-योगी का उदाहरण बनकर शहरों की भीड़-भाड़ के बीच रहने के लिए है। तुम्हें सच्चे जिज्ञासुओं को क्रिया योग के माध्यम से आध्यात्मिक दिलासा देने के लिए चुना गया है। पारिवारिक बन्धनों से बन्धे लोगों को तुम्हें समझाना होगा कि उच्चतम यौगिक उपलब्धियां गृहस्थों के लिए दुष्प्राप्य नहीं हैं। संसार में रहकर भी जो योगी व्यक्तिगत स्वार्थ और आसक्तियों को त्यागकर पूर्ण निष्ठा के साथ अपने कर्तव्यों का निर्वाह करता है, वह ब्रह्मज्ञान प्राप्ति के मार्ग पर ही चल रहा होता है।'

"मैं शांत मुद्रा में बैठा सुन रहा था और वह मुझे दिशा निर्देश दे रहे थे। उन्होंने आगे कहना शुरू किया, 'क्रिया योग विश्व के कल्याण के लिए है, केवल भारत के लिए ही नहीं, अतः क्रिया योग की दीक्षा सभी साधकों को देनी है चाहे वे भारतीय हैं अथवा अन्य देश के, लेकिन ध्यान रहे केवल योग्य शिक्षकों को ही क्रिया की यह कुंजी देनी है। ध्यान के द्वारा जीवन के अन्तिम रहस्यों का पता लगाने के लिए केवल वही योग्य हैं। गुरु-शिष्य परंपरा से यह क्रिया चलती रहनी चाहिए। इस परंपरा को एक ऐसी कड़ी भी प्राप्त होगी जो क्रिया योग को पाश्चात्य देशों में पहुंचा सकेगी। इस युग में इस क्रिया योग के पुनरुद्धार के लिए मैंने तुम्हारा चयन किया था। अब मेरा उद्देश्य पूर्ण होता है। अब तुम्हें दानापुर जाना है। अपनी तैयारियां करो।'

मैंने गुर्देव से कहा, 'अब मैं दानापुर कैसे जा सकता हूं? वहां से तो स्थानांतरित करके मुझे यहां भेजा गया है। अभी तक तो मैंने यहां

आकर पूरा कार्य भार ग्रहण भी नहीं किया है।'

"गुरुदेव ने मुस्कराते हुए कहा, 'यह स्थानांतरण ग़लत प्रक्रियाओं के अंतर्गत हुआ था। अब वे प्रक्रियाएं सुधार ली गई हैं, अतः वह स्थानांतरण रद्द हो चुका है। इसमें तर्क-वितर्क की कोई गुजांइश नहीं है। तुरन्त ऑफिस जाओ और वहां से मुक्ति-पत्र लेकर दानापुर लौट जाओ।'

"जैसे ही मैं अपने ऑफिस पहुंचा तो ऑफिस के मेरे सहयोगियों ने प्रसन्नता व्यक्त की, क्योंकि मेरे दस दिन तक वहां न पहुंचने पर उन्हें शंका हो चली थी कि मैं रानीखेत की इन पहाड़ियों में खो गया हूं। तभी मुख्यालय से एक पत्र आया। पत्र में लिखा था, 'लाहिड़ी को तुरन्त दानापुर कार्यलय में पहुंचना है। उनका रानीखेत स्थानांतरण ग़लती से हुआ है। रानीखेत किसी दूसरे कर्मचारी को भेजना है।' इस पत्र के अनुसार मैं दानापुर आ गया।"

युक्तेश्वर गिरि ने कहानी पूरी कर दी। अब आगे ही जिज्ञासा के लिए उन्होंने योगानंद से कहा, "मेरे प्रिय शिष्य योगानंद! लाहिड़ी महाशय के संबंध में और कुछ जानना चाहते हो या इतना ही पर्याप्त है। अब तुम समझ गए होंगे क्यों लाहिड़ी महाशय को उनके पूर्वजन्म के गुरु ने इस जन्म में भी गुरु बनकर क्रिया योग की दीक्षा दी? इन घटनाओं से तुम यह भी समझ गए होंगे कि तुम भी बाबा जी की योजना का एक महत्वपूर्ण अंग हो। उनकी योजना को पूरा करने के लिए अब अमेरिका जाने की तैयारी करो।"

"वहां मुझे क्या करना है गुरुदेव! क्या वहां से मेरे लिए कोई निमंत्रण आएगा।"

"हां, तुम्हें शीघ्र ही निमंत्रण प्राप्त होगा।"

अमेरिका गमन

रांची विद्यालय में अधिक व्यस्ता के कारण ध्यान के लिए योगानंद के पास समय कम हीं बच पाता था। बच्चों से भीड़-भाड़ भरे विधालय परिसर और उनके बाल-सुलभ कोलाहल से बचकर आख़िर ध्यान कहां किया जाए, यह समस्या भी उनके समक्ष खड़ी रहती थी। एक दिन वह भंडारगृह में ही कुछ धूल-धूसरित पेटियों के पीछे ध्यान में बैठ गए। ध्यान में वह जिस एकाग्रता पर पहुंचना चाहते थे वहां तो पहुंच न सके, लेकिन चलचित्र की भांति उनके मन-पटल पर मनुष्यों की विशेष आकृतियां बनने और मिटने लगीं। 'निश्चय ही ये लोग अमेरिकी हैं।' वह उस चलचित्र पर अपनी टिप्पणी कर ही रहे थे कि एक बच्चे ने वहां अचानक प्रवेश किया और उसकी पग-आहट से उनकी ध्यान प्रक्रिया खंडित हों गई। उस बच्चे ने अपनी जिज्ञासु प्रवृत्ति के अधीन उनसे यह स्वाभाविक प्रश्न पूछ ही लिए, "स्वामी जी ! आप यहां क्या कर रहे हैं ?"

योगानंद ने स्पष्ट उत्तर दिया, "बेटे मैं अमेरिका के दृश्य देख रहा था, क्योंकि मुझे शीघ्र ही अमेरिका जाना है।

उस बच्चे के माध्यम से उनके अमेरिका गमन का समांचार शीघ्र ही विद्यालय में फैल गया। शिक्षण गण भी इस समाचार की पुष्टि क्रे लिए उनके पास आए। उन्होंने सभी शिक्षकों को संबोधित करते हुए कहा,

"मेरे प्रिय शिक्षको! आपने यौगिक ज्ञान की जो ज्योति इस विद्यालय में जलाई है उसकी किरणें अमेरिका तक पहुंच गई हैं। वहां के उन्नत निवासी इस ज्योति को अपने जीवन में उतारना चाहते हैं। यह ज्योति परमगुरु बाबा जी से उत्सर्जित होती हुई लाहिड़ी महाशय के माध्यम से भारत को ज्योतिर्मय कर रही है। अब यह पाश्चात्य जगत को भी ज्योतिर्मय कर सकेगी। इसी ज्योति को लेकर मुझे अमेरिका जाना पड़ेगा। मुझे आशा है कि मेरी अनुपस्थिति में आप बाबा जी के अध्यात्म को उसी तरह जीवंत रखेंगे जैसे अब तक रखते आए हैं। मैं हमेशा आप लोगों को पत्र लिखता रहूंगा। ईश्वर ने चाहा तो किसी दिन मैं यहां वापस आ जाऊंगा।"

अगले दिन ही उन्हें अमेरिका में आयोजित 'धार्मिक उदारतावादियों के अन्तर्राष्ट्रीय सम्मेलन' में भारत के प्रतिनिधि के रूप में भाग लेने के लिए निमंत्रण पत्र मिल गया। यह सम्मेलन 'अमेरिकन युनिटैरियन एसोसिएशन' के तत्वावधान में बॉस्टन में होने वाला था। कल्पनाओं में जो आनंद था सत्य सामने आते ही वह अदृश्य हो गया। योगानंद ने अपने जीवन में कभी कल्पना भी नहीं की थी कि उन्हें अमेरिका जैसे उन्नत देश में जाकर किसी सभा को संबोधित करना पड़ेगा। उनके अन्दर एक स्वाभाविक भय ने घर कर लिया। इस भय से मुक्ति पाने के लिए वह अपने गुरु युक्तेश्वर गिरि के पास पहुंच गए और उनके चरण स्पर्श करते हुए कहने लगे, "गुरु जी! मुझे अभी-अभी अमेरिका में एक धार्मिक सम्मेलन में भाषण देने का निमंत्रण मिला है। क्या मुझे जाना चाहिए?"

"इसी कार्य के लिए तुम्हें ईश्वर ने चुना है। तुम्हें भेजना न भेजना ईश्वर का कार्य है। इसमें तुम्हारी इच्छा का कोई अर्थ नहीं है।"

"वह तो ठीक है गुरुदेव! लेकिन मुझे सार्वजनिक व्याख्यान देने का अनुभव भी तो नहीं है। मैंने शायद ही कभी कोई भाषण दिया हो और अंग्रेज़ी में तो कभी नहीं।"

"यह तुम्हारी समस्या नहीं है। ईश्वर की समस्या है। तुम्हें भाषण के मंच पर खड़ा हो जाना है। क्या इतना भी नहीं कर सकोगे।"

"आपका आशीर्वाद साथ होगा तो क्या नहीं हो सकेगा।"

उनके पिता जी भगवती उन्हें अमेरिका भेजने के इच्छुक नहीं थे। जैसे ही उन्होंने अपने पिता जी से आज्ञा लेनी चाही, तो उन्होंने स्पष्ट मना कर दिया और वहां जाने में लगने वाले किराए आदि के लिए एक भी पैसा देने से इनकार कर दिया, लेकिन जब उन्हें विश्वास हुआ कि अमेरिका में वह गुरु लाहिड़ी महाशय के अध्यात्म का ही प्रचार करेंगे, तो उन्होंने योगानंद को आज्ञा दे दी और पर्याप्त धनराशि भी प्रदान कर दी।

जब वह अमेरिका जाने की तैयारियों में जुटे हुए थे, तो एक शंका उनके मन को विचलित करने लगी। वह चिंतित थे कि अमेरिका एक भौतिकवादी देश है और भौतिकता अति विलासिता को प्रोत्साहित करती है। कहीं ऐसा न हो कि वह वहां जाकर विलासिता में बहक जाएं। उन्होंने पहले ईश्वर से यह आशीर्वाद लेना चाहा कि परिस्थितियां चाहे कितनी भी कठिन क्यों न हो वह अपना लक्ष्य प्राप्त करने में सफल रहेंगे।

अगले दिन प्रातःकाल वह इस दृढ़संकल्प के साथ प्रार्थना करने बैठ गए कि भले ही प्रार्थना करते-करते प्राण क्यों न निकल जाएं, पर जब तक ईश्वर का आशीर्वाद नहीं प्राप्त कर लूंगा, तब तक प्रार्थना बंद नहीं करूंगा।

प्रार्थना चलती रही और मध्याह होते-होते प्रार्थना की उत्कटता पराकाष्ठा पर पहुंच गई, लेकिन ईश्वर की और से कोई आशीष वचन सुनाई नहीं दिया। एक ओर संकल्प था तथा दूसरी ओर वेदना का दबाव। दोनों के संघर्ष में संकल्प जीतता रहा। अन्तिम कुछ क्षणों में आंतरिक उत्कटता इतनी बढ़ गई कि यदि इस प्रक्रिया को रोका नहीं गया तो कभी भी सिर फट सकता है। ठीक उसी क्षण उसके कक्ष के द्वार पर दस्तक सुनाई दी। जब उन्होंने उत्सुकता से दरवाज़ा खोला तो संन्यासियों की तरह केवल एक कटिवस्त्र धारण किया हुआ एक युवक वहां खड़ा दिखाई दिया। उसका चेहरा कुछ-कुछ लाहिड़ी महाशय के चेहरे से मिलता दिखाई दे रहा था, लेकिन वह लाहिड़ी महाशय नहीं थे। उन्होंने सुना हुआ था कि बाबा जी का चेहरा लाहिड़ी महाशय से कुछ मिलता-जुलता है, अतः हो-न-हो यह युवक बाबा जी ही हों।' इस चिंतन के साथ उन्होंने उन पर गहरी दृष्टि डाली। वह युवक तुरन्त अन्दर कक्ष में प्रवेश कर गया। वह

इस निश्चय पर पहुंचने ही वाले थे कि अवश्य ही यह युवक बाबा जी हैं, लेकिन उससे पूर्व ही उस युवक ने कहा, "हां, मैं बाबा जी ही हूं। परमपिता परमात्मा ने तुम्हारी विनती स्वीकार कर ली है। उन्होंने मुझे तुम्हें यह बताने के लिए भेजा है कि अपने गुरु की आज्ञा का पालन करो और अमेरिका चले जाओ। डरो मत, तुम्हारा संरक्षण किया जाएगा। तुम ही वह हो जिसे मैंने पश्चिमी जगत में क्रिया योग का प्रसार करने के लिए चुना है। कुछ वर्ष पहले मैं तुम्हारे गुरु युक्तेश्वर से कुंभ के मेले में मिला था और तभी मैंने उनसे कह दिया था कि मैं तुम्हें उनके पास शिक्षा ग्रहण करने के लिए भेज दूंगा।"

साक्षात् बाबा जी के समक्ष खड़े होने के कारण भक्तिभाव से विभोर होकर योगानंद अवाक् रह गए। उन्होंने तुरन्त बाबा जी के चरणों में साष्टांग प्रमाण किया। बाबा जी ने उन्हें उठाया और कुछ व्यक्तिगत उपदेश दिए तथा कुछ भविष्यवाणियां भी कीं, जिन्हें गोपनीय रखने का निर्देश देकर वह दरवाज़े की ओर बढ़ गए। अगले ही क्षण वह अन्तर्धान हो गए।

प्रथम विश्व युद्ध के बाद अमेरिका जाने वाले पहले ही यात्री जहाज़ 'द सिटी ऑफ़ स्पार्ट' पर सवार होकर योगानंद ने अगस्त 1920 में भारत से प्रस्थान किया।

दो महीने की समुद्र यात्रा के दौरान जहाज़ पर एक सहयात्री को पता चल गया कि योगानंद बॉस्टन सम्मेलन के लिए भारत का प्रतिनिधि बनकर जा रहे हैं। उसने योगानंद से कहा, "स्वामी योगानंद जी! आप बॉस्टन सम्मेलन में भाग लेने जा रहे हैं। अतः निश्चय ही आप बहुत बड़े योगविद्या के व्याख्याता होंगे। हम सब धन्य हैं कि आपके साथ यात्रा कर रहे हैं। हम आपके अनुभवों से कुछ लाभ उठाना चाहते हैं। अतः आप हमें 'जीवन का युद्ध और उसे कैसे लड़ें' विषय पर व्याखान से लाभाविन्त करें।"

"उस जलपोत के अधिकांश यात्री अंग्रेज़ ही थे, अतः स्वाभाविक था कि वे अंग्रेज़ी भाषा में ही भाषण चाहते, लेकिन योगानंद के लिए यह चुनौतीपूर्ण कार्य था। उन्होंने बैठे-बैठे ही केवल वैचारिक माध्यम से

मन-ही-मन भाषण देने की कोशिश की, लेकिन सफलता न मिल सकी। न ही उनके पास अंग्रेज़ी शब्दों की पर्याप्त शब्दावली थी और न व्याकरण का ज्ञान, लेकिन यात्रियों की संतुष्टि के लिए व्याख्यान देने की अनिवार्यता समक्ष खड़ी थी। उन्होंने सब कुछ ईश्वर पर छोड़ा और व्याख्यान देने के लिए खड़े हो गए, लेकिन परिणाम शून्य रहा। उन्हें नहीं सूझ पा रहा था कि क्या विषय है और उस पर क्या बोला जा सकता है। दस मिनट तक यात्रियों के मध्य वह अवाक् खड़े रहे। यात्रियों को उनके इस प्रदर्शन पर हंसी आ गई। इस प्रतिकूल परिस्थिति में उन्होंने अपने गुरु युक्तेश्वर का स्मरण किया और अगले ही पल उनके मुख से धारावाही व्याख्यान निःसृत होना शुरू हो गया। इतना विद्धतापूर्ण और सारगर्भित व्याख्यान शायद ही उन्होंने कभी सुना हो। सभी यात्री मंत्रमुग्ध हो उनके व्याख्यान को सुनते रहे। व्याख्यान की समाप्ति पर करतल ध्वनि ने जलपोत के सभी विभागों को चौंका दिया।

पैंतालीस मिनट के व्याख्यान में उन्होंने क्या कहा, इसका उन्हें कोई ज्ञान नहीं था। सब कुछ उनके अवचेतन से निकला और पुनः अवचेतन में ही चला गया। उन्हें अन्य यात्रियों से पूछना पड़ा कि व्याख्यान में क्या-क्या कहा गया है। सभी ने उनकी प्रंशसा करते हुए कहा शुद्ध और सही अंग्रेज़ी में प्रेरणास्पद व्याख्यान दिया गया था और विषय के साथ पूर्ण न्याय किया गया था।

'द सिटी ऑफ़ स्पार्टा' सितंबर के उत्तरार्ध में बॉस्टन के बन्दरगाह पर खड़ा हो गया। 6 अक्टूबर 1920 को उन्होंने धर्म सम्मेलन में जाकर अमेरिका में पहला व्याख्यान दिया। उन्होंने व्याख्यान में क्या कहा, कुछ भी पता न चल पाया, परन्तु उन्होंने बाद में सुना कि व्याख्यान का अच्छा स्वागत किया गया। उन्हें अपने व्याख्यान की विषय-वस्तु का तब पता चला जब अमेरिकन युनिटैरियन एसोसिएशन के सचिव ने सम्मेलन के प्रकाशित विवरण में अपना मत व्यक्त किया। उनका मत इस प्रकार था, "रांची के ब्रह्मचर्याश्रम से आए प्रतिनिधि स्वामी योगानंद ने अपनी संस्था की ओर से सम्मेलन का अभिनंदन किया। धाराप्रवाह अंग्रेज़ी में ओजस्वी वक्तृत्व के साथ उन्होंने धर्म-विज्ञान पर दार्शनिक स्वरूप का व्याख्यान

दिया, जिसे बड़े स्तर पर वितरण के लिए एक पत्रक के रूप में छाप दिया गया है। अपने व्याख्यान में उन्होंने कहा कि धर्म सार्वभीमिक है और एक ही है। रीति-रिवाज़ और रूढ़ि-प्रथाओं को सार्वभौमिक नहीं बनाया जा सकता, परन्तु धर्म में निहित सामान्य तत्त्व को सार्वभीमिक बनाया जा सकता है और सबको उसका अनुसरण करने एवं उसका पालन करने के लिए कंहा जा संकता है।"

इस सम्मेलन के बाद भी योगानंद तीन वर्ष तक बॉस्टन में रहे। इस दौरान उन्होंने सार्वजनिक व्याख्यान दिए, शिक्षा वर्ग चलाए और 'सांग्स ऑफ़ द सोल' (आत्मा के गीत) नामक एक काव्य पुस्तक भी लिखी। 1924 में उन्होंने पूरे अमेरिका महाद्वीप की यात्रा शुरू की और प्रमुख शहरों में हज़ारों लोगों के समक्ष व्याख्यान दिए। उनकी शिक्षाओं का अनुसरण करने वाले उदारमना लोगों की सहायता से उन्होंने कैलिफोर्निया के लॉस ऐंजिलस शहर में माऊण्ट वांशिगटन एस्टेट्स पर अपने अमेरिका मुख्यालय की स्थापना कर दी।

वर्ष पर वर्ष बीतते गए। योगानंद ने अपने इस नए देश अमेरिका के प्रत्येक हिस्से में, सैकड़ों क्लबों, कॉलेजों, गिरजाघरों और प्रत्येक प्रकार के श्रोतृवृंदों के सामने व्याख्यान दिए। 1920-30 के दशक मे सहस्र-सहस्र अमेरिकी लोगों ने उनकी योग कक्षाओं में शिक्षा ली। उन्होंने अपने गुरु युक्तेश्वर गिरि को अमेरिका में चल रही अपनी गतिविधियों के फोटो भेजे जिनकी प्रतिक्रिया में युक्तेश्वर जी ने अपना उत्तर इस प्रकार भेजा :

मेरे ह्रदय के दुलारे योगानंद !

तुम्हारे विद्यालय और छात्रों के फोटो देखकर मेरे जीवन में कितना आनंद आया है, इसका मैं शब्दों में वर्णन नहीं कर सकता। विभिन्न शहरों के तुम्हारे योग-विद्यार्थियों को देखकर मैं आनंद से पिघल रहा हूं।

प्रतिज्ञापन, रोग-निवारक स्पन्दन संप्रेषण तथा दैवी रोगमुक्ति की प्रार्थनाएं आदि तुम्हारी पद्धतियों के बारे में सुनकर मैं तुम्हें ह्रदय से धन्यवाद दिए बिना नहीं रह सकता।

माऊण्ट वांशिगटन इस्टेट्स का मुख्यद्वार, पहाड़ी पर ऊपर जाता सर्पिला रास्ता और पहाड़ी के नीचे फैले हुए सुंदर दृश्य को देखकर यह

सभी कुछ आंखों से देखने की इच्छा मन में पैदा होती है।

यहां सब ठीक चल रहा है। ईश्वर की कृपा से तुम सदा परमानंद में रहो।

: श्रीयुक्तेश्वर गिरि

भारत लौटना

एक दिन जब योगानंद माऊण्ट वांशिगटन स्थित अपने आश्रम में ध्यान कर रहे थे, तब अचानक आश्चर्यजनक रूप से श्रीयुक्तेश्वर जी की आवाज़ उन्हें अपने अन्तर में सुनाई दी, "भारत लौट आओ। पन्द्रह वर्षो तक मैंने धीरज के साथ तुम्हारी प्रतीक्षा की है। शीघ्र ही मैं शरीर त्याग कर अनन्त धाम चला जाऊंगा। योगानंद, चले आओ!"

दस हज़ार मील की दूरी को पलक झपकते ही पार कर उनके संदेश ने योगानंद के अन्तर में प्रवेश किया। थोड़ी देर तक चिंतन के बाद उन्होंने अपना यह अनुभव अपने एक प्रिय मित्र जेम्स जे. लिन को बताया। प्रतिदिन क्रिया योग के अभ्यास से जेम्स जे. लिन की आध्यात्मिक उन्नति इतनी हो गई थी कि योगानंद उसे संत लिन कहने लगे थे। लिन ने उदारतापूर्वक उनकी यात्रा का सारा भार उठाने का प्रस्ताव रखा। इस प्रस्ताव से उनकी एक बड़ी चिंता दूर हुई। अब उन्होंने जल पोत से यूरोप होते हुए भारत लौटने की तैयारियां शुरू कर दीं। मार्च 1935 में उन्होंने अपनी योग संस्था सेल्फ रियलाइजेशन फ़ेलोशिप को चिरस्थायी बनाने के लिए उसे कैलिफोर्निया राज्य के कानून के अंतर्गत एक धर्म-निरपेक्ष, अलायार्जक संस्था के रूप में पंजीकृत करा लिया। उनके पास अपना जो

कुछ था वह सब अपनी पुस्तकों के सर्वाधिकार सहित सेल्फ-रियलाइजेशन फ़ेलोशिप को दान कर दिया।

अमेरिका से लौटने के विचार से ही उनका मन भारी हो चला था। शिष्यों और अपने मित्रों द्वारा दिए गए विदायी-भोज के दौरान उन्होंने अपने विचार इस प्रकार व्यक्त किए थे :

"अमेरिका और भारत में कोई आंतरिक संबंध है, लेकिन उस संबंध को बहुत ही कम लोग जान सके हैं। ईश्वर ने उस संबंध का संकेत तब दिया था जब कोलम्बस भारत को खोजना चाहता था, लेकिन खोज लिया था अमेरिका। दोनों देशों की अभूतपूर्व समानता इस संबंध को सिद्ध कर रही है। दोनों देश धार्मिक दृष्टि से उदारमना हैं। असत्य को त्यागने और सत्य को ग्रहण करने में कोई दुराग्रह बांधा नहीं बनता। दोनों देशों के मस्तिष्क खुले हुए हैं। मैं वापस आऊंगा। अमेरिका को कभी नहीं भूल सकूंगा, क्योंकि मैं भारत को भी नहीं भूल सका हूं।"

योगानंद 9 जून, 1935 को 'यूरोपा' नामक जहाज़ पर सवार होकर चल पड़े। उनके दो शिष्य भी उनके साथ थे: एक उनके निजी सचिव श्री सी. रिचर्ड राइट और दूसरी सिनसिनाटी की एक वृद्ध-सी. महिला मिस एटी ब्लेच। विगत सप्ताहों की अतिव्यस्तता और भागदौड़ के बाद समुद्री यात्रा के शांतिपूर्ण दिन उन्हें बड़े सुहावने लग रहे थे। वह इस यात्रा का पूर्ण आनंद लेना चाहते थे, अतः लंदन आने पर वह अन्य उत्सुक पर्यटकों की भांति विशाल और प्राचीन महानंगरी लंदन में घूमे। लंदन पहुंचने के दूसरे दिन उन्हें कैक्स्टन हॉल में एक विशाल सभा को संबोधित करने का निमंत्रण मिला। लंदनवासी उनके संबोधन से बहुत प्रभावित हुए।

कुछ दिनों बाद योगानंद अपने शिष्यों सहित इंग्लिश चैनल को पार कर यूरोप महाद्वीप पहुंच गए। वहां कोनरस्त्रूथ की महान कैथोलिक संत टेटेसा नायमन से मिले जिनके संबंध में उन्होंने अनेक बार पढ़ा था कि उनके माथे, छाती तथा हाथ-पांवों पर ईसामसीह के पवित्र घाव प्रकट हो गए हैं। सूली पर चढ़ाए जाने से पूर्व और सूली पर चढ़ाए जाने के दौरान ईसामसीह को जो-जो यातनाएं दी गईं, उन सब यातनाओं को वे प्रति शुक्रवार को अपने शरीर में अनुभंव करती हैं

इसके बाद उन्होंने जर्मनी, हॉलैंड, फ्रांस तथा स्विट्ज़रलैंड के आल्पस् पर्वत की यात्रा की। आगे बढ़कर वे इटली पहुंचे, जहां उन्होंने विनम्रता की साक्षात् मूर्ति असिसी के सेंट फ्रांसिस का दर्शन किया। उनकी यूरोप यात्रा यूनान में आकर समाप्त हुई। यूनान में उन्होंने एथेनियन मन्दिरों के दर्शन किए और वह कारागार भी देखा जहां सुकरात को विषपान कराया गया था।

यूनान से जहाज़ पर सवार होकर और भूमध्य सागर को पार कर फिलिस्तीन में उतर गए। उस पवित्र भूमि में कई दिनों तक भ्रमण किया। वहां उन्होंने जहां ईसा का जन्म हुआ था वह नांद, जोसफ की बढ़ई की दुकान, लाजारस की कब्र, मार्था और मेरी का घर, ईसा के अंतिम भोज का कमरा भी देखा।

मिस्र पहुंचने पर उन्होंने उसका आधुनिक शहर कैरो और प्राचीन पिरामिडों को देखा। फिर जहाज़ से लाल सागर को पार करते हुए विशाल अरब सागर में और फिर सीधे भारत की ओर चल पड़े। उनका जहाज़ 'राजपूताना' 22 अगस्त, 1935 को मुंबई के विशाल बन्दरगाह पर आकर खड़ा हो गया। जहाज़ से उतरते ही उनके स्वागत में आए मित्रों ने उन्हें घेर लिया। उनके हाथों में फूलमालाएं थीं जिनसे वे उनके गलों को लाद रहे थे। शीघ्र ही उन्हें ताजमहल के होटल में ले जाया गया। कुछ ही पलों में ताजमहल के होटल के कक्ष में प्रेस संवाददाताओं और फोटोग्राफरों का तांता लग गया। उनके लिए मुंबई में कोई आकर्षण नहीं था। वे केवल मित्रों और श्रद्धालुओं के स्वागत की औपचारिकता के लिए कुछ देर तक वहां रुके थे। उन्हें अपने गुरु युक्तेश्वर गिरि से मिलने कुमारी ब्लेच भी उनके आत्मीजनों और गुरु युक्तेश्वर को देखने के लिए उत्कठित थे। उन्होंने अपनी फोर्ड़ कार जिसे वे अपने साथ लाए थे, सामान के डिब्बे में चढ़ा दी और स्वयं रेलगाड़ी से कलकत्ता की ओर चल पड़े।

जब वे हावड़ा स्टेशन पहुंचे तो वहां स्वागत के लिए इतनी भीड़ खड़ी थी कि कुछ समय तक तो गाड़ी से उतरना ही कठिन हो गया। जिस उत्साह के साथ लोग उनका स्वागत कर रहे थे, उन्होंने ऐसे स्वागत की सपने में भी कल्पना नहीं की थी।

आगे-आगे कारों और मोटरसाइकिलों की एक कतार चल रही थी। ढोलकों और शंखों की विजय सूचक ध्वनि के साथ कुछ लोग हर्षोल्लास से नृत्य कर रहे थे। इस सबके बीच फूल मालाओं द्वारा सिर से पांव तक लदे श्री राइट, कुमारी ब्लेव और योगानंद एक कार में बैठे धीरे-धीरे अपने पिता जी के घर की ओर बढ़ रहे थे। उनके भाई विष्णु स्वागत समिति का नेतृत्व कर रहे थे।

घर पहुंचते ही उनके वृद्ध पिता ने उन्हें अपने प्रगाढ़ आलिगंन में बांध लिया। काफी समय तो वे दोनों एक दूसरे को देखते रहे। आनंद के अतिरेक से दोनों के मुख से कोई शब्द नहीं निकल रहा था। उनके सभी अन्य पारिवारिक सदस्य उन्हें घेरे खड़े थे। घर में उत्सव जैसा उल्लास छाया हुआ था। सभी संबंधी, मित्रगण और पुराने शिष्यों में से कोई ऐसा नहीं था, इन मिलन के संवेदनशील क्षणों में जिसकी आंखें नम न हो गईं हो। योगानंद के जीवन की यह अविस्मरणीय घटना घट रही थी, लेकिन इससे भी अधिक अविस्मरणीय घटना उनके गुरु युक्तेश्वर के साथ उनके मिलन की थी। वह इतनी भावपूर्ण और हृदयस्पर्शी थी कि उसका शब्दों में वर्णन करना असंभव था।

जैसे ही गाड़ी कोलकाता से श्रीरामपुर के लिए दौड़ रही थी योगानंद के मन में रास्ते के दोनों ओर स्थापित दुकानों तथा अन्य महत्वपूर्ण स्थलों को देखकर पुरानी यादें ताज़ा हो रही थीं। उनके छात्र जीवन में जो दुकानें उनकी ख़रीद-फरोख्त का केन्द्र रही थीं, वे अब कुछ उन्नत स्थिति में दिखाई दे रही थीं। तब उनमें इतना आकर्षण नहीं था जो अब 15 वर्ष बाद उनमें झलकने लगा था। जो दृश्य पहले साधारण लगते थे, वे अब विशेष हो चुके थे। ऐसा लगता था मानो अतीत काल सज-धज कर वर्तमान में ढल रहा हो। अन्ततः वे एक संकरी गली में प्रविष्ट हो गए, जिसके दोनों ओर दीवारें थीं। फिर बाई ओर मुड़ते ही सामने युक्तेश्वर जी का दुमंजिला आश्रम उसी शांतिपूर्ण एकांत के साथ अपने आध्यात्मिक गौरव का परिचय दे रहा था।

योगानंद के लिए वहां केवल इतनी ही नवीनता थी कि वह पन्द्रह वर्ष के अंतराल के बाद अपनी पुरानी यादों से जुड़ रहे थे, लेकिन उनके

साथ आए शिष्यों के लिए यहां संपूर्ण नवीनता थी। वे प्रथम बार इस आश्रम की आध्यात्मिक तरंगों से स्पंदित हो रहे थे। उन्होंने भारतीय ऋषियों के संबंधों में यह तो पढ़ा था कि वे आश्रमों में रहते थे, लेकिन कभी आश्रम देखने का सौभाग्य प्राप्त नहीं हुआ था। प्रथम बार वे किसी भारतीय ऋषि के आश्रम की शांति को देखकर अभिभूत हो रहे थे। वे गंभीर भक्तिभाव के साथ योगानंद के पीछे-पीछे दीवारों से घिरे आंगन में पहुंच गए। जैसे-जैसे योगानंद आगे बढ़ते जा रहे थे, वैसे-वैसे उनकी उत्कंठा बढ़ती जा रही थी। उनके सामने सीढ़ियों के सिरे पर खड़े हुए स्वामी युक्तेश्वर जी किसी महान ऋषि के समान लग रहे थे। उनके शिष्यों के लिए यह दृश्य दुर्लभ था। उनकी दृष्टि योगानंद पर केंद्रित थी कि वह कैसे गुरु जी के प्रति अपनी आस्था प्रकट करेंगे। योगानंद तुरन्त आगे बढ़े। उन्होंने गुरु के सामने ज़मीन पर अपने घुटने टेके। इसके तुरन्त बाद सिर झुंकाते हुए पहले अपने हाथों से उनके चरणों का स्पर्श किया और फिर उन्हें हाथों से अपने मस्तक को स्पर्श करते हुए गुरु की चरण-रज अपने मस्तक पर धारण कर ली। इसके बाद योगानंद उठ खड़े हुए। श्रीयुक्तेश्वर जी ने तुरन्त उन्हें अपनी छाती से लगा लिया।

वह कितना भावनामय और संवेदनशील दृश्य था। गुंरु-शिष्य का मिलन इस आध्यात्मिक वातावरण में श्रद्धा और प्रेम की वर्षा कर रहा था। दोनों शांत थे, लेकिन हृदय के तीव्र भाव अन्तर की मौन वाणी से प्रकट हो रहे थे। योगानंद के शिष्य श्री राइट ने भी योगानंद की भांति गुरु युक्तेश्वर की चरण-रज अपने मस्तक पर धारण की। गुरु युक्तेश्वर ने उसी भांति राइट को भी आशीर्वाद प्रदान किया।

श्रद्धा और आशीर्वाद के आदान-प्रदान के बाद वे सब गुरु युक्तेश्वर जी के साथ उनके बैठकखाने में चले गए। युक्तेश्वर जी जो अब वृद्धावस्था की ओर बढ़ते दिखाई देने लगे थे, सीमेन्ट के फर्श पर बिछे गद्दे पर एक पुराने दीवान का सहारा लेकर बैठ गए। योगानंद और राइट उनके चरणों के पास ही चटाइयों पर विराजमान हो गए। योगानंद और स्वामी युक्तेश्वर का वार्तालाप बंगाली भाषा में चल रहा था, जिसे समझने में राइट असमर्थ थे। उनकी दृष्टि गुरु युक्तेश्वर के हाव-भाव और उनके

व्यक्तित्व पर केंद्रित थी। वह उनकी सादगी से बहुत प्रभावित हो रहे थे। उन्होंने अत्यंत सादा परिधान धारण किया हुआ था : धोती और कुर्ता, जो कभी गेरूए रंग में रंगे गए थे, परन्तु अब फीके भगवे लग रहे थे। उन्हें गुरु जी के चेहरे पर ऐसा तेज़ दिखाई दे रहा था कि उन्हें देखते ही उनके दैवी सामर्थ्य की स्पष्ट कल्पना हो जाती है। बीचोंबीच विभक्त किए हुए उनके केश माथे के आस-पास सफेद और अन्य स्थानों पर कहीं रजतीय सुनहरे और कहीं रजतीय काले दिखाई दे रहे थे। उनकी दाढ़ी-मूछें पतली-सी थीं और इनसे उनके मुखमंडल की शोभा और भी बढ़ती प्रतीत हो रही थी। उनका ललाट पीछे की ओर चढ़ता चला गया था जैसे आसमान की ओर चढ़ रहा हो। उनकी आंखें काली और उनमें आकाशी नीली आभा दिखाई दे रही थी। नाक काफी बड़ी और मोटी सी थी।

राइट ने कमरे में चारों ओर दृष्टि दौड़ाई और यह समझते हुए उन्हें देर न लगी कि भौतिक सुख-सुविधाओं के प्रति उनकी अनासक्ति ही कमरे की जर्जर-सी अवस्था का कारण है। लम्बे कमरे की सफेद दीवारों पर हवा-पानी के प्रभाव से धब्बे पड़े हुए स्पष्ट दिखाई दे रहे थे।

गुरु-शिष्य की वार्तलाप बंद होने के बाद योगानंद ने अपने गुरु को वे वस्तुएं उपहार में दीं, जिन्हें विशेषकर वह उनके लिए लाए थे। उनमें विशेष थी एक छातायुक्त छड़ी, जो युक्तेश्वर जी को बहुत पसंद आई थी। बैठकखाने के लिए उन्होंने एक कालीन भी उपहार स्वरूप प्रदान की थी।

श्रीरामपुर और कोलकाता से अवकाश मिलते ही श्री राइट के साथ योगानंद रांची के लिए रवाना हो गए। वहां विद्यालय के छात्रों और शिक्षकों ने उनका भव्य स्वागत किया। उन्होंने सभी शिक्षकों को गले से लगाया और सभी की मुक्त कंठ से प्रशंसा की। लेकिन वहां जाकर उन्हें पता चला कि विद्यालय आर्थिक संकटों से गुज़र रहा है। कासिम बाज़ार के पुराने महाराजा सर मणीन्द्रचन्द्र नन्दी जिनका राजमहल विद्यालय भवन बना था और जिन्होंने समय-समय पर विपुल धन देकर विद्यालय की आर्थिक सहायता की थी अब स्वर्ग सिधार चुके थे। अब पहले जैसा जन सहयोग भी नहीं मिल पा रहा था, जिसके कारण विद्यालय के अनेक

लोकोपकारी विभाग दारुण संकट में थे। योगानंद ने इस आर्थिक संकट के निवारणार्थ कोलकाता के प्रमुख नेताओं और शिक्षाविदों से भेंट की। कासिम बाज़ार के नए युवा महाराज को दान के लिए प्रेरित किया। अपने पिता जी श्री भगवतीचरण घोष से भी सहायता के लिए अनुरोध किया और अन्त में अपने अमेरिकी शिष्यों से भी इस विद्यालय की आर्थिक सहायता के लिए निवेदन किया। इनके सबके सहयोग से विद्यालय का आर्थिक संकट कुछ हद तक दूर हो गया।

रांची विद्यालय जिसे उद्देश्य कै लिए संचालित किया गया था। वह उस उद्देश्य को सफलतापूर्वक प्राप्त करं रहा है। यहां बाबा जी द्वारा विकसित और लाहिड़ी महाशय द्वारा प्रचारित क्रिया योग की दीक्षा दी जाती है। बालक नियमित आध्यात्मिक साधना और गीता पाठ करते हैं। उन्हें उपदेश और प्रत्यक्ष उदाहरण द्वारा सादगी, त्याग, आत्मसम्मान एवं सत्यानुशीलन की शिक्षा दी जाती है।

बगीचे में एक शिवंमन्दिर है, जिसमें पूज्य लाहिड़ी महाशय का चित्र प्रतिष्ठापित है। आम्रवृक्षों की घनी छाया में दैनिक प्रार्थनाएं एवं शास्त्राध्ययन होता है। विद्यालय के अहाते में एक ओर स्थित योगदा सत्संग सेवाश्रम हज़ारों ग़रीबों की निःशुल्क चिकित्सा एवं शल्य-चिकित्सा करता है तथा उन्हें मुफ्त दवाइयां भी देता है।

रांची के विद्यालय के समांन ही योग प्रशिक्षा की व्यवस्था के साथ-साथ आवासीय व्यवस्था से युक्त शाखा हाई स्कूल खोले गए हैं और वे सभी विद्यालय उत्तरोत्तर प्रगति पर हैं। ये शाखाएं हैं पश्चिमी बंगाल के पुरुलिया जिले में लखनपुर स्थित योगदा सत्संग विद्यापीठ तथा मिदनापुर जिले में स्मालीचक स्थित योगदा स्थूल एवं आश्रम।

1939 में दक्षिणेश्वर में गंगा के किनारे एक भव्य योगदा मठ की स्थापना हुई। कोलकाता से कुछ ही मील दूर उत्तर में स्थित यह आश्रम शहरवासियों के लिए रमंणीक शांति-स्थल है, दक्षिणेश्वर स्थित यह मठ योगदा सत्संग सोसायटी, उसके सारे विद्यालयों तथा भारत के विभिन्न स्थानों पर स्थित उसके केन्द्रों और आश्रमों का मुख्यालय है। योगदा सत्संग सोसायटी कानूनी तौर पर अमेरिका में कैलिफोर्निया के लॉस

एंजिल्स शहर में स्थित अन्तर्राष्ट्रीय मुख्यालय सेल्फ रियलाइजेशन फ़ेलोशिप से संबद्ध है। योगदा सत्संग की गति-विधियों में भारत भर में निवास करते अपने साधकों को प्रतिमाह डाक द्वारा योगदा पाठ भेजना सम्मिलित है। इन पाठों में शक्ति-संचार, एकाग्रता एवं ध्यान की योगदा प्रविधियों का सविस्तार वर्णन है। क्रिया योग की उच्चतर दीक्षा लेने के लिए जो बाद में पाठों द्वारा केवल योग्य साधकों को ही दी जाती है, इन प्रविधियों के निष्ठापूर्ण अभ्यास द्वारा अपने को तैयार करना आवश्यक होता है।

परमहंस की उपाधि

योगानंद योगदा मठ की स्थापना में व्यस्त चल रहे थे। वह भारत में चल रहे योगदा सत्संग सोसायटी के कार्यों को शीघ्र सम्पन्न करना चाहते थे, जिससे कि वह पुनः पाश्चात्य देशों में जाकर अपने प्रसार कार्यों का और विकास कर सकें। बीच-बीच में वह अपने गुरु श्रीयुक्तेश्वर जी से मिलना नहीं भूलते थे। जब वह उनसे मिलने जाते थे, तो प्रायः उनके अनेक शिष्य उन्हें घेरे मिलते थे। उनकी इच्छा थी कि एक बार वह अपने गुरु युक्तेश्वर गिरि से अकेले मिलें और उनसे अपने निजी संबंधों की बातें करें। आख़िर एक दिन वह अवसर मिल ही गया। जैसे ही वह कुछ फल और गुलाब के फूलों से महक रही टोकरी को लेकर उनके पास पहुंचे तो वह आश्रम में अकेले ही थे। उनके मुख से अचानक निकल पड़ा, "गुरु जी! आज आपको अकेले देखकर मुझे बहुत खुशी हो रही है।"

गुरु ज़ी ने दीन भाव से उनकी ओर देखते हुए कहा, "हां, मैं समझ चुका था कि तुम मुझसे अकेले में भेंट करना चाहते थे, इसलिए मैंने आज स्वयं को अकेला रहने दिया था। मुझे पता था कि तुम्हें आज मुझसे मिलने आना है।"

"मैं कुछ दिनों से देख रहा हूं गुरुदेव! कि आप कुछ दीन-हीन से, थके से लग रहे हो। आपमें पहली जैसी चेतना दिखाई नहीं दे रही है।"

"जब एक पक्षी पिंजरे से मुक्त होना चाहता है, तो वह ऐसा ही प्रतीत होता है। अब बेटे! पिंजरे से मुक्त होने का मेरा समय आ चुका है।"

"ऐसा मत कहो गुरुदेव! अभी मुझे आपसे बहुत कुछ लेना है। आपने दिया भी बहुत कुछ है, लेकिन भिखारी की इच्छा कभी पूरी नहीं होती।"

"मैं भी एक दिन सोच रहा था कि मेरे पास जो भी धरोहर है वह मैं तुम्हें सौंप दूं।"

"अभी इतनी शीघ्रता क्यों गुरु जी! आपने मुझे पुत्र जैसा प्यार दिया, यही क्या कम है!"

"उसके लिए मैंने तुम्हारे ऊपर कोई उपकार नहीं किया है। मैं प्रायः सोचा करता था कि काश! मेरा कोई पुत्र होता तो मैं उसे अपनी संपूर्ण यौगिक विद्या सौंप देता। जब तुम प्रथम बार मेरे पास आए थे तो मुझे लगा था कि ईश्वर ने मुझे मेरा पुत्र दे दिया है। योगानंद! मुझे सदा ही तुमसे प्यार रहा है और सदा ही रहेगा।" इतना कहते ही युक्तेश्वर की आंखों से दो स्पष्ट अश्रु बिन्दु छलक आए।

"मैं धन्य हुआ गुरुदेव! आपने मुझे वह सब कुछ दिया जिसकी मैं कभी सपने में भी कल्पना नहीं कर सकता था, लेकिन मैंने आपको कुछ नहीं दिया। मैं आपको कुछ देना चाहता हूं। कम-से-कम लौकिक सम्मान तो आप मुझसे ग्रहण कर लीजिए। मुझे कोलकाता के अल्बर्ट हॉल में विशाल श्रोता समुदाय के सामने व्याख्यान देना है। मैं चाहता हूं कि प्रवचन मंच पर आप सुशोभित हों। उस व्याख्यान में कोलकाता के मेयर भी मंचासीन होने के लिए आमंत्रित हैं।"

"वह ठीक है बेटे! मैं तुम्हागा मन रखने के लिए वहां पहुंच जाऊंगा, लेकिन मेरी ऐसी कोई आकांक्षा नहीं है।"

"आप यह तो देख सकेंगे कि आपका पुत्र आपकी आध्यात्मिक विरासत संभालने में कितना सक्षम है।"

"मेरा चयन कभी ग़लत नहीं होता बेटे! फिर भी मैं आऊंगा।"

योगानंद ने विशाल श्रोता समुदाय के सामने अपनी यौगिक उपलब्धियों

का श्रेय श्रीयुक्तेश्वर जी को प्रदान किया। उन्होंने कहा कि वह कुछ नहीं है। उनके अन्दर केवल उनके गुरु विराजमान हैं। वह जो भी बोल रहे हैं उनमें उसका कुछ नहीं है, केवल उनके गुंरु ही उनके मुख से अपना ज्ञान श्रोताओं को बांट रहे हैं। श्रीयुक्तेश्वर जी उनके व्याख्यान से बहुत प्रसन्न हुए।

इसके बाद श्रीरामपुर कॉलेज से स्नातक हुए लोगों के सामने व्याख्यान देने का प्रसंग आया। वहां भी उन्होंने युक्तेश्वर गिरि को व्याख्यान मंच पर सम्मानित स्थान द्विया। वहां उन्होंने स्वयं को 'पागल संन्यासी' ही सिद्ध किया और अपनी उपलब्धि के मूल में अपने गुरु युक्तेश्वर गिरि का अनुग्रह ही सिद्ध किया। योगानंद को उनके छात्र-जीवन में श्रीरामपुर कॉलेज के शिक्षक 'पागल संन्यासी' ही कहा करते थे। उनके दर्शन के प्रोफेसर डॉ. उनसे बहुत नाराज़ रहते थे, लेकिन इस अवसर पर डॉ. घोषाल ने उनका बढ़-चढ़ कर स्वागत किया। योगानंद के मन में उनके प्रति पहले भी बहुत श्रद्धा थी।

दिसंबर के अन्त में श्रीरामपुर आश्रम में दक्षिणायन प्रारंभ का महोत्सव मनाया गया। हमेशा की तरह आस-पास के स्थानों से और दूर-दराज से भी श्रीयुक्तेश्वर जी के शिष्य एकत्रित हुए। महोत्सव में आराम के बच्चों द्वारा तैयार किया गया सांस्कृतिक कार्यक्रम प्रस्तुत हुआ। कुछ पुराने शिष्यों ने भक्तिपूर्ण संकीर्तन प्रस्तुत किया। खचाखच भरे शिष्य समुदाय के सामने गुरुदेव का अत्यंत प्रेरणाप्रद प्रवचन हुआ जिससे योगानंद के मन में पुरानी स्मृतियां फिर जाग उठीं। अपने प्रवचन की समाप्ति पर गुरु युक्तेश्वर ने योगानंद को अंग्रेज़ी में प्रवचन करने के लिए आदेशित कर दिया। योगानंद ने अपने वे संस्मरण सुनाए, जब अमेरिका जाते समय यात्रियों के अनुरोध पर उनके मुख से कुछ भी नहीं निकल पा रहा था और 10 मिनट बाद स्वयं गुरुदेव ही उनके मुख से अपने ज्ञान की वर्षा करने लगे थे।

योगानंद ने विशाल श्रोता समुदाय के सामने अपने जीवन की वह सच्चाई प्रस्तुत की कि वह कभी अपने मुख से नहीं बोले हैं। उनके पास बोलने के लिए कुछ था भी नहीं, वह वास्तव में एक पागल संन्यासी ही

थे। वह मंच पर केवल मौन खड़े हो जाते थे। उनके मुख से जो निकलता था वह गुरु युक्तेश्वर की चिंतन धारा ही होती थी।

महोत्सव की समाप्ति पर गुरु युक्तेश्वर जी ने योगानंद को अपने पास बुलाया और अगले दिन पुनः आने का निमंत्रण दिया। योगानंद यह सोचकर प्रसन्न हुए कि चलो, एक दिन और गुरु जी की सेवा करने का अवसर मिल गया है। वह अगले दिन ठीक समय पर आश्रम में आ गए।

गुरु युक्तेश्वर जी ने बड़े प्रेम के साथ योगानंद को आप सामने बैठने के लिए कहा । जब वह उनके चरणों में स्थान पर गए तब उन्होंने बोलना शुरू किया, "बेटे योगानंद! मुझे दो दिन पूर्व परमगुरु बाबा जी से अन्तःसंवेदी संकेत प्राप्त हुए हैं। वह तुमसे बहुत प्रसन्न हैं, क्योंकि तुमने उनकी योग विद्या क्रिया योग को भारत में ही नहीं, बल्कि पाश्चात्य देशों में भी विख्यात किया है। तुम्हारे संबंध में उनकी कुछ योजना थी। उसके क्रियान्वयन के लिए मैंने तुम्हें आज यहां आमंत्रित किया है। उनकी योजना में तुम्हें परमहंस की पदवी प्रदान करनी है। यह संन्यास की उच्चतर पदवी होती है।

योगानंद अपने गुरु के इस आशीर्वाद से अभिभूत होकर रह गए। उन्होंने अपने गुरु के चरण स्पर्श किए और शांत भाव से उन्हें देखने लगे। गुरु युक्तेश्वर ने अनुष्ठान के रूप में कुछ औपचारिकताएं पूर्ण की और आशीर्वचनों के साथ योगानंद को परमहंस की पदवी प्रदान की।

अन्त में गुरु युक्तेश्वर गिरि ने उन्हें बताया, "बेटे योगानंद! अब यह नई उपाधि तुम्हारी पुरानी 'स्वामी' उपाधि का स्थान लेगी और अब से तुम योगानंद परमहंस कहलाओगे।"

गुरु युक्तेश्वर गिरि का महाप्रयाण

योगानंद अपने गुरु के गुरु अर्थात् लाहिड़ी महाशय के महाप्रयाण के साक्षी तो नहीं रहे थे, लेकिन अपने गुरु युक्तेश्वर के महाप्रयाण के साक्षी अवश्य रहे। लाहिड़ी महाशय का महाप्रयाण उस समय हुआ था जब योगानंद अपने शिशुकाल से गुज़र रहे थे। यद्यपि जब वह अपनी इस अवस्था में थे, उन्हें लाहिड़ी महाशय का आशीर्वाद अवश्य मिला था।

जब गुरु युक्तेश्वर ने योगानंद को परमहंस की उपाधि प्रदान की थी तब यह भी कहा था, "इस संसार में मेरा कार्य पूरा हो गया है। योगानंद! अब तुम्हें ही इसे आगे बढ़ाना है।"

"योगानंद उनके इस कथन से समझ चुके थे कि अब उनके अन्तिम दिन चल रहे हैं। उन्हें इस बात से आघात-सा पहुंचा था कि अब उनके सिर से वरद-हस्त उठ जाएगा। 'जिनके आशीर्वाद से अपने जीवन के कठिन क्षणों को आसानी से पार किया, क्या उनके आशीर्वाद के बिना वह आगे उन जैसे क्षणों को पार कर सकेंगे?' इस चिंतन से वह व्यथित होते चले गए।

युक्तेश्वर ने आगे कहा था, "योगानंद! पुरी के हमारे आश्रम का कार्यभार संभालने के लिए किसी को भेज दो। मैं सब कुछ तुम्हारे हाथों में सौंप रहा हूं। तुम अपने जीवन की नौका को तथा संगठन की नौका

को ईश्वर के किनारे पर सफलतापूर्वक पहुंचा सकोगे।"

दूसरे दिन योगानंद ने रांची से एक साधक स्वामी सेवानंद को बुला लिया और उन्हें पुरी के आश्रम का कार्यभार ग्रहण करने के लिए वहां भेज दिया। बाद में युक्तेश्वर गिरि ने योगानंद से अपनी भू-सम्पत्ति की व्यवस्था करने के संबंध में कानूनी पहलुओं पर चर्चा की। उन्हें चिंता थी कि उनके देहत्याग के बाद उनके रिश्तेदार उनकी सम्पत्ति पर अपना हक बताएंगे। उनकी इच्छा थी कि उनके दो आश्रम और अन्य सम्पत्ति केवल लोकोपकारी कार्यों के ही काम में लगाई जाएं।

योगानंद को विश्वास नहीं था कि वह इतनी जल्दी देहत्याग करने वाले हैं। वह इतना ही समझ पाए थे कि वह सामान्य स्थिति में ही ऐसा प्रबंध कर रहे हैं। उन्होंने युक्तेश्वर गिरि से इस वर्ष कुंभ मेले में जाने की इच्छा व्यक्त की। गुरु युक्तेश्वर की किसी की योजना में अकारण विघ्न डालने की इच्छा कभी नहीं रही थी। उन्होंने यह जानते हुए भी कि जीवन की अन्तिम घड़ियों में योगानंद को उनके पास रहना चाहिए था, उन्हें कुंभ में जाने की अनुमति प्रदान कर दी।

23 जनवरी, 1936 को योगानंद कुंभ मेले में पहुंच गए। लगभग 20 लाख लोगों का उमड़ता हुआ जनसागर मन पर अपनी एक विशिष्ट छाप डाल रहा था। योगानंद इस भीड़ को विज्ञान पर आस्था की निर्णायक विजय के प्रतीक रूप में नहीं देख रहे थे। उन्हें विश्वास था कि भारतीय ऋषियों ने केवल कोरी आस्था पर आधारित किसी भी पर्व का निर्धारण नहीं किया है। सभी पर्वों का वैज्ञानिक दृष्टिकोण से महत्त्व है। उन्हें इस मेले में कुछ झूठे और पाखंडी साधु-संन्यासी भी दिखाई दे रहे थे, लेकिन उनके संबंध में योगानंद की टिप्पणी कुछ नकारात्मक नहीं थी। उनका मत था कि ऐसे पर्व, भले इनमें कुछ पाखंडियों की भागीदारी हो राष्ट्र के संगठन के प्रतीक रहे हैं। कुंभ जैसे पर्व के दृश्यों को देखने वाले पाश्चात्यों के लिए इस राष्ट्र की धड़कन की पहचान का, उस आध्यात्मिक उमंग को पहचानने का यह अपूर्व अवसर होता है, जिसके बल पर भारत ने कठोर आघातों को सहते हुए भी अपने प्राणों की रक्षा की हैं।

कुंभ मेले का आनंद लेकर योगानंद कोलकाता लौट आए। उन्हें कुंभ

के मेले में अपने गुरु युक्तेश्वर की काफी याद आती रहती थी, अतः उन्होंने कोलकाता पहुंचे ही सर्वप्रथम अपने गुरु से मिलने का कार्यक्रम बना लिया। लेकिन जब उन्हें पता चला कि गुरु जी कोलकाता से दक्षिण में तीन सौ मील दूर पुरी में हैं तो उन्हें घोर निराशा हुई।

योगानंद पुरी जाने के संबंध में सोच ही रहे थे कि वहां जाया जाए अथवा नहीं, तभी उन्हें पता चला कि कोलकाता में एक गुरु के शिष्य के पास से पुरी से तार आया है, "तुरन्त पुरी चले आओ।" योगानंद ने अनुमान लगाया कि पुरी गुरु के किसी शिष्य ने यह तार भेजा है।

इस तार का अर्थ उनके लिए अबोधगम्य नहीं था। उन्होंने अनुमान लगा लिया.कि गुरु जी की कुशलता संदिग्ध है। वह धम्म से घुटनों के बल बैठ गए और भगवान से अपने गुरु के प्राणों की भीख मांगने लगे। उन्होंने अगले ही पल पुरी जाने का निश्चय कर डाला। वह ट्रेन पकड़ने के लिए अपने पिता जी के घर से निकल ही रहे थे कि उनके अन्तर में एक दिव्य वाणी सुनाई दी, "आज रात पुरी मत जाओ। तुम्हारी प्रार्थना स्वीकार नहीं हो सकती।"

उनके शोकाकुल मन से अचानक निकल पड़ा, "प्रभु! क्या आपकी इच्छा पर मेरे गुरु को उच्चतर कर्तव्यों के लिए जाना ही होगा?"

आंतरिक आदेश का पालन करने के लिए उन्होंने उस रात के लिए पुरी जाना स्थगित कर दिया। अगले दिन शाम को वह ट्रेन से पुरी के लिए चल पड़े। जब ट्रेन पुरी की ओर दौड़ी जा रही थी, तब उनके गुरु उनकी अन्तर्दृष्टि के सामने प्रकट हो गए। उन्हें दिखाई दिया मानो वह गंभीर मुद्रा में बैठे हैं और उनके दोनों ओर प्रकाश का एक-पिण्ड अपनी द्युति चमका रहा है।

"क्या अब सब कुछ समाप्त हो गया?" उन्होंने स्वयं से प्रश्न किया और इसके साथ गहरी निराशा में डूबते चले गए।

दूसरे दिन सुबह वह झूठी आशा लिए पुरी के स्टेशन पर खड़े थे, तभी एक अनजान व्यक्ति उनके पास आया। उन्हें गहरी दृष्टि से देखते हुए कहने लगा, "महोदय! आपने सुना है, आपके गुरुदेव चले गए?" इसके बाद एक भी शब्द मुंह से निकाले बिना वह चुपचाप चला गया।

वह व्यक्ति कौन था, और यह सूचना देने के पीछे उसका क्या उद्देश्य था, योगानंद समझ नहीं पा रहे थे।

इस समाचार को सुनकर वह सन्न रह गए। अपने प्रिय गुरु के चले जाने के शोक के सदमे में उनका सिर घूम गया। उन्हें अपने को संभालने के लिए एक दीवार का सहारा लेना पड़ा। अपने को किसी तरह संभालते हुए वह पुरी की ओर चल पड़े। उनके अन्तर से बार-बार गुरु जी की वाणी उनका धैर्य बंधा रही थी, "धीरज रखो! शांत हो जाओ! जो हुआ, ठीक हुआ, अतः इसे स्वीकार कर लो।"

आश्रम में पहुंचकर उन्होंने थके कदमों से उस कक्ष में प्रवेश किया जहां पद्मसन में बैठा गुरु जी का निष्प्राण शरीर अकल्पनींय रूप से जीवंत लग रहा था। उन्हें ऐसा आभास हो रहा था मानो गुरुदेव पूर्ण स्वस्थ हों और अभी-अभी कुछ आदेश देने वाले हों। शायद कुछ ऐसा चमत्कांर हो जाए उन्होंने कुछ पलों तक अपनी दृष्टि उनके शरीर पर केंद्रित करके कुछ विचित्र घटना घटने की प्रतीक्षा की, लेकिन वहां ऐसा कुछ भी नहीं हुआ।

उन्हें वहां पता चला कि शरीर त्यागने के कुछ दिन पहले उन्हें हल्का बुखार आया था, पर अनंत परमतत्त्व में उनके आरोहण कर जाने के एक दिन पहले उनका शरीर पूर्ण स्वस्थ हो चुका था। अन्तिम रहस्यमय बुलावे के समय उन्होंने सचेत रहते अपना शरीर छोड़ दिया था।

10 मार्च को योगानंद ने उनका अन्तिम संस्कार किया। पुरी आश्रम के उद्यान में संन्यासियों की प्राचीन परंपरा के अनुसार श्रीयुक्तेश्वर जी के पार्थिव शरीर को सामधि दी गई।

बाद में उनके शिष्य अपने गुरु को श्रद्धांजलि अर्पित करने निकट और दूर, सब जगहों से वासंतिक विषुव शोक सभा में एकत्रित हुए। कोलकाता के प्रमुख समाचार-पत्र 'अमृत बाज़ार पत्रिका' में श्रीयुक्तेश्वर जी के फोटो के साथ निम्नलिखित विवरण प्रकाशित हुआ :

81 वर्षीय श्रीमत् स्वामी श्रीयुक्तेश्वर गिरि महाराज के महाप्रयाण के उपलक्ष्य में पुरी में 21 मार्च को भंडारा सम्पन्न हुआ। इस अवसर पर उनके अनेक शिष्य पुरी में एकत्रित हुए।

पुनः अमेरिका गमन और वहां का व्यस्त जीवन

योगानंद परमहंस अपने गुरु युक्तेश्वर गिरि के मानस-पुत्र थे। अपने अन्तःसंवेदी संकेतों से युक्तेश्वर गिरि ने अपने अन्तिम संस्कार के लिए उन्हें अमेरिका से बुलाया था। अब योगानंद उस कार्य का सम्पन्न करके मुक्त हो चुके थे। उन्होंने भारत में स्थित योगदा सत्संगा सोसायटी के अन्तर्गत जितनी शैक्षणिक या अन्य संस्थाएं थीं सबसे मुक्ति ले ली थी। अपने गुरु युक्तेश्वर गिरि के शरीर त्याग के बाद उनका भारत से आकर्षण समाप्त हुआ चुका था। वह अब अमेरिका गमन का निश्चय कर बैठे थे। अभी यहां उनकी कुछ असाधारण विभूतियों से भेंट बाकी थी। वह उन्हें सम्पन्न करके अपने भारत दौरे के कार्यक्रम को अन्तिम रूप से समाप्त करना चाह रहे थे। इस भेंट कार्यक्रम के अन्तर्गत सर्व प्रथम वह महात्मा गांधी से मिलने वर्धा में गए। "वर्धा में आपका स्वागत है।" इन शब्दों के साथ महात्मा गांधी के सचिव श्री महादेव देसाई ने खद्‌दर की मालाएं भेंट करते हुए योगानंद परमहंस, मिस ब्लेच और श्री राइट का स्वागत किया।

श्री देसाई उन्हें सीधे लेखन कक्ष में ले गए, जहां पालथी लगाकार महात्मा गांधी बैठे थे। उन्हें देखते ही उनके चेहरे पर दूसरों को जीतने

वाली मुस्कान खेल उठी। उन्होंने शीघ्र ही एक हाथ से कलम उठाई और दूसरे से काग़ज़ उठाया, "स्वागत है!" काग़ज़ पर लिखकर उन्होंने काग़ज़ के टुकड़े को योगानंद की ओर बढ़ा दिया। क्योंकि वह सोमवार का दिन था, जो उनके साप्ताहिक मौन के लिए निश्चित था। 1925 में महात्मा गांधी योगानंद के रांची विद्यालय में आए थे और उसे सम्मानित किया था। वहां की अतिथि-पुस्तिका में उन्होंने प्रशंसा के शब्द भी लिखे थे।

इसके बाद वह आनंदमयी मां से मिलने गए, जिनका मूल नाम निर्मला देवी था। योगानंद की भतीजी अमिया घोस ने उन्हें आनंद मां के संबंध में बताया था। अमिया ने उन्हें बताया था, "मैं उनसे मिली हूं। अभी हाल में वह मेरे छोटे से नगर जमशेदपुर पधारी थीं। एक शिष्य के अनुरोध पर आनंदमयी मां एक मरणासन्न मनुष्य के घर गईं। वह जाकर उस मनुष्य की शैया के पास खड़ी हो गईं। उनके हाथ ने जैसे ही उसके माथे को स्पर्श किया उसकी घर्र-घर्र बन्द हो गई। उसकी बीमारी तत्क्षण गायब हो गई।

जब योगानंद अपने दोनों शिष्यों के साथ उनसे मिलने गए वह एक खुली कार में खड़ी थीं। उन्होंने अपनी फोर्ड कार कुछ दूरी पर खड़ी कर दी और पैदल ही उस शांत समूह की ओर चल पड़े जो आनंदमयी मां को घेरे खड़ा था। जैसे ही आनंदमयी मां की उन तीनों पर दृष्टि पड़ी तो वह मुस्कराहट के साथ कार से नीचे उतर कर उनकी ओर बढ़ चली, "बाबा, आप आ गए!" इन उत्कट शब्दों के साथ ही उसने योगानंद के गले में हाथ डाल कर अपना सिर उनके कंधे पर रख दिया। आनंदमयी मां का उनसे कोई पूर्व परिचय नहीं था, लेकिन वह समाधि की एक उच्च्च अवस्था में थीं। उसे अपने स्त्रियां पुरुष होने का भी मान नहीं था। योगानंद उसकी समाधि की उच्च्च अवस्था से बहुत प्रभावित हुए।

तीसरी विलक्षण प्रतिभा निहारिनी योगिनी थीं, जिनसे वे तीनों मिले थे। उनका मूल नाम गिरि बाला था। उनकी विशेषता यह थी कि वह कुछ खाए-पिए बिना भी अनेक वर्षों से जीवित थीं। उन्होंने अपने योगं-बल से अपनी भूख-प्यास पर नियंत्रण किया हुआ था।

इस प्रकार से योगानंद (जून 1935 से अक्टुबर 1986 तक) यूरोप

और भारत में रहे। भारत में अपना कार्य सम्पन्न करके वह पुनः अमेरिका पहुंच गए। जब वे एन्सिनीटस (कैलिफोर्निया) पहुंचे तो उनके आश्चर्य का ठिकाना न रहा। उन्होंने वहां एक भव्य आश्रम देखा। जब वहां कार्यरत उनके शिष्य श्री लिन, सिस्टर ज्ञानमाता (इनका मूल नाम एडिथ एन. बिंसेट था। वांशिगटन में सीटल में अपने पति और पुत्र के साथ रही थीं जब वह प्रथम बार परमहंस योगानंद को सन् 1925 में मिली, उनके पति क्लार्क बिंसेट यूनिवर्सिटी ऑफ़ वांशिगटन के लॉ स्कूल में प्रोफेसर थे। उनकी सन् 1932 में मृत्यु होने के बाद वह लॉ एंजिलस में सेल्फ रीयलाइज़ेशन फ़ेलोशिप के मुख्यालय में आ गईं। बाद में अपने शेष जीवन में एनसिनिटस आश्रम में रहीं), दुर्गा मां और अन्य भक्तों ने उन्हें बताया कि यह आश्रम आपके घर लौट आने की खुशी में आपके लिए हमारी ओर से एक भेंट है, तो वह चकित मुद्रा में उस आश्रम को देखते ही रह गए।

आश्रम का निरीक्षण करते हुए योगानंद ने देखा कि उसमें असाधारण रूप से बड़े सोलह कमरे थे। प्रत्येक कमरा आकर्षक ढंग से सजाया गया था। छत तक ऊंची बड़ी-बड़ी खिड़कियों से युक्त विशाल मध्यवर्ती हॉल से हरियाली, समुद्र और आकाश का सुंदर दृश्य दिखाई देता था। हॉल में स्थित विशाल अंगीठी के ऊपर ईसामसीह, बाबा जी, लाहिड़ी महाशय तथा श्रीयुक्तेश्वर जी की तस्वीरें लगी हुई थीं। उन्हें देखकर ऐसा प्रतीत होता था मानो वे उस शांत पाश्चात्य आश्रम पर अपने आशीर्वाद की वर्षा कर रहे हों।

हॉल के सीधे नीचे, खड़े तट में ध्यान के लिए दो गुफाएं बनाई गई थीं। इन गुफाओं के सामने केवल अनन्त आकाश और अनन्त सागर ही दिखाई दे रहे थे। आश्रम परिसर में सूर्य-स्नान के लिए ओट में बने स्थान थे। शांत वृक्षकुंज और उन तक जाने वाली पत्थर की पगडंडियां बनाई गई थीं। गुलाब के बगीचे, नीलगिरि के वृक्षों का एक कुंज तथा फलोद्यान था।

कैलिफोर्निया के एन्सिनीटस गांव में यह विस्तृत आश्रम श्री जेम्स जे. लिन की और सेल्प रियलाइजेशन फेलोशिप (एस. आर. एफ.) के लिए

भेंट थी। श्री लिन 1932 में क्रिया योग की दीक्षा लेने के बाद से निष्ठावान क्रिया योगी रहे हैं। अन्तहीन ज़िम्मेदारियां सम्हालने वाले अमेरिकन उद्योगपति होते हुए भी श्री लिन अपने लिए प्रतिदिन क्रिया योग ध्यान के लिए समय निकाल लेते हैं। इस प्रकार का संतुलित जीवन जीते हुए उन्होंने समाधि में अविचल शांति प्राप्त कर ली है।

सन् 1941 में योगानंद पूर्व निर्मित सेल्फ-रियलाइजेशन फेलोशिप के बॉस्टन केंद्र में गए। बॉस्टन केंद्र के प्रमुख डॉ. एम. डब्ल्यू. लुईस ने एक अत्यंत कलात्मक ढंग से सजाए गए कक्ष में ठहरने की व्यवस्था की। वहां का निरीक्षण करके वह कैलिफोर्निया लौट आए।

कैलिफोर्निया में कार्य व्यस्तता के बीच सुख में वर्ष बीतते गए। सन् 1937 में एन्सिनीटस में एक सेल्फ रियलाइजेशन फेलोशिप कॉलोनी की स्थापना की गई। इस कॉलोनी में शिष्यों को सेल्फ रियलाइजेशन फ़ेलोशिप के आदर्शों के अनुसार विविध गतिविधियों द्वारा प्रशिक्षित किया जाता है। यहां एन्सिजीटस और लॉस एंजिलस के केन्द्रों में रहने वाले लोगों के लिए फल एवं सब्जियां उगाई जाती हैं।

कैलिफोर्रिया के हालीवुड शहर में सेल्फ-रियलाइजेशन फेलोशिप (एस. आर. एफ.) के कार्यकर्ताओं द्वारा सर्वधर्म मन्दिर की स्थापना सन् 1942 में की गई। एक वर्ष बाद कैलिफोर्निया में ही सेन डियेगों में तथा 1947 में फिर से कैलिफोर्निया में ही लंग बीच में एक-एक मन्दिर की स्थापना की गई।

1949 में लॉस ऐंजिलिस के यैसिफिक पैलिसेड्स अंचल में जिसे संसार के सबसे सुंदर भूखण्डों में गिना जाता है। फूलों की एक वादी एस. आर. एफ. को दान में प्राप्त हुई। दस एकड़ की यह स्थली सब ओर से हरी-भरी पहाड़ियों से घिरी हुई है। इसमें एक प्राकृतिक सरोवर बना हुआ है। इस सरोवर के कारण ही इस स्थान का नाम 'लेकश्राइन' अर्थात् सरोवर मन्दिर पड़ा है। इसकी भूमि के एक ओर खड़े विचित्र से पवन चक्की भवन में साधना मन्दिर है। चीन से लाई गई संगमरमर की दो मूर्तियां इस स्थान की शोभा बढ़ा रही है : एक मूर्ति भगवान बुद्ध की है और दूसरी क्वान चिन (चीन में जगन्माता का रूप) की। रात में जब इन

मूर्तियों पर रोशनी की जाती है, तो ये अत्यंत भव्य दिखाई देती है।

लेक श्राइन में 1950 में महात्मा गांधी विश्व शांति स्मारक की स्थापना की गई है। भारत से प्राप्त महात्मा गांधी की अस्थियों को एक हज़ार पुरानी प्रस्तर मज़ूषा में रखकर उस स्मारक में प्रतिष्ठापित किया गया है।

सन्1951 में हालीवुड में एस. आर. एफ. इण्डिया सेंटर की स्थापना की गई है। इस सेंटर के प्रत्यार्पण उत्सव में कैलिफोर्निया के लेफ्टिनेंट गवर्नर श्री गुडविन जे. नाइट तथा भारत के वाणिज्य दूत श्री एम. आर. आहुजा भी सम्मिलित थे।

एन्सिनीटस के परिपूर्ण सौंदर्य के परिवेश में योगानंद ने अपना वह कार्य सम्पन्न किया, जिसकी योजना उन्होंने बहुत पहले से बना रखी थी। वह कार्य 'कॉस्मिक चान्ट्स' की रचना करना था। अनेक भारतीय गीतों को अंग्रेज़ी शब्दों और पाश्चात्य संगीत में ढाला गया था। इनमें सम्मिलित थे, शंकाराचार्य का 'चिदानंद रूपः शिवाऽहं, शिवोऽहं,' संस्कृत का 'ब्रह्मानंद परम सुखदं,' टैगोर का 'कौन है मेरे मन्दिर में?' उनकी स्वयं की रचना, जैसे 'मैं तेरा हमेशा,' 'न द लैंड बियॉन्ड माई ड्रीम्स,' मैंने तुझे दी आत्मा की पुकार,' 'कम, लिसन टू माई सोल सांग" तथा शान्ति मन्दिर में'।

गीतों की इस पुस्तक की प्रस्तावना में उन्होंने पूर्वी गीतों पर पाश्चात्यों की प्रतिक्रिया के अपने प्रथम असाधारण अनुभव का वर्णन किया है, जो 18 अप्रैल, 1926 को न्यूयॉर्क के कानेंगी हॉल में एक सार्वजनिक व्याख्यान के अवसर पर घटित हुआ था।

17 अप्रैल को योगानंद ने अपने एक अमेरिकन शिष्य से परामर्श किया था कि यदि अमेरिकन शिष्यों से अपने साथ एक पुराना हिन्दू भजन 'हे हरि सुंदर' गाने को कहा जाए, तो कैसा लगेगा? उस शिष्य ने उन्हें उत्तर दिया था कि यह प्रयोग अव्यवहारिक रहेगा। अमेरिकन श्रोता न इसे समझ सकेंगे और न गा सकेंगे। तब योगानंद ने अपने उस शिष्य की धारणा को असंगत सिद्ध करने के लिए यह भजन 18 अप्रैल को तीन हज़ार कंठों से बड़ी तन्मयता के साथ गवाया था। इस प्रयोग के सफल

होने पर कॉस्मिक चान्ट्स की रचना की योजना बनाई थी।

योगानंद परमहंस का महत्त्व इसलिए अधिक है कि वह अपने प्रवचनों में वेद, पुराण और भारतीय दर्शनों के ही उदाहरण नहीं देते थे। वह अन्य धर्मों से संबंधित उन घटनाओं का वर्णन करते हैं, जिनमें सत्य प्रतिबिम्बित होता है। उनके प्रवचनों में बाइबिल और ईसामसीह के दृष्टांत प्रचुर संख्या में देखे जा सकते हैं। यदि उन्हें सत्य भारतीय ऋषियों के सूत्रों में दिखाई देता है तो वह उसका प्रकाश अवश्य करते हैं और यदि सत्य किसी यूनानी दार्शनिक के कथन में दिखाई देता है, तो उसका प्रकाशन करना भी नहीं भूलते। अतः योगानंद परमहंस धर्मनिरपेक्ष एक वैश्विक संत माने गए हैं।

योगानंद के गुरु श्रीयुक्तेश्वर जी भारत भूमि के अतिरिक्त कहीं नहीं रहे, किन्तु भ्रातृभाव के इस सत्य से वह भलीभांति परिचित थे :

सारा जगत मेरा देश है।

फिर उनके शिष्य पर यह सत्य क्यों नहीं लागू हो सकता! निश्चय ही उनके लिए भी सारा जगत उनका देश था।

पारगमन (निर्वाण)

योगानंद परमहंस देखने में पूर्ण स्वस्थ लगते थे और अपने ध्यान, योग आदि के दैनिक कार्य निर्विघ्न कर रहे थे, लेकिन उनके जीवन के अंतिम दो दिनों में उनके स्वास्थ्य में आती हुई कुछ गिरावट को उनके एक शिष्य रॉय यूजीन डेविस ने अनुभव किया था। उन्हें लग रहा था कि शारीरिक थकावट के कारण योगानंद चलने-फिरने में कुछ बेचैनी अनुभव कर रहे हैं। जब हॉलीवुड एस. आर. एफ. से लगा 'इंण्डिया हाउस" अर्पित किया गया था तो रॉय यूजीन डेविस को तीन शिष्यों के साथ एक और के प्रवेश द्वार पर खड़ा होने के लिए कहा था। योगानंद के वहां पहुंचने पर संकरी सीढ़ियों से नीचे की मंजिल में स्थित फेलोसिफ हॉल तक जाने में डेविस को उनकी सहायता करनी थी। डेविस ने उस समय उनकी गति देखी थी। वह थके हुए लग रहे थे और चलने में कष्ट अनुभव कर रहे थे, पर वह बहुत प्रसन्न थे, क्योंकि एक बहुत महत्वपूर्ण कार्य पूर्ण हो गया था।

डेविस ने उनकी थकावट और बेचैनी का यह अनुमान लगाया था कि कार्य के आधिक्य की वजह से वह थकावट महसूस कर रहे हैं। उनके जैसे मिशन के काम में बहुत अधिक लगे हुए लोगों की यह विशेषता

होती है कि वे बहुत कम सो पाते हैं। संभवतः योगानंद के साथ ऐसा ही हो रहा होगा। वह सारी व्यवस्था देखते थे और कई घंटे तक प्रायः पत्र लिखते या लिखवाते थे और शिष्यों के साथ बात भी करते थे। उन्हें कार्य के भविष्य की भी चिंता थी। यह बात उन्होंने सार्वजनिक भी की थी। कुछ लोगों का विश्वास था कि लोगों का कष्ट दूर करने के लिए वह उनके कर्मों को स्वयं पर ले लेते हैं, जिसका परिणाम उन्हें स्वास्थ्य की गिरावट के रूप में मिलता है। वह प्रायः कह देते थे कि उन्होंने कुछ लोगों के लिए यह किया है।

लोगों की ऐसी धारणाओं के मूल में श्रद्धा और विश्वास का मनोविज्ञान छिपा हुआ है। ज्ञानी गुरु के कुछ शिष्य यह विश्वास नहीं करना चाहते कि उनके गुरु के अपने व्यक्तिगत कर्म होंगे, बीमारी के अनुवांशिक कारण होंगे या शारीरिक थकान या अन्य कारणों से शारीरिक बीमारियां हो सकती हैं। उनके लिए यह मान लेना अधिक आसान है कि उनके गुरु ने दूसरों के कर्म या ग्रहों की स्थितियों को अपने ऊपर ले लिया और वह ये कोशिश करते हैं कि दूसरे भी उनके विचारों को स्वीकार कर लें।

उनके शिष्य डेविस उनके स्वास्थ्य के प्रति चिंतित होकर अपनी स्मृतियों को खंगालने का प्रयत्न करते हैं कि क्या निकट गुज़रे काल में उन्होंने किसी शिष्य को अपनी देह-त्याग का कोई संकेत दिया है? अचानक एक घटना उनके स्मृति पटल पर अपना आकार ग्रहण कर लेती हैं। उन्होंने कुछ सप्ताह पूर्व एक बात अपने शिष्यों को बताई थी। उन्होंने कहा कि एक बार गहरे ध्यान में उन्होंने स्वयं को अपने शरीर से परे विस्तृत कर लिया और मुक्ति का आनंद लेने लगे। एक शिष्य उनके कमरे में आया और उसने देखा कि गुरु सांस नहीं ले रहे हैं। जल्दी ही उसने लिन महाशय को बुलाया जो उसी स्थान पर थे। लिन महाशय ध्यानस्थ योगानंद के पास बैठ गए। उन्होंने ध्यान लगाया और मानसिक रूप से योगानंद को जिन्हें वह प्रभु कहते थे शारीरिक चेतना में वापस आने के लिए कहा। प्रभु वापस आ गए। इस अनुभव के बारे में बताते हुए प्रभु ने कहा, "मैं वापस नहीं आता। वह एक ऐसी आनंदमय अवस्था है कि

उससे कौन वापस आना चाहता है! अगली बार जब जाऊंगा तो यह निश्चित रूप से देख लूंगा कि लिन तो आस-पास नहीं है।"

"इस घटना से डेविस ने अनुमान लगाया कहीं यह उनके पारगमन का संकेत तो नहीं है। लेकिन जब वह दो महीने पूर्व अन्य शिष्यों के साथ मिलकर प्रभु का उनसठवां जन्म दिन मना रहे थे, ऐसा कुछ भी नहीं लग रहा था कि वह अपने पारगमन का कोई संकेत दे रहे हों। डेविस ने ध्यान किया कि उस समय प्रभु ने हम सबकी आध्यात्मिक उन्नति की आशा बताई थी और सार्वजनिक रूप से यह घोषणा की थी कि उनकी भगवद्‌गीता की व्याख्या पूरी हो गई है।

4 मार्च को प्रभु ने राजदूत सेन और कुछ अन्य लोगों को एस. आर. एफ. मुख्यालय में रात्रि भोज में बुलाया था और कुछ शिष्यों के साथ व्यक्तिगत रूप से बातचीत भी की थी। 6 मार्च को उन्हें कार द्वारा पैसेफिक पैलीसेद लेकर श्राइन ले जाया गया। वहां वे झील के चारों ओर घूमें, शिष्यों के साथ दोपहर का भोजन भी किया। प्रार्थना घर में उन्होंने ऑरगन बजाया और बार-बार भारत के कवि रवीन्द्रनाथ टैगोर द्वारा लिखे इस गीत को गाया, 'मेरे घर में स्वयं अपने हाथों अपने प्यार का दीपक जला दो'। उसके बाद वह एस. आर. एफ. मुख्यालय लौट गए थे।

शिष्य हर्बर्ट उनके साथ कार में गया था। उसने बाद में बताया कि नई योजना के बारे में उन्हें बहुत उत्साह था। उन्होंने कहा, 'मध्य पश्चिम में मुझे एक और काम है। जो बिल्कुल इसके ही समान होगा। उसे शुरू करने का अवसर मिल रहा है। हम यहां जो कार्य कर रहे हैं, उसमें उससे बिल्कुल बाधा नहीं पड़ेगी।'

डेविस ने अनुमान लगाया कि वह काम संभवतः उत्तरी मिशिगन में एक रिट्रीट सेंटर स्थापित करने के संबंध में था। यहां तक भी उनकी किसी योजना में ऐसा कोई संकेत नहीं था कि वह शीघ्र ही पारगमन करने वाले हैं।

एक वर्ष पूर्व सन् 1951 में क्रिया योग की दीक्षा में प्रभु ने जो घोषणा की थी, उसे खींचतान कर माना जा सकता है कि उसमें इनका यह संकेत था कि वह अब अधिक दिनों तक यहां की व्यवस्था नहीं देख सकेंगे। प्रभु

ने घोषणा की थी कि लिन महाशय अगले आध्यात्मिक डायरेक्टर और एस. आर. एफ. के प्रेजिडेंट होंगे और उन्हें राजसी जनकानंद का नाम दिया था। राजसी शब्द का चुनाव इस लक्ष्य से किया गया था कि इसका अर्थ है राजा ऋषि 'जनकानंद' यानी 'जनक' के आनंद जैसा आनंद। इस नाम के चुनाव से लिन महाशय की ईश्वर प्राप्ति की अवस्था की तुलना प्राचीन भारत के संत समान राजा जनक से करने के लिए किया गया था। कुछ वर्ष बाद शिष्यों ने 'राजसी' शब्द को राजर्षि कहा था, लेकिन लिन महाशय ने फिर भी 9 मार्च को अपना नाम राजसी जनकानंद लिखा था।

7 मार्च को प्रभु (योगानंद) अपने कमरे में ध्यानपूर्ण मौन में अपराह्न में देर तक रहे। उसके बाद वह लॉस एंजिल्स के बीच नगर में स्थित बिल्टमोर होटल गए। वहां उनके लिए एक कमरा आरक्षित किया गया था। जब वह एस. आर. एफ. से जाने लगे तो उन्होंने शिष्यों को कहा था, "सोचो मेरे पास बिल्टमोर में एक कमरा है। मैंने जहां से प्रारंभ किया था, मैं वापस वहीं जा रहा हूं। अपने इन शब्दों में वह उन दिनों की बात कर रहे थे जब वह सन् 1925 में वहां कई सप्ताह रहे थे और उन्होंने फिलहारमनी ऑडीटोरियम में हज़ारों लोगों को व्याख्यान दिया था।

उस शाम भारतीय राजदूत सेन के संबंध में द इण्डियन एसोसिएसन ऑफ़ अमेरिका के तंत्वावधान में दिए गए एक रात्रिभोज में गए थे। जब प्रभु का परिचय दिया गया, तो माइक के पास जाने के लिए खड़े होने से पहले उनके साथ ही कुर्सी पर बैठी महिला श्रीमती शर्मा को उन्होंने कहा था, "सदैव यह याद रखना कि जीवन के अपने सुंदर गुलाब भी हैं और अपने कांटे भी, हमें उन दोनों को स्वीकार करना चाहिए।"

अपने छोटे से भाषण में उन्होंने पहले की तुलना में बहुत धीमे से बोला। उसके बोलने की शैली से ऐसा लग रहा था कि बोलने में उन्हें कुछ कष्ट हो रहा है। जब वह बोल रहे थे तो बीच-बीच में उनकी आंखें उनके आध्यात्मिक नेत्र की ओर खिंच जाती थीं और उन्हें भाषण पर अपना ध्यान केंद्रित करने के लिए अपनी इच्छा शक्ति का प्रयोग करना पड़ता था।

उन्होंने अपने भाषण में विश्व के देशों के बीच शांतिपूर्ण सहयोग के

अपने आदर्श की बात की। 9:30 पर अपना दस मिनट का भाषण अपनी कविता माई इण्डिया (मेरा भारत) के अंश के सस्वर पाठ से समाप्त किया। जैसे ही उन्होंने अन्तिम वाक्य 'मैं पवित्र हो चुका हूं। मेरी देह ने उस तृणभूमि को स्पर्श किया है,' बोला, उन्होंने अपनी आंखें ऊंची कीं, हल्के से दाई और मुड़े और ज़मीन पर गिर पड़े। फेयी राइट और कई दूसरे शिष्य उनकी सहायता के लिए भागे, लेकिन वह जा चुके थे। उस समय उनके पास लिन महाशय नहीं थे। उन्होंने अपने उस कथन को पूरा किया कि अगली बार जब मैं जाऊंगा, यह निश्चित रूप से देख लूंगा कि लिन तो आस-पास नहीं हैं।

प्रभु के शरीर छोड़ने के बाद फ़ॉरेस्ट लॉन मैमोरियल पार्क एसोसिएशन ने सेल्फ़ रियलाइजेशन फेलोशिप को एक पत्र लिखा, जिसके पहले पैराग्राफ़ में यह सूचना थी 'परमहंस योगानंद के शरीर में क्षय (सड़न) के किसी भी चिह्न का न होना हमारे अनुभव में सबसे असामान्य मामला है। अगर मांसपेशियां और रक्त-नलिकाएं पूर्ण रूप से कीटाणुओं से रहित नहीं होतीं तो शरीर से प्राण निकलने के छह घंटे बाद ही शरीर का क्षय होना प्रारंभ हो जाता।' मृत्यु के पच्चीस दिन बाद भी परमहंस योगानंद के शरीर में शारीरिक विघटन दिखाई नहीं दिया।

प्रभु के शरीर को मृत्यु के एंक दिन बाद शव-कक्ष में नहीं रखा गया था, क्योंकि सेल्फ़ रियलाइजेशन फ़ेलोशिप की भारतीय शाखा 'योगदा सत्संग' के कुछ सदस्यों को उनके दर्शन के लिए आना था।

रॉय यूजीन डेविस ने उनके पारगमन के संबंध में लिखा है, "सन् 1952 में 7 मार्च को संध्या समय देर से हर्बर्ट ने लॉस एंजिल्स से मुझे यह बताने के लिए टेलीफ़ोन किया कि प्रभु ने अभी पारगमन किया है। उसने कुछ ब्यौरे दिए और प्रभु के लिए एक स्मृति सर्विस फ़ोनिक्स में करने के बाद मुझे लॉस एंजिल्स जाने के लिए कहा।

एस. आर. एफ. मुख्यालय में प्रभु का शरीर उनके गेरूए वस्त्रों में उनके बिस्तर पर था। बहुत से शिष्य पास खड़े थे। मुझे यह जानकर दुःख हुआ कि प्रभु अपनी आंखें नहीं खोलेंगे। पहचानकर और स्वागत में मुस्कराएंगे नहीं, फिर भी मैं उदास नहीं था। उन्होंने मुझे इस घटना के

लिए तैयार कर दिया था और उनकी आत्मा के साथ मेरा अनुकूलन बना हुआ था। जो मैं नहीं पा सकूंगा, वह थी उनकी गूंजती आवाज़, आशीर्वाद में उनके हाथों का स्पर्श और आत्मीयता के विशेष अवसर।”

11 मार्च को सभी निवासी शिष्य दूर और पास के एस. आर. एफ़. के सदस्य, दो घंटे के लिए अपराह में प्रभु की स्मृति में एस. आर. एफ़. मुख्यालय में सर्विस के लिए इकट्ठे हुए। प्रार्थना कक्ष में वेदिका के सामने उनका शरीर तांबे के रंग की शवपेटिका में रखा था। डॉक्टर लुईस, ने न्यूटेस्टामेंट और भगवद्गीता के अंश पढ़े। सर्विस के अन्त में सब धीमी चाल में शवपेटिका के पास गए, ताकि अन्तिम बार प्रभु के चेहरे को देख सकें। सभी ने शीशे के आवरण पर गुलाब की पंखुड़ियां ‘ओम गुरु, ओम् गुरु” का उच्चारण करते हुए डालीं। उसके बाद उनका शरीर फोरेस्ट लॉन मैमोरियल पार्क में कैलिफोर्निया में स्थिति ग्लेनडेल ले जाया गया।

प्रभु की महासमाधि के थोड़े समय बाद ही अपने गुरु बन्धुओं के सम्मेलन में लिन महाशय ने आश्वासन दिया कि संस्था की व्यवस्था में कोई बड़ा परिवर्तन नहीं करना चाहेंगे और यह भी कहा कि प्रभु ही हमेशा हमारे गुरु रहेंगे। सेल्फ़ रियलाइजेशन फ़ेलोशिप का कभी और गुरु नहीं होगा। इसलिए यह मान लिया गया कि प्रभु के लिखित या रिकॉर्ड किए गए शब्द ही भविष्य के छात्रों की आवश्यकताओं को पूरा करेंगे और संस्था के सभी वर्तमान और भविष्य में बनने वाले धर्मोपदेशक गुरुओं की परंपरा के एक शिक्षक होने के बजाय उनका प्रतिनिधित्व करेंगे।

कैलिफोर्निया में ब्लेंडेल के फोरेस्ट लॉन में ग्रेट मॉसीलिम के होली टैरेस में हॉल ऑफ़ गोल्डन स्लम्बर में परमहंस योगानंद का समाधि स्थल आज एक तीर्थ स्थान बन चुका है। क्रिया योग के अनेक साधक वहां प्रायः जाते हैं।

●●●